Para José Jr.
Boa leitura!!

O PORÃO

ANDERSON DUARTTE

O PORÃO

SKULL EDITORA

Editor chefe
Fernando Luiz

Revisão
Denise Campos

Diagramação
Cris Spezaferro

Ilustração de Capa e Internas:
Pedro Rodrigues

Finalização da Capa:
Anael Medeiros

Dados Internacionais de Catalogação na Publicação (CIP)
(Câmara Brasileira do Livro, SP, Brasil)

DUARTTE. Anderson – O Porão 2ª Ed
São Paulo – SP, 2020 - Editora Skull, 234 pp
ISBN 978-65-86022-04-9
1- Literatura nacional 2- Fantasia 3- Suspense 4- Título
CDD:869.3

Índice para catálogos sistemáticos:
1.Thriller: Literatura brasileira B869

“DEDICO ESTE LIVRO ÀQUELES QUE ACREDITARAM.”

Prólogo

1981

Acordou no meio de um terrível temporal, com todos os músculos tremendo. Árvores grandes o cercava e ele sentia-se tonto. Água da chuva pingava em sua testa sem parar, enquanto rostos pálidos espreitavam da escuridão. Sua visão estava turva, mesmo assim pôde distinguir: aquilo não era nem um pouco normal, nem um pouco humano; apesar de se assemelhar bastante.

Tentou se levantar, mas uma mão o jogou para o chão, e de repente à sua cabeça veio um turbilhão de imagens esquisitas que fizeram com que ele desmaiasse.

Quando acordou, já era manhã e o Sol brilhava. As coisas estranhas que o olhavam com olhos vermelhos desapareceram e tudo pareceu tranquilo outra vez, se ao menos ele soubesse onde estava. Lembrou-se naquele momento do que houvera na noite passada, por mais que fosse apenas em fragmentos, ele lembrou. Viu em sua cabeça um porão escuro repleto de um pó branco, que vagava estranhamente pelo recinto como se tivesse vida própria.

— A escotilha — ele sussurrou para o chão de terra da floresta, e em seguida suas memórias lhe mostraram meia dúzia de portas estranhas que guardavam salas espaçosas. Não se lembrou de como fora parar ali, mesmo assim ele continuou forçando sua mente até que se cansou e se colocou a caminhar em direção à cidade.

Viu um casal de adolescentes próximo a uma pousada antiga, ao qual ele nunca vira antes, e lembrou-se das suas filhas e da sua esposa, por fim tentou lembrar dele mesmo mas não conseguiu, nem sequer seu próprio nome ele poderia pronunciar com toda a certeza possível. Porém, o mais estranho em seus pensamentos não era não saber o seu próprio nome, era ouvir o nome Leina sendo imposto para si em sua cabeça, mesmo ele sendo um homem.

Só depois que desistiu de se lembrar quem era, foi que percebeu: não sabia para onde estava indo. Ele não tinha conhecimento nenhum sobre a cidade que se erguia diante de seus olhos. “Onde estou? Tenho certeza de que nunca vi esse lugar antes. Esta não é a Deliaes”. Seus pensamentos sacudiram sua cabeça de modo brutal.

Pessoas iam e vinham, com roupas estranhas que já tinham saído de moda há anos. Um grupo de rapazes passou do outro lado da rua, todos com cabelos grandes e sem barbas, trajando calças cintura alta e camisas regatas com cores fortes. Uma moça, acompanhada de outra, com cabelo *black power* sorriu-lhe enquanto seu cheiro impregnava o ar.

Ele estava perdido, não sabia onde estava ou o que estava acontecendo, e então um Corcel vermelho passou ao seu lado, rangendo o motor enquanto sacolejava suavemente. Ele olhou para um lado, depois para outro e indagou, assustado e confuso, a quem quer que estivesse ouvindo:

— Onde estou? — mas as pessoas não paravam para lhe responder, elas continuavam andando como se nada estivesse acontecendo, até que ele se apavorou por completo e indagou, num grito:

— EM QUE ANO ESTOU? — sua voz ecoou no ambiente, estridente, e depois disso, como se essas fossem palavras mágicas, todos pararam e continuaram imóveis, paralisados, literalmente.

Um panfleto rodopiou no ar duas vezes e em seguida atingiu seu rosto, e como que desejando que ele visse a verdade o panfleto exibiu em uma fonte gigantesca a seguinte linha:

01 de março de 1981

Seu coração bateu forte, mas ele sabia que aquilo não era real, sabia que não havia como ter regressado no tempo. Para ele aquilo era só um pesadelo, tentava a todo custo imaginar que ainda estava em 1998... "ou deveria ser 2018?", ele se perguntou, confuso sobre em que momento do tempo de fato era para ele estar. Sentia-se sufocado e a sua memória não lhe retornava. "Isso é apenas um pesadelo", ele pensou e novamente tudo voltou a se movimentar.

Ele não sabia o que imaginar, não sabia o que fazer, estava em estado crítico com muitas vozes sem sentido preenchendo sua cabeça com bobagens. Foi então que o rosto da sua filha veio à sua mente e ele pôde sentir-se feliz, mas em contraste o seu apareceu e outra vez sua memória se perdeu em meio às vozes incessantes. Tudo acontecia rápido demais, até que um velho, sorrindo, surgiu à sua frente dizendo algo que ele não compreendeu de imediato.

— O quê? — indagou ao idoso, quando este fechou a boca.

— Você está em Deliaes — o homem informou, ainda sorrindo, como se sentisse felicidade pela desgraça dele.

"Deliaes... não a conheço assim", sussurrou em sua mente, tentando se acalmar, mas o que disse foi:

— Obrigado, senhor — e em seguida caminhou para longe dali.

Capítulo 1

(antes)

19.06.1998

Naquela nobre noite de outono, logo após o programa ter acabado, Alice avistou uma estrela cadente enquanto estava sentada no alpendre. E então, num ímpeto, se colocou de pé, apontando para o luzeiro que despencava do céu numa velocidade extrema. Leina viu tudo, tentando se ocultar um pouco.

Gritando e mirando para o céu Alice olhou para a mãe, que num devaneio profundo encarava o nada, e disse:

– Mamãe, olha lá, lá...

– Uma estrela cadente – Helena disse, esboçando um sorriso cansado. – Faça um pedido, filha.

Foi só após isso que Alice deixou de berrar. Fechou os olhos e uniu as mãos como se fosse rezar. E em voz alta, ela disse:

– Quero que o papai volte para casa – alegre ela agarrou a mãe em um abraço apertado. – Agora o papai vai voltar, mamãe, não se preocupe mais – pediu.

A estrela já havia sumido na escuridão quando Leina se juntou às duas no alpendre. Sua pequena irmã continuava agarrada à sua mãe num gesto infantil e carinhoso, ela tinha apenas sete anos, sentia muita falta do pai e nem imaginava o que poderia ter acontecido, mas já Leina, àquela altura, começara a se afligir.

— O que aconteceu? — Leina indagou, enquanto Alice levantava o olhar.

A resposta que obteve foi a imagem de sua mãe se desmanchando em lágrimas, tentando manter-se forte. Olhou de novo para ela e no mesmo instante sentiu a tristeza a dominando. Não conseguiu deduzir logo em seguida o porquê de sua mãe estar chorando, mas algo sussurrou no lugar mais obscuro de sua mente: "É o seu pai que a deixa triste! Ela sente falta dele, e você sabe onde encontrá-lo!".

— Mãe? — Leina aproximou-se, receosa, e não conseguiu fazer mais nada que aquilo. Seus olhos ficaram úmidos e a insegurança segurou suas palavras na garganta com correntes, sentia-se indefesa sempre que seus sentimentos gritavam, por isso tentava evitá-los ao máximo.

Leina Novaes era uma menina baixa para a idade, possuía cabelos curtos e escuros. Diferente de Alice que tinha longos cachos de cabelos dourados.

— Não é nada, não se preocupem! — Helena pediu, mas isso era inevitável: não se preocupar com a própria mãe, pelo menos era o que Leina achava.

Capítulo 2

25.06.2018

Mesmo depois de vinte anos, Leina ainda viva em Deliaes, num sítio afastado da cidade o qual chamava-se Lagoa Rasa, ele era como o bairro nos confins de Deliaes em que viveu quando criança. Era silencioso e aconchegante. Ficava ao oeste da cidade, por onde um riacho fluía e árvores cresciam ainda aos montes, cercando o lugar. Para chegar à cidade ela tinha de percorrer uma longa estrada de oito quilômetros, porém isso não era nada em comparação a paz que tinha naquele lugar. Ela amava o sítio, pois a fazia lembrar-se dos velhos tempos, e da família como fora.

Naquela tarde de 25 de junho Leina estava pronta para sair de casa quando notou a ausência de sua bolsa no ombro direito. Apressada ela vasculhou a sala de um lado a outro em desespero, pois estava atrasada e o seu chefe não tolerava atrasos, mesmo que eles fossem minúsculos ou até que tivessem uma ótima justificativa. Com isso em mente ela se irritou, terminou de varrer a sala com o olhar e nada da maldita bolsa, depois correu por todos os cômodos e deu no mesmo. Nada. Frustada a mulher desistiu de procurar, sendo obrigada a deixar em casa todos os seus documentos, dinheiro e até mesmo seu *smartphone* – ao qual ela não suportava viver sem. Só de imaginar deixar coisas tão valiosas para o dia a dia em casa, a mulher sentiu uma aflição se somar ao seu semblante, mesmo assim ela se encaminhou para fora, apertando a chave do carro entre os dedos para não a perder também.

Desde que Leina entendera o suficiente dos seus problemas, ela nunca mais teve a mesma mente para algumas atividades pequenas, como lembrar onde deixara algo no dia anterior. Por isso, sempre mantinha tudo muito bem organizado, mas aquele dia fora diferente. Algo sutil a incomodava, causando um arrepio frequente na espinha.

— Merda! — praguejou, pensando em seu celular.

Ultrapassou o alpendre, e então deu meia volta para trancar a porta da frente. O carro estava estacionado ao lado da casa, metade para fora da garagem. Eram 13h30 e ela tinha até às 13h45 para chegar à agência do banco ao qual acabara de ser contratada para a função de Escriturária. Se comparado com o antigo, o atual emprego era ótimo. Ganhava duas vezes mais e trabalhava menos que antes, mas havia um porém: o seu chefe não era lá tão amigável, o que acabava comprometendo toda a sua interação, que amava ter, com seus colegas de trabalho. Isso, ela podia colocar em seus contras, com certeza, mas no outro emprego anotaria no lado de prós.

Olhou para o relógio de pulso assim que se sentou no assento e tocou o volante do seu Corolla prateado, ele marcava 13h31. Em sequência Leina pressionou o botão e o motor rangeu, colocou em marcha ré e saiu de vez da garagem. Em meio minuto ela estava na pista, fazendo a poeira subir com o girar das rodas. Logo o veículo dominou na estrada e quase ultrapassou a faixa dos 110 km/h em apenas 30 segundos. Ao perceber isso, ela diminuiu a velocidade, pondo em sua mente que sua vida valia muito mais do que aquele emprego, portanto, teria mais calma. Ela prezava por sua vida e o controle do seu interior, como há muito tempo prometera.

Continuou numa velocidade exata de 70 km/h, olhando atenta para o caminho, quase que se afastando da consciência naquele momento. Foi então que sentiu um frio transpassar sua pele e subir pela sua espinha de forma brutal, e reparou seus pelos do braço se eriçarem. Ela tinha se mantido bem, durante muito tempo. Mas agora, mais do que nunca, sentia que tudo aquilo retornaria se arrastando morbidamente para contornar a parte mais obscura do seu cérebro. Procurou o seu celular por alguns instantes, iria ligar para sua irmã, mas logo lembrou-se de que o havia deixado em casa, foi então que ela pisou com força no freio, ignorando o que prometera para si e arriscando a sua vida. O carro derrapou, entretanto, manteve-se da maneira correta: com as rodas no chão.

Respirando com dificuldade ela deu meia volta, pois precisava ligar para sua irmã o mais depressa possível. Segundos depois, o veículo avançava na direção contrária. Ela estava ignorando o fato do seu atraso. Emprego já não se encaixava como prioridade naquele momento.

Algo gerava uma vibração desconfortável em seu ouvido, sem que ela imaginasse o quê. E então, percorreu a visão para o lado e mirou de relance uma pessoa sentada no banco de trás. Ela tentou gritar, mas a primeira ação foi frear ainda mais depressa do que da primeira vez. Parou e rastejou do veículo para o chão. Os vidros estavam abaixados, e por conta disso ela conseguiu enxergar o homem que permanecia imóvel no banco de trás do carro, olhando para a frente, sempre para frente.

— Por que está aqui? O que você quer? — ela quis saber, lembrando-se de todas as vezes que vira aquele rosto, de todas as vezes que ouvira a voz dele fluir. Sua pergunta se desvaneceu sem resposta, e o homem apenas a encarou com olhos frios e sem vida.

O indivíduo estava bem-vestido, com roupas do século 19 que somente a elite possuía naqueles dias. Mas o que sempre chamara a atenção de Leina não fora o fraque ou o relógio de bolso, antigo e muito valioso, do homem, e sim a cartola, que quase tocava no teto do carro.

— Oi, Leina — em um leve tom o sujeito a cumprimentou, e depois de uma pequena pausa, continuou: — Ele espera você.

Capítulo 3

26.06.2018

O ônibus escolar adentrou na Rua Imperatriz e em meio minuto parou, sacolejando em frente à entrada do Museu Imperial, localizado na cidade de Petrópolis, no Rio de Janeiro.

Os alunos mantiveram-se todos sentados sob ordens da professora Alice, que os tinha levado até ali para que tivessem um melhor aprofundamento no conteúdo que vinha sendo abordado durante todo o primeiro semestre. Ainda assim, inquietas as crianças moviam as cabeças por entre as janelas, enquanto um guarda surgia abrindo os portões para que o ônibus entrasse. Segundos depois o veículo estava avançando pela estrada que formava um arco respeitando a natureza ali presente, dentro da propriedade.

Quando então parou, bem em frente ao prédio principal, Alice demorou-se observando a vegetação que se erguia circundando todas as construções, ocupando a maior parte do lugar. Olhou para seus alunos, e de repente lembrou que era 26 de junho, e que depois daquele dia ela estaria livre deles por um mês. Ela os amava, mas não via a hora daquele dia acabar para poder chegar em casa.

Ansiosa, Alice desceu do veículo após cumprimentar o motorista. Respirou feliz o ar da manhã, e de um lado da estrada, encarou o Museu Imperial. Enquanto pessoas andavam, de um lado para o outro, seus pensamentos voavam entre anos passados, mas quando as crianças começaram a descer do ônibus, ela voltou-se para a atualidade.

— Desçam com calma, muita calma! — ela ordenou, e assim as crianças fizeram.

Alice Novaes tinha vinte e sete anos, mas era professora desde os vinte e um. Sempre fora bastante estudiosa e sempre amara histórias — por isso, a escolha da área de atuação. Ela concluíra seu bacharelado em História com apenas vinte e um anos, e nos anos seguintes fizera mestrado na Universidade Federal do Ceará. Apesar de toda sua formação, ela preferia lecionar em escolas de ensino fundamental, porém, há alguns dias tinha passado em um concurso federal para ensinar na grande capital do Ceará.

A todo momento tivera na cabeça a ideia de que fazer a prova seria apenas um teste de realização pessoal, entretanto, desde que o resultado saiu ela estava em dúvida sobre aceitar ou não, pois como bem sabia, amava educar as crianças mais do que tudo, e também tinha pavor sempre que pensava em voltar ao Ceará. Porém, era lá que sua irmã e seu avô residiam, e gostando ou não, pelo menos uma vez ao ano, ela tinha que ir visitá-los.

Segundos depois ela voltou a olhar para o museu, e era isso que enchia seus olhos, por enquanto.

O ônibus avançou para sair dali, deixando todos os alunos, com a professora, de um lado da rua estreita. Alice olhou mais uma vez para cima, buscando o topo das árvores e tendo que inclinar o pescoço para isso. As crianças a imitaram e logo ela começou a dar algumas instruções:

— Quando entrarmos, quero todos os vinte ao meu pé, entenderam?

— Sim, senhorita Alice — as crianças responderam em uníssono.

— Não toquem em nada que não seja permitido, e não briguem... pelo amor de Deus. Estamos entendidos? — indagou outra vez, gesticulando com a mão.

— Simmmm! — as crianças, do quinto ano, responderam em conjunto outra vez.

De repente um garotinho, com não mais que nove anos, levantou a mão, pedindo direito à fala. Ao vê-lo, Alice assentiu e o garoto disse:

— Mas eu queria sentar no trono!

— E eu queria pôr a coroa — uma garota declarou, frustrada.

— Infelizmente, crianças, não vamos poder fazer isso. Todos os objetos são artefatos históricos, e por isso a gente não pode tocá-los. Mas vocês estarão vendo eles, não é o suficiente?

— Não — o garoto sussurrou, irritado, enquanto desviava o olhar da professora.

Alice sorriu e sentiu um pouco de pena das crianças, mas não poderia fazer absolutamente nada em relação àquilo, eram regras do museu.

— Vamos, o museu está logo ali na frente! — disse ela, e as crianças se puseram a caminhar em direção à escada.

No ombro direito carregava sua bolsa, e com as mãos preenchia uma folha de presença. Ela contou os alunos um por um, enquanto marcava presença ou falta na folha. E como mais cedo, tudo estava certo, todos estavam ali.

As crianças prosseguiram caminhando à sua frente, já tinham subido a escada por completo quando seu *smartphone* vibrou e vibrou, para depois iniciar o toque. Com calma ela enfiou a mão dentro da bolsa e procurou pelo aparelho. Quando enfim o encontrou, ela espantou-se com o nome que a tela exibia:

Dona Irene

Leu as palavras com o coração palpitando forte e sua cabeça se agitou em uma ligeira inquietação, no entanto, foi só mais tarde que ela percebeu que o seu tique há muito superado, havia retornado. Naquele momento, com pressa, ela atendeu à chamada. E então ouviu uma voz rouca e afobada do outro lado, que insistia chamando-a pelo nome:

— Alô Alice? Alice, você está aí?

Ela ouviu tudo, mas estava paralisada. Havia tanto tempo que não escutava aquela voz. Havia tanto tempo que Irene não lhe ligava, que ela logo sentiu o medo nas veias. Quando enfim conseguiu produzir algum som, foi algo como um sussurro trêmulo:

— Sim — ela tentou manter-se firme e continuou falando. — O que houve, Irene?

Por alguns instantes, a voz do outro lado desapareceu, por isso Alice sentiu-se ainda mais insegura. Sua cabeça vibrou por meio segundo e estagnou de novo.

– Irene, o que houve? É ela?! – Alice sabia que Irene tinha algo a lhe dizer, com certeza sabia. Lembrava-se bem da última vez que falara com ela.

"Eu lhe dei todas as instruções, com certeza ela está me ligando por conta disso, com certeza", Alice pensou, esperando a voz do outro lado fluir outra vez.

– Sim! – Irene respondeu.

Ao ouvir aquela resposta, Alice estremeceu. Sentiu um calafrio percorrer-lhe a espinha e o pavor tomar conta de todos os seus nervos. Por um instante viu a irmã, visualizou-a segredando sobre o porão e por último viu sua mãe, encarregada das tarefas caseiras enquanto cuidava das filhas.

Irene suspirou ao telefone e falou, preocupada:

– Venha rápido, filha. Tem alguma coisa estranha, você tem que ver. Ela estava chamando seu nome agora há pouco.

– Irene, por favor, vá até ela – pediu, mas a isso recebeu o silêncio por um instante. Quando pensou que a ligação tinha sido encerrada ouviu a voz da dona Irene recusar-se:

– Não Alice... Eu não sei se consigo!

E depois disso, apavorada, ela teve de ouvir um longo e sonoro fim de ligação que encheu sua mente.

Capítulo 4

26.06.2018

Irene era uma senhora de sessenta e sete anos, com muita pele enrugada e cabelos tão brancos como algodão. Também com olheiras fundas e um olhar vago que a todo instante aparentava exalar tristeza. Ela morava em Deliaes desde que nascera, nunca sequer vivera em outra cidade, pois amava aquele lugar e sentia pavor, só em imaginar a possibilidade de deixá-lo. No entanto, há 7 anos havia se distanciado um pouco da cidade e vivia agora no sítio Lagoa Rasa, e esse foi o máximo que conseguiu se afastar do município, dizendo para si que de toda forma o lugar também fazia parte de Deliaes.

Aquela cidade lhe era a terra amada. E Deliaes realmente era um lugar para se amar, pois era uma ótima cidade se comparada com o restante do país. A criminalidade sempre fora baixíssima, todos prosperavam e ninguém invejava o que pertencia ao outro, ou pelo menos assim era como Irene enxergava.

Naquela manhã quieta de 26 de junho, ela estava assistindo aos desenhos animados que apareciam de vez em quando na televisão. Era a sua maior diversão, e era o que necessitava para conseguir se distrair. Depois do que aconteceu ao seu marido foi impossível se sentir bem e inteira de novo, mas as vezes ela não suportava tanta angústia, e então só os desenhos podiam ajudá-la. Em nenhum período do dia conseguia esquecer o falecido esposo, no entanto quando os desenhos começavam a dor podia ser camuflada. Aquelas coisinhas se movendo dentro da televisão tinham um poder incrível, era o que ela pensava.

Já se fazia quatro meses desde o enterro, e ainda não alimentava esperanças que o tempo pudesse ajudar. Ela achava que nunca saberia lidar com aquilo, e as perguntas incessantes sobre seu estado de espírito confirmavam isso. "O idiota escorregou no lago", era só o que repetia quando conversava com alguém a respeito. Apesar disso, ela ainda se mantinha firme em Deliaes, não havia o que tirasse aquela mulher da cidade.

Sob seu peso a poltrona rangeu e a televisão chiou no mesmo instante, foi então que ela ouviu um barulho na porta, como se alguém tivesse girado a maçaneta. Na casa inteira só havia uma saída, e era na sala. Por isso, quando o barulho fluiu, seus olhos se direcionaram para a sua esquerda, onde a porta se encontrava, a metros de sua poltrona.

Num instante depois algo pareceu arranhar a madeira do outro lado. O som era fraco, mas audível. Desesperada moveu a mão e agarrou o controle, e então desligou a televisão, sem nunca tirar os olhos da porta. A pobre idosa estava apavorada e, ainda assim, mexeu os músculos para se levantar. Com cautela ela se aproximou da janela e afastou um pouco a cortina. Entretanto, não enxergou nada lá fora, e nem mais ouvira, pois o barulho havia se desvanecido.

Imediatamente, expulsando o pavor das veias, ela destrancou e abriu a porta, pondo os olhos na rua a primeira vez no dia. Depois do alpendre, na estrada de terra, fios de poeira ainda podiam ser vistos no ar, voltando ao solo. Aquilo permaneceu em sua cabeça. Ela sabia que algo passara ali, sabia porque ouvira, e também vira resquícios da presença de algo ou alguém. Avistara a poeira baixando, no mesmo instante que abrira a porta.

Desejou que fosse só o vento, mas logo constatou a inexistência dele naquele momento. "E mesmo que tivesse, ele só levantaria a poeira, não faria aquele barulho estranho", pensou, como uma espécie de confirmação que a amedrontou mais.

Sem intervalos, ela desceu os degraus do alpendre que levavam ao chão de terra, olhou para um lado e depois para o outro. Não viu pegadas, mas mesmo assim seguiu para a direita, pois seus instintos ordenavam. Suas pernas latejavam em dores pequenas e tênues por conta do longo tempo sentada, contudo ela seguiu.

Ao lado, após andar poucos metros, ela avistou a casa da sua vizinha, que viera morar ali há quase cinco anos. A casa não era tão grande quanto aparentava. Tinha dois andares e um alpendre largo, mas era apenas isso. Irene evitava manter contato com a vizinha, por um motivo em especial, mas sempre que a via ela se mostrava bastante educada e a cumprimentava. No velório de seu esposo, a vizinha tinha aparecido para lhe oferecer ajuda, no entanto, mesmo necessitada de qualquer que fosse o apoio, ela recusara. Irene sempre temia o que viesse da vizinha, afinal, era o que tinham lhe dito para fazer, mas não tinha certeza do porquê, até aquele momento.

Ela se espantou, no instante em que olhou para a casa e percebeu. Qualquer um teria de olhar dezenas de vezes para compreender, e ainda assim poderia não ser possível. Irene olhou, olhou e olhou, mas levou alguns instantes para acreditar; a entrada estava repleta de animais mortos, de vários tipos. Havia gatos, coelhos, ratazanas, cachorros, pássaros e até mesmo galinhas. Estavam postos de maneira ordenada, banhados de sangue, se misturando à terra e formando três letras na seguinte sequência:

PAI

Quando ela compreendeu a palavra, virou-se para sair dali, mas antes, seu olhar encontrou uma mulher que surgia à porta daquela residência. Irene viu ela sorrir enquanto balançava as mãos ensanguentadas no ar, para secá-las, como se estivessem molhadas de água e em seguida a ouviu chamar um nome que ecoou por todo lado:

— Alice, onde você está? Lice! Lice!

Irene horrorizou-se, quase gritara tremendo de medo, mas isso seria pior, então ela continuou calma. Caminhou de volta para casa com o aviso de Alice ribombando em sua cabeça: “Por favor, dona Irene, caso aconteça alguma coisa estranha, me ligue! Eu preciso que a senhora me faça esse favor”.

— Eu nunca imaginei isso — sussurrou, abrindo a porta de sua casa. — Eu nunca me imaginei nesta situação — murmurou nervosa, procurando pelo *smartphone* que seu filho tinha lhe dado. Apesar de ela ainda reclamar muito, por muitas vezes não conseguir utilizar o *smartphone*, adorava ouvir as músicas quando conseguia colocá-las.

Irene segurou o aparelho com as duas mãos enquanto tremia, abriu a agenda e encontrou o nome:

Alice Novaes

Esperou poucos segundos e então Alice atendeu à ligação. Irene precisou pronunciar duas vezes o nome da professora para que ela pudesse responder:

— Alô Alice? Alice, você está aí?

— Sim! O que houve, Irene? — nesse momento Irene não soube o que dizer. Passou-se um breve instante e ela ouviu Alice indagar outra vez:

— Irene, o que houve? É ela?!

"Aconteceu o que você mais temia, querida! Seja lá o que isso for", era o que desejava dizer, mas apenas murmurou:

— Sim! — e em seguida suspirou, para depois prosseguir. — Venha rápido, filha. Tem alguma coisa estranha, você tem que ver. Ela estava chamando seu nome agora há pouco.

— Irene, por favor, vá até ela — Alice pediu, mas a pobre idosa não conseguia mover-se novamente para a casa da vizinha, ainda mais depois do que acabara de ver.

— Não Alice... Eu não sei se consigo! — foi o que conseguiu dizer, antes de a ligação cair.

Capítulo 5
(antes)
20.06.1998

Sentindo outra vez a dor retornar à cabeça, Helena caminhou apressada em direção à sala de jantar, onde o barulho do telefone soava sem intervalos. Era uma manhã fria, em 20 de junho de 1998. Ela tinha acabado de voltar para casa, estava fora porque precisara ir deixar as crianças na escola, e no momento em que empurrou a porta para entrar, ouviu o barulho. Rapidamente jogou a bolsa para um lado e caminhou pelo carpete da sala, entrou no corredor e em seguida saiu na cozinha. Pela janela acima da pia avistou o quintal de sua casa, estendendo-se rumo à cerca que envolvia toda a propriedade. O barulho soou apenas mais uma vez antes que ela atendesse, com um olhar perdido se fixando na mata além dos limites da cerca.

— Alô? — falou ao telefone de fio, levando uma mão à cabeça, pressionando a região da dor.

— Oi, Helena — a voz do outro lado se propagou —, é o Delegado Walter.

"Walter?", sussurrou em sua mente imaginando o que viria a seguir, o que o seu antigo amigo tinha a lhe dizer. Em questão de segundos, reproduziu dezenas de coisas relacionadas ao seu marido, desde a melhor hipótese à pior. A ansiedade a corroeu por dentro, e por algum tempo ficou sem voz. O tempo não corria e ela estava paralisada, deduzindo milhares de coisas.

— Walter — instantes mais tarde as palavras saíram, soadas por uma voz trêmula e insegura —, você o encontrou?

Sua mão tremia e seus pensamentos flutuavam para o último dia em que vira seu marido. Era uma manhã de sábado, fria como aquela, ou até mais. Jonas usava um casaco escuro de lã e fumava um cigarro após o outro, estava completamente trêmulo, e Helena percebeu, mas quis acreditar que era apenas o frio. No entanto, logo deixou de se enganar, pois era óbvio o nervosismo do homem. Suas pernas e mãos tremiam sem parar, e quando o cigarro abandonava seus lábios, com um olhar desfocado e pensativo, ele roía a unha do polegar esquerdo, como se estivesse ansioso para algo, e de fato Helena sabia que estava; pois não parava de olhar para a rua, de um lado ao outro, como se esperasse por alguém. Ela lembrava-se de ter ficado com o coração apertado naquele dia, porque sabia que algo estava estranho, sabia disso há muito tempo. Certa vez tentara falar com ele, dias antes do sumiço, mas fora repreendida e uma briga tremenda se iniciou. Jonas saíra de casa na mesma noite, voltando apenas no dia seguinte.

Depois disso, Helena não ousara incomodá-lo com o que quer que estivesse acontecendo. Por isso, naquele dia gelado, ela resolvera deixá-lo em paz, resolveu deixá-lo sozinho. Por mais que isso lhe doesse, era o que tinha de fazer para evitar discussões na frente das crianças. Jonas passou longos minutos sentado no sofá, saindo de vez em quando para a rua, e foi numa dessas saídas que ela o viu partir. Viu-o entrar em um carro e sumir em meio à neblina, sem se despedir dela e das filhas.

Agora, mesmo depois de tantas semanas, ela ainda chorava todos os dias, sempre que as crianças adormeciam ou quando elas não estavam em casa. Sentia falta do seu marido e sabia que poderia ter evitado que ele partisse, que ele fosse embora naquele dia frio. Poderia ter evitado tudo que acontecera, mas não o tinha feito.

— Sim! — um ruído soou do outro lado da linha, no mesmo instante em que suas palavras se desfizeram no ar gélido. — Encontramos o Jonas, Helena... — com tristeza, a voz do Delegado brotou mais uma vez e isso trouxe à Helena a certeza perfeita.

"Não é algo bom", pensou ainda tremendo e tentando reproduzir suas expressões outra vez. Tentou indagar se ele estava bem, mas as palavras não ousavam sair da sua boca, o terror extremo lhe amordaçava.

– Helena, sinto muito. Jonas está morto. Foi encontrado na mata ao norte da cidade. Estava enterrado, mas os cães conseguiram encontrá-lo, somente porque a cova não foi cavada tão funda. O caso já está sendo investigado, logo vamos descobrir o que fizeram com ele e puniremos os responsáveis. Prometo a você, Helena.

As lágrimas foram inevitáveis, totalmente inevitáveis. Ela sentiu um nó pesado agarrando-se à sua garganta, as palavras desejavam se estruturar e se deslocar para o exterior do seu ser, mas não era possível. Seu estômago apertou-se e seu peito ardeu, apenas murmúrios e lágrimas rastejaram para fora do seu corpo. A dor era iminente, e chegava aos poucos. Ela não havia absorvido tudo por completo ainda. "Ele está morto. Morto! Jonas, o que aconteceu? Por que me abandonou? Por que abandonou as crianças? Jonas...? Você não pode estar morto".

– Não... por favor, Walter... Não – ela murmurrou quando foi possível, com a dor apertando seu peito brutalmente.

Capítulo 6

(antes)

25.06.1998

Há três dias Leina ficou sabendo de tudo a partir de sua mãe, mas ainda assim não acreditava naquela história, ou pelo menos não desejava acreditar. Na manhã do dia 22 de junho, Helena lhe chamara no quarto e sem pressa começou a falar. Ela até tentou segurar as lágrimas, mas à medida que pronunciava as palavras, o líquido escorria devagar por suas bochechas e pingava no chão.

– Leina – sua mãe havia dito três dias atrás –, aconteceu algo muito ruim com o papai... mas a mamãe sempre vai estar aqui com você, ouviu? Não quero que conte nada para Alice ainda, tudo bem? Eu vou conversar com ela depois... Ó Deus – chorando, a senhora Helena explicara.

– O que aconteceu com o papai, mamãe? Onde ele está? – lembrava-se de ter indagado apreensiva, imaginando que seu pai estava em alguma cama de hospital, com vários machucados e alguns enfermeiros lhe prestando socorro.

– Leina, papai está morto... por favor, não conte nada para Alice – Helena pediu e Leina concordara, paralisada, sem sentir absolutamente nada naquele momento.

Nesse dia, de repente, a voz curiosa voltou à sua cabeça, gritando para ela a verdade, gritando e gritando o mais alto possível. Circundando agressiva e grave por todo seu cérebro. "Não, Leina...", as palavras ribombaram em seu interior, e então, tudo passou diante dos seus olhos, desde o sorriso do seu pai até as lágrimas de sua mãe, que seguiam caindo bem à sua frente. "Não! Ele não está morto. Jonas, está vivo." Leina tentou entender de onde estava vindo aquela voz ou o porquê estava em sua cabeça, mas não conseguiu.

— Leina, você está bem? — ouvira sua mãe perguntar, naquele dia.

— Não, mãe... — sussurrara — papai não está morto!

— Meu Deus, me ajude por favor — Helena pediu, e depois avançou para envolver a filha num abraço. — Alice está com a dona Aurora, Leina, e quando ela chegar... não fale nada a ela, por favor, Leina. Eu mesmo conto, eu falo para ela.

Ela fez o que a mãe pediu. Mesmo que não acreditasse em nada daquilo, ela fez. Guardou segredo de Alice e não se importou em saber quando a irmã descobriu.

E então, três longos dias se passaram e durante todos eles, sua mãe usou apenas roupas escuras, e em nenhum momento Leina deixou de imaginar o quanto aquilo era desnecessário, pois ainda acreditava com todas as forças no que sua cabeça lhe informava. "Papai não está morto, mas a mamãe não acredita em mim".

Foi apenas na manhã do dia 25 que sua mãe avisara do enterro e lhe trouxera um vestido longo e negro, para usar:

— Leina, você precisa usar isso hoje.

Por um instante Leina olhara a roupa com desdém, mas ainda assim assentiu. Mais tarde Helena voltou para chamá-la, estava na hora do enterro e ela tinha que ir de qualquer forma. Obedeceu em silêncio e caminhou com calma, sem nunca demonstrar tristeza.

— Papai não está morto, mamãe — falou, descendo as escadas.

— Leina, por favor, já está sendo muito difícil para mim, e você nem imagina como sua irmã deve estar se sentindo, então chega disso. Chega! Tudo bem?

Ela concordou, mas ainda tinha as vozes dizendo que não aceitaria nada do que estava sendo dito.

— Entre no carro, Leina — sua mãe ordenou, enquanto abria a porta do veículo que viera lhes buscar.

Leina consentiu, mas no momento em que viu Alice no banco de carona ela esmoreceu. Nos últimos três dias havia se escondido no seu quarto a maior parte do tempo, não tivera curiosidade sequer de saber como estava sua irmã com aquilo tudo; agora, vendo-a, não restavam dúvidas em sua cabeça de que precisava ajudá-la. Tinha que ajudar sua irmã, logo... tinha que dizer, tinha que contar a verdade.

"Papai não está morto, Alice, ele está vivo! Só temos que achá-lo". Ela pensou, desejando sussurrar as palavras em seu ouvido, mas não podia, pois sua mãe estava ao seu lado e a reprimiria por isso. De repente uma pergunta fluiu em sua cabeça, ao qual ela ainda não tinha a resposta: "Achá-lo onde?". De súbito ela parou, pensando e procurando a resolução no fundo de sua mente. "No Porão!" A voz respondeu-lhe, num sussurro. "Sempre, no Porão."

— Vamos, Leina — sua mãe falou, trazendo-a novamente para a realidade.

Mais tarde elas chegaram ao cemitério, onde mais ou menos doze pessoas aguardavam sentados pelo funeral do seu pai. Leina avistou seu avô materno Eripe, um idoso esguio e pálido que por alguma razão não mantinha laços com a única filha que tinha. Leina nunca se interessou em saber o porquê, já que em sua mente ela tinha a certeza de que ele não gostava das netas e da filha, e muito menos do Jonas. Não podia dizer que ele nunca visitou sua família, ele até já lhe presenteara em algumas ocasiões, mesmo assim lhe era um estranho quase que completo. Já o Delegado Walter, que naquela manhã lhe cumprimentou com um meio sorriso, parecia mais afeiçoado a ela, apesar de não a ver com regularidade, sempre que o Delegado topava com ela e a mãe nas ruas ele se mostrava amigável e gentil, parecia gostar de Leina, mas ela não sabia por que, já que sua mãe pouco falava com ele nessas ocasiões.

Deixando os pensamentos de lado Leina voltou a olhar as pessoas, viu dois amigos de trabalho do seu pai e a senhora Aurora, a sua vizinha; uma idosa que tinha mais de sessenta anos e era amiga da família há um bom tempo. Havia também uma jovem senhora grávida acompanhada do marido e das duas filhas que tinha, eles formavam uma família tão simples como a de Leina um dia fora. Recentemente haviam se mudado para as proximidades da região em que Leina vivia, e se tornaram amigos da família por conta da amizade de Alice com uma das meninas, ou com as duas, Leina não sabia. No entanto, ao vê-los um súbito aperto de inveja lhe aflorou na garganta, fazendo-a se sentir quase insignificante perante o mundo, quase desnuda e vulnerável. Com isso, por longos minutos devaneou sobre o passado, desejando com afinco que ele retornasse.

O restante, Leina tinha dúvidas de quem eram, mas não se importou com isso, ela sequer quis falar com alguém. Esperou quieta até o fim, quando, uma a uma, as pessoas vieram falar com sua mãe usando de um tom baixinho.

Leina afastou-se de todos, e caminhou em direção ao enorme buraco em que o caixão estava colocado. Parou bem na beirada da cova e olhou fundo para o rosto do homem. "Não pode ser o meu pai", pensou, antes de enfim a visão se ajustar e... "Não é ele... Não é o meu pai, eu sabia", ela sorriu. O rosto do homem lhe era esquisito, até mesmo as vestimentas eram estranhas. Ele tinha um longo bigode e uma barba bem aparada, estava vestido com um colete azul e uma fraque escura. A corrente de ouro do seu relógio de bolso arranhava em sua garganta, e sobre o topo da cabeça, uma cartola apertava-se no espaço disponível.

— Mãe, venha ver. Eu tava certa, não é ele, mãe. Não é o meu pai, eu sabia, eu sabia disso! — ela falou, afastando-se do buraco o mais depressa possível.

Todos voltaram a atenção para ela, estavam com o horror desenhado em seus semblantes.

— Leina... — sua mãe murmurou, imóvel, a mirando com lágrimas nos olhos.

— Criança, você está assustada... é só isso — de repente, a senhora Aurora surgiu à sua frente, agachando-se um pouco para ficar à sua altura. Ela colocou a mão em seu ombro e prosseguiu falando: — A sua mãe está passando por um momento muito difícil, vamos deixar que ela se despeça do seu pai em paz, está bem?

— Mas... não é o meu pai. Aquele homem não é o meu pai — murmurou, confusa. Ela tinha certeza de que todos tinham olhado para o defunto. "Então por que não enxergam? Por que não percebem? Não é o meu pai".

— Por que não conseguem ver? Por quê? — indagou, num grito, enquanto sua mente se embaralhava e as vozes gritavam dizendo para que ela provasse... provasse que não era Jonas no caixão, provasse que ele estava vivo. "Eu vou achar ele, vou provar que meu pai não está morto".

Capítulo 7

26.06.2018

O terror permeava por todo o corpo de Irene, a todo instante lhe mostrando aquela cena horrível ao qual presenciara minutos antes. Sem saber o que mais fazer, ela continuou tentando ligar para Alice, mas a ligação não era completada. Deduziu que o lugar estava sem área, como as vezes costumava ficar. Se pegou pensando que quase nunca se importara com tal problema, a tranquilidade da região — um pouco mais afastada da cidade — a fazia esquecer de coisas como essa, mas agora era diferente. Optou por ligar para seu filho, por pura insistência. E então, quando seu estoque de ideias se reduziu a zero, ela rezou, deduzindo que seu filho apareceria ali a qualquer momento, para confortá-la, para protegê-la, mas ele não apareceu.

— Preciso ir ver como ela está. Foi o que Alice me pediu, mas... eu não consigo — murmurou para si.

"Meu Deus, o que tem de errado com aquela mulher?", perguntou em sua mente. E logo estava pensando em caminhar até a cidade ou mesmo pedir ajuda a alguma outra casa vizinha — das outras quatro que havia além da sua —, que ficava a dezenas de metros dali. Apenas fantasiou a ideia, pois logo o terror se instituiu diante de seus olhos lhe fazendo desistir, ela não conseguia sair da casa, não conseguia se imaginar lá fora outra vez, não depois do que viu.

Permaneceu alguns instantes sentada na poltrona, com um olhar perdido e pensativo. Foi então que um barulho perfurou o silêncio, vindo da cozinha. Por um segundo ela se manteve imóvel, esperando, e no outro se levantou, para depois caminhar sorrateiramente até lá, fazendo com que seus passos reproduzissem um som mínimo. Mas logo o barulho se estendeu, passando de um cômodo para outro, de repente era como se algo estivesse dentro das paredes, arranhando o concreto da casa. Virou-se quando o som correu para suas costas, e assustada ela indagou:

— Quem está aí? — não houve respostas, mas o ruido continuou passando de uma parede à outra, agora demorando-se mais para ressurgir. — Vou chamar a polícia imediatamente se não parar com isso — ameaçou, perseguindo o barulho até a sala, onde finalmente ele cessou.

Tudo se acalmou, mas agora sentia algo se aproximando cada vez mais. De repente uma longa batida soou, vinda da porta. Seus olhos e suas pernas, com receio, tomaram caminho para a janela que se ligava com o alpendre. Olhou com cautela até onde conseguiu, mas não viu ninguém e por isso só pôde esperar pela próxima batida, pois ela sabia que viria outra, sabia que tinha alguém à porta querendo sua atenção e tinha plena certeza de quem era. "Leina, por favor... me deixe em paz".

— Quem está aí? — quis saber, esforçando-se para enxergar o alpendre mais do que a janela permitia. A resposta à sua pergunta veio como a segunda batida, ainda mais forte que a primeira. Irene estremeceu, tentou encontrar Leina à frente da entrada, mas não conseguiu, e então obrigou-se a resolver aquilo de uma vez por todas.

Sua mão começou a tremer quando girou a chave e puxou a maçaneta para si, e o medo só aumentou quando encarou aquele rosto salpicado de sangue escuro. Irene não deixou que seus olhos examinassem bem, porém viu num relance rápido que havia sangue por todo lado, no antebraço o líquido já estava seco, mas nas mãos ainda descia em fios preguiçosos. O medo era intenso, e por isso ela manteve-se focada apenas nos olhos de Leina, e em seu sorriso incessante. Sabia que não devia demonstrar fraqueza, nem por um instante, mas suas pernas tremiam sempre que Leina balançava o corpo como uma criança impaciente. "O que tem de errado com você?" Ela quis perguntar, porém, manteve a boca fechada... bem fechada.

— Senhora Aurora — Leina falou, assim que Irene abrira a porta —, a mamãe pediu para eu vir aqui convidar a senhora para um chá. Vai ser muito divertido, senhora Aurora, você tem que vir! — disse, empolgada como nunca.

"Do que me chamou?", as palavras quase saíram, mas ela manteve-se firme.

— Ah, querida, eu não posso, desculpe... — disse, mas Leina não deu a menor importância e a agarrou pelo braço sem medir forças.

— Vamos logo senhora Aurora — Leina falou, puxando a idosa à força.

— Não, Leina... e-eu não posso — Irene disse, ao ser arrastada, sem conseguir se livrar da poderosa mão que envolvia seu pulso.

Pensou em gritar por socorro, mas logo concluiu que isso poderia piorar em mil vezes a sua situação. Então tudo que fez foi seguir apreensiva, sendo puxada por Leina até a casa dela. E quando chegou ela não viu mais os animais mortos, ao invés disso Irene viu no alpendre da vizinha, uma mesa redonda colocada bem à frente de uma janela, com uma chaleira rosa e xícaras bem ornamentadas. Havia quatro cadeiras esperando por elas e uma música antiga soando de algum lugar ao fundo. Irene estremeceu quando a melodia a penetrou.

— Vamos senhora Aurora, mamãe fez um ótimo chá — Leina lhe sorriu e continuou a apertar seu braço com as mãos sujas de sangue. Foi então que Irene compreendeu, ou ao menos pensou que sim.

Capítulo 8

(antes)

29.06.1998

"Ele está lá. Ele não está morto. Você sabe que ele está lá", algo sussurrou, bem dentro dos seus ouvidos. "Procure! Procure! Procure... Vamos Leina! Ele espera por você."

Tudo estava escuro. Suas têmporas ardiam, assim como sua língua, e qualquer contato com sua pele lhe causava fortes dores, até mesmo o toque leve do vento se mostrava agressivo. Mas o breu era o que mais lhe apavorava, até que uma tênue luz surgiu de detrás das árvores, e ela pôde vê-las: coisas pálidas de olhos brilhantes e vermelhos, reproduzindo a dúvida e o medo pelo ar:

"Lei-na... Seu pai nunca saiu de Deliaes. Ele está aqui, aqui conosco!", uma criatura esbravejou em palavras lentas, aguçando sua voz à medida em que terminava.

De algum modo, Leina estava caída no bosque e só agora se perguntava como fora parar ali, envolta daquelas coisas que se assemelhavam a humanos. Horrorizada, desejou que a escuridão total voltasse, mas ela não voltou. E então, os monstros começaram a se mover em sua direção, nus e com longas garras que cintilavam na pouca luz. Leina recuou rastejando, mas logo notou que havia mais deles à suas costas, e todos juntos fechavam um círculo mal feito em torno de si. Sem saber o que fazer, ela escondeu a cabeça entre os joelhos e chorou como nunca, esperando seu fim, mas antes que as criaturas pudessem encostar nela, outra coisa a tocou e toda aquela cena se desfez em um milhão de pedaços, abandonando-a, por hora.

No mesmo instante Leina acordou, arfando, com o rosto da sua irmã surgindo bem acima do seu. Tentou se realocar no ambiente presente — o seu quarto —, mas não conseguia. Algo estava lhe sufocando, tentando lhe arrastar para longe, e ela não sabia dizer o que. No entanto, quando ouviu o chamado de Alice, soando como se viesse de um lugar muito... muito distante, ela conseguiu despertar.

— Leina, Leina, Leina, Leina... — sem intervalos de tempo, Alice continuou chamando-a, cada vez mais alto e mais próximo.

— Tá, tá bom... já estou acordada — declarou, para que Alice a deixasse em paz. Somente depois de falar que ela se sentiu presente no quarto, e agora entendia porque sua irmã a tinha acordado daquela forma; era segunda de manhã, dia de escola. Mas ainda assim, havia uma coisa que Leina não entendia: o porquê de Alice ficar sempre tão animada com isso.

— LEINA — Alice gritou da porta, ao ver que Leina voltara a se recostar no travesseiro macio. — Você tem que ficar acordada. Levanta. Foi a mamãe quem mandou.

— Tudo bem — ela suspirou, sentando-se na cama para se espreguiçar morosamente. Minutos mais tarde, reparando na intensa delonga expressada pela irmã, Alice se encarregou de arrastar Leina ao banheiro, onde ela tomou banho e depois vestiu o fardamento correto da escola. Quando toda essa etapa se foi, Leina enfim desceu à cozinha, onde sua mãe servia cereais com leite morno.

— Benção, mãe? — Leina disse, coçando o olho.

— Deus te abençoe, filha. Como dormiu, querida? — sua mãe perguntou, pegando uma tigela redonda no armário para servir os cereais que Leina tanto adorava.

— Não tão bem, mãe — respondeu sentando-se na ponta da mesa retangular de mármore. — Tive um pesadelo, mas já estou bem.

— E como foi, amor? — Helena caminhou em sua direção, como que sentindo pena dela, e tirou os cabelos de sua testa com os dedos, levemente.

Por um momento Leina não soube o que responder, não se lembrava o que havia acontecido, o que havia visto no pesadelo. Franziu o cenho e ergueu a cabeça, como que procurando o que deveria falar, ou o que desejava falar, mas as palavras fugiram totalmente do seu alcance, como água escorrendo por entre os dedos, para que outras surgissem, por mais que ela não soubesse como:

— O porão... é, tinha alguma coisa a ver com o nosso porão. Não lembro de ter visto ele no pesadelo, mas com certeza era... num sei como, mas era — ela suspirou descontente, levando uma colher repleta de flocos imersos em leite à boca.

Sua mãe recuou, franzindo as sobrancelhas, assim como Leina fazia há alguns segundos.

— O porão? — Helena indagou, olhando-a estranho.

— Sim.

— Mas, Leina... — do outro lado da mesa Alice começou a falar, enquanto um fio de leite escorria descuidado pelo seu queixo, mas algum barulho surgiu, engolindo tudo, e então Alice calou-se, e correu para a janela, em busca da origem daquele som.

— É só um caminhão — Helena elevou a voz, fazendo com que as irmãs ouvissem e seguidamente olhou, apreensiva, para Leina, como se pensamentos estivessem em conflito confirmado no interior de sua cabeça.

Em um instante todas as três estavam juntas, olhando para a estrada, onde um caminhão enorme sacolejava, passando com dificuldade pelo caminho estreito de terra. Minutos depois, com muito esforço, o motorista conseguiu sair da rua com sucesso.

— Já está na hora, peguem suas coisas se não vamos nos atrasar. Vão, vão — sua mãe ordenou, gesticulando com as mãos para que as meninas fossem buscar suas mochilas.

Leina demorou-se um instante e então saiu, zangada por não ter terminado todo seu café-da-manhã. Ela subiu as escadas e correu diretamente para o último quarto à esquerda do corredor, o seu quarto. A porta estava fechada, mas ela não se lembrava de tê-la fechado.

— Estranho — sussurrou.

Abandonando o pensamento, pegou a mochila em cima da cama e desceu o mais depressa possível. Estava tão agitada que a respiração já começava a ficar pesada, mas assim que pisou no carpete do andar de baixo, sentiu um ar tranquilizador tomar de conta do seu corpo. Com isso ela parou e suspirou fundo, enquanto sorria e o silêncio preenchia a atmosfera da sua residência, apenas por um curto segundo, pois logo em seguida uma nota leve de um piano soou transpassando as paredes, depois outra, e outra. Até que uma melodia forte e inspiradora se formou, transformando o ar. Leina sentiu-se segura, como se o mundo inteiro estivesse disposto a amá-la e protegê-la, e forte a ponto de fazer o mesmo por ele. Tudo lhe era semelhante e bom, não havia indiferença.

Ela não fazia ideia de onde aquela melodia estava vindo, caminhou em direção ao som e enfim encontrou a fonte; sobre o carpete longo da sala havia um piano, e as notas estavam sendo pressionadas, mas não havia ninguém as pressionando.

Leina recuou dois passos, confusa, e deu de costas com alguém, virou-se imaginando que seria sua mãe, no entanto foi uma voz masculina que ouviu fluir, amplificando o seu pavor:

— Schiller — disse o homem, em pé.

Imediatamente ela começou a se afastar, até tropeçar e cair sobre a mochila. Seus olhos, de baixo para cima, encontraram os do homem. Ele possuía uma barba muito bem aparada, mas longa. Vestia um colete azul-marinho por baixo de uma fraque preta, e calças folgados e escuras. Aos pés calçava sapatos sociais antigos, e à cabeça se apropriava de uma cartola grande, enquanto a corrente dourada de seu relógio de bolso descia sobre o colete.

— O quê? — caída e aterrorizada, ela ingadou buscando compreender o que o homem tinha dito.

O indivíduo se manteve imóvel, lhe estudando friamente. Foi então que uma lembraça explodiu em meio a cabeça de Leina, trazendo-lhe imagens do funeral em clarões rápidos, mas vivos. Assustada, a menina confirmou para si a memória, analisando todos os detalhes do rosto e das vestimentas daquele sujeito. "Até as mesmas roupas", pensou, confusa e com medo. "Esse homem?! Ele foi enterrado naquele dia!" E então, como se percebesse seus pensamentos, o sujeito resolveu falar outra vez, com a melodia ainda fluindo no ar – agora acompanhada de uma voz longínqua cantando em uma língua estranha:

– Friedrich Schiller – o homem ditou como se anunciasse algum produto, degustando, posteriormente, do trecho instrumental. – O poema, Leina. Se chama Ode à Alegria, de Schiller.

Leina não compreendeu de imediato, mas depois disso sim. De início pensou que o sujeito estivesse dizendo-lhe seu próprio nome, mas não, o que ele estava repetindo era o nome do compositor daquele poema que estava sendo cantado pelos ventos da manhã e acompanhado pelas notas do imenso piano. Quando entendeu, o homem pareceu perceber e no mesmo momento virou o olhar para ela, deixando sua posição. Leina tentou indagar quem era ele e como estava ali, – afinal, ela o vira ser enterrado, ela o vira morto no lugar do pai – mas suas palavras foram sugadas quando ele fez um gesto súbito que solicitava silêncio. E mesmo disposta a não o obedecer, ela não conseguiu formar sua voz no ar.

– Leina – ele falou, afável, aproximando-se para lhe bagunçar os cabelos, com um sorriso estampado no rosto. – Eu sinto muito pelo seu pai – disse perdendo o sorriso para um olhar pensativo e triste.

"Você conhecia o meu pai?", ela pensou em dizer, mas não conseguiu.

– Claro que sim, criança. Por isso estou ajudando você. – Ele fez uma pausa em que um sorriso triste surgiu e baixou. – Você precisa buscá-lo, precisa salvá-lo dos monstros. Busque-o, Leina. Busque-o e o encontrará, eu confio em você, criança! – ele sussurrou, e com dois dedos fechou os olhos dela.

As palavras do homem se repetiram num eco, no negrume de sua mente. "...salvá-lo dos monstros." "Monstros?", ela se perguntou, confusa, e então algumas imagens renasceram em suas memórias, imagens do seu pesadelo. Suas mãos tremeram e a música aos poucos morreu, junto dos bons sentimentos que ela trouxera. Quando abriu os olhos viu que o homem tinha sumido. E então, apavorada, Leina chorou, chorou e chorou, se abraçando e se escondendo em si, como se o mundo fosse terrível de novo.

– Leina. Leina, onde você está? – de algum lugar da casa sua mãe indagou, depois de ouvir seu choro.

Tudo ocorrera em frações pequenas de segundos, aos quais Leina não teria certeza ao afirmar. No mesmo instante sua mãe adentrou na sala, tocando-lhe e indagando-lhe o que havia acontecido, mas assim como o pesadelo, ela não soube explicar, apenas mencionou o piano da casa e a doce melodia. E sua mãe, com uma forte expressão de espanto e preocupação mesclando-se em sua face, disse:

– Nós não temos piano, Leina.

Então ela cessou o choro. Olhou para um lado depois para o outro, em busca do piano, mas não o encontrou. Sua mãe tinha razão: eles não possuíam piano algum.

Capítulo 9

26.06.2018

Sua cabeça sacudiu bruscamente quando Irene desligou a ligação, e foi que percebeu o renascimento do tique, sentindo uma leve dorzinha do último espasmo abandonar sua nuca. Pensativa, ela levou uma mão ao local em que o pequeno incômodo estivera milésimos antes, então jogou o celular dentro da bolsa e voltou a caminhar, porém, muito mais aflita. Sua mão suava e a preocupação não saia da sua cabeça, mas ela tinha de prosseguir com aquele dia, tinha prometido isso para as crianças há meses e agora tinha de cumprir. Voltou o olhar para trás e depois para frente, subiu todos os degraus e ordenou que as crianças a esperassem.

— Todos ainda estão aqui? — perguntou e todos eles balançaram a cabeça umas três vezes, cada. — Ótimo!

Quando chegaram às portas, todas as crianças precisaram calçar pantufas finas, que o próprio museu disponibilizou, para proteção do piso original. O homem que as distribuiu falou algo como preservação de patrimônio histórico e as crianças logo concordaram.

— Vamos começar pela Sala dos Diplomatas — uma mulher falou, chamando eles e outras pessoas para a acompanharem.

— Vamos, caminhem crianças — Alice disse, enquanto as direcionava para o local.

A voz da guia prosseguiu ao longe explicando algo sobre a sala, e os alunos seguiam ouvindo, quietos, mas Alice não estava ali... pelo menos sua mente não. Sua mente estava no passado, refletindo sobre diversos acontecimentos antigos que poderiam vir a surgir outra vez. Ela viu em sua cabeça a imagem de sua família reunida à mesa de jantar; com sua mãe lhe obrigando a comer, e o pai brincando com Leina, tentando fazê-la rir, pois estava emburrada com algo. Sentiu um aperto no peito ao visitar uma das únicas lembranças de sua família reunida. Pensou na garotinha triste e sofrida que tivera de ser com apenas sete anos de idade, mas logo seus olhos focaram nas crianças à sua frente e novamente sentiu um alívio. Um alívio que sempre suprimiu aquele pensamento triste.

Por vezes achou que fosse uma pessoa ruim, nutrindo amor pelas crianças e superando o sofrimento de sua infância com isso, mas em algum ponto ela percebeu que aquele amor imutável não era falso, apesar de ajudá-la em sua dor, ele nasceu de forma espontânea, fruto do seu sofrimento enquanto fora uma criança infeliz. E mesmo que para ela fosse vantajoso alimentá-lo, ela sabia que não estava fazendo o mal, pois nem mesmo o mais puro amor é inteiramente altruísta. No entanto, uma parte incontrolável de si alimentava a ideia de que o sentimento podia nem mesmo existir. Era um pensamento imposto, sem controle, e que ela mesma não dava atenção, pois não fazia o mínimo sentido.

Minutos mais tarde ela direcionou seus alunos para a outra sala ao qual a guia destacara o nome em voz alta. Seguiu-se assim, sem sequer saber onde estava por um bom tempo, até que a Sala de Música foi lhes apresentada.

Alice deixou que suas memórias se desvanecessem e prosseguiu com o olhar e com toda atenção na mulher que seguia falando e mostrando um violino, numa vitrine, que Félix Mendelssohn havia dado de presente para o Imperador Pedro II. Depois disso prosseguiram para a Sala do Trono, uma sala quadrada e muito bem ornamentada. Sobre um altar de dois degraus estava o trono, e então, a guia do museu logo iniciou a apresentação sobre ele.

— Em 1940 o Museu Imperial recebeu um dos quatro tronos do Império Brasileiro, apenas um, e ele está aqui, por ordem do antigo presidente Getúlio Vargas.

— Professora Alice... — um dos seus alunos a olhou indicando o trono, e depois juntou as mãos como se fosse rezar, quase que implorando.

Alice não deixou de sorrir, bagunçou os cabelos do menino e disse:

— Não podemos tocar nos objetos, Gabriel.

Todas as esperanças do garoto haviam acabado e então ele se calou, irritado e suspirando alto para evidenciar isso. Depois do trono, as crianças prosseguiram para a próxima sala conversando — num tom que iniciava briga — sobre qual delas seria capaz de se sentar no trono, escondido, com a certeza de que Alice não estava ouvindo-os. No entanto, logo atrás deles, Alice só fingiu indiferença aos olhares e sussurros altos, pois sabia que elas não fariam algo assim. E foi que a Sala das Joias apareceu e logo os olhos de todos encontraram a Coroa Imperial de D. Pedro II, produzida em 1831, quase 200 anos atrás. As crianças paralisaram, aquela era a maior joia que elas tinham visto na vida, ornamentada em brilhantes e pérolas, e toda revestida em ouro.

A mulher avançou falando sobre outras joias presentes na sala, mas os olhares das crianças não saiam de cima da coroa. Alice quase permitiu, mas então a guia começou a falar algo importante para os alunos.

— Crianças, venham aqui! Vocês precisam ouvir isso.

As crianças se moveram em sua direção.

— A pena — a voz da mulher soou. — Esta foi a pena que a princesa Isabel usou para assinar a Lei Áurea, em 1888.

— Ahh, a gente estudou isso — Gabriel murmurou e a mulher sorriu-lhe, para depois continuar com o restante da explicação.

Mais tarde, as crianças foram convidadas a visitarem a biblioteca do museu, e Alice preferiu esperar sentada em um banco próximo aos jardins. No entanto, logo se arrependeu, pois, à medida em que os segundos passavam e ela percebia-se há mais tempo sozinha, longe das crianças, o tique e as memórias agiam com mais intensidade. As imagens da sua irmã e de um porão escuro circularam pela sua mente, a enchendo de pavor e fraqueza. "Ela não está bem. O que o vovô faria?" Pensou, bus-

cando uma resposta imediata, mas nada surgiu. Viu sua casa de infância diante de seus olhos e viu aquela pequena garota morta, com um profundo corte na garganta, e quando isso passou ela sentiu um calafrio percorrer sua espinha e sentiu seu corpo tremer. "Quando isso vai acabar?" Perguntou-se, mas nunca havia respostas.

Procurou o celular em sua bolsa e mais uma vez ela tentou ligar para Irene, mas o que veio foi apenas longos bips e nada da senhora atender.

— Atenda, por favor, Irene... atenda. Eu preciso saber como ela está — pediu, mas os bips prosseguiram até a chamada ser encerrada. — Droga! — praguejou em voz alta, quase que num grito.

— Senhora Alice? — ela ouviu uma voz chamando-lhe e quando virou encontrou Gabriel, seu aluno mais hiperativo.

— Olá, Gabriel. Por que não está na biblioteca?

— Na verdade, eu estava lá... mas eu vi a senhora sozinha aqui e voltei — o menino falou, aproximando-se mais.

— Não precisa se preocupar, Gabriel. Venha aqui, sente comigo... falta pouco para a gente ir embora.

O garoto obedeceu e logo sentou-se ao seu lado.

— Sabe, Alice... nem todo o inferno que te cercou seria capaz de te gerar tanto amor. Então por que fingir?

Alice não entendeu, tentou falar algo em resposta, mas não conseguiu. Não conseguiu sequer abrir a boca. Aquilo a fez se desesperar e levar uma das mãos ao rosto, onde tateou e tateou, mas não sentiu os seus lábios. No lugar em que sua boca deveria estar, não havia nada, somente a pele lisa e nada mais que isso. Apavorou-se, tentou gritar e pedir ajuda ao menino que estava ao seu lado, mas não conseguiu. Ela sacudiu o garoto, implorando por socorro, mas o menino manteve-se imóvel como uma pedra. Então, logo em seguida, depois de todo seu desespero, Gabriel se moveu; levantando um dedo aos seus próprios lábios, pedindo que Alice fizesse silêncio. E assim ela o fez, ficou quieta, e algo surgiu acima deles, fazendo um barulho horrível enquanto movia os dedos longos próximo às suas cabeças.

Naquele instante ela olhou para cima, movendo a cabeça contra a sua vontade, para vislumbrar um rosto, um ser, olhando-a dali. Ele tinha cavidades profundas no lugar dos olhos e não tinha um traço da boca, assim como Alice. Em sua cabeça, nenhum fio de cabelo se espremia para fora, e em suas mãos longos dedos com garras imensas tilintavam impacientes. O nariz era largo, como nos tigres, mas não fora isso que mais atormentara a sanidade de Alice, foram os ossos deformados, alguns um pouco maiores que os outros, revestidos em uma rigorosa pele pálida. Era algo semelhante ao ser humano e ao mesmo tempo longe disso.

Com horror e seu corpo frágil paralisado, encarando aquele rosto obscuro, Alice tentou fechar suas pálpebras, mas elas não a obedeciam. E por isso seus olhos permaneceram vidrados na cena.

A coisa remexeu-se, tentou falar mas nada conseguiu. E então ergueu uma das mãos, lentamente em direção ao local onde deveria estar a própria boca, e com brutalidade ele enfiou quatro unhas embaixo do seu nariz e forçou a mão em sentido ao solo, o sangue correu como num córrego, mas ele não parou e por fim abriu um corte profundo. Abriu a sua própria boca, à força, em meio à sangue e pele grudenta.

— LEEEI-NAA!! — a coisa conseguiu falar, com sangue descendo por todo seu corpo nu, e de repente tudo ficou agitado e trêmulo. O monstro sumiu e reapareceu, as árvores cresceram e diminuíram, e ao seu lado as feições de Gabriel se alteravam constantemente, tomando o rosto da menina Leina e voltando ao normal em seguida — e no curto tempo sussurrando algo com medo e certeza, que ribombava e se multiplicava por todos os lados, chegando aos ouvidos de Alice com várias intensidades diferentes:

— ...ele não existe...não existe aqui!

O horror e o barulho ao seu redor eram intensos demais para ela suportar, e quando tentou mais uma vez gritar, algo a tocou e a sacudiu. Foi então que acordou, suando, com a cabeça deitada sobre o próprio ombro e um dos seus alunos lhe chamando:

— Senhorita Alice?

Ela abriu os olhos e olhou para o garoto que a tocava.

— Gabriel. O que aconteceu? — quis saber, despertando, enquanto se lembrava aos poucos de onde estava. "O museu", pensou. "Ainda estou no museu".

— Você dormiu, professora — Gabriel respondeu, recuando.

— Dormi muito, Gabriel?

— Uma eternidade professora, dormiu quando fomos para a biblioteca.

Ela assentiu, envergonhada. "Não deveria ter dormido, o que deu em mim?", ela pensou, mas logo abandonou aquilo da cabeça e em seguida passou a interpretar seu sonho como um aviso. "Um aviso", pensou e incomodada com o pesadelo ela olhou para todas as crianças que se agrupavam ali, e tentou se apegar ao sentimento que tanto nutria por elas. Olhou para Gabriel e pensou na frase dita por ele no pesadelo e mais uma vez aquela parte indomável de si trouxe a dúvida: era amor ou uma válvula de escape?

Capítulo 10

(antes)

02.07.1998

Era 2 de julho de 1998, quando aquele rio de sangue veio pela primeira vez. Ela nunca imaginou que seria tanto. De repente, lembrou de tudo que sua mãe havia falado, e pegou-se pensando que deveria ter se prevenido mais... talvez não estivesse tão assustada agora. "Que droga, isso é horrível, muito horrível", pensou olhando para o piso sujo.

— MÃE — ela gritou, esperando que a senhora Helena fizesse algo para aquilo parar. — MÃE!

A porta do quarto rangeu, e ela pôde ouvir do banheiro sua mãe se aproximando e indagando-lhe o que havia acontecido:

— Leina? O que foi? — a voz vibrou com receio e pareceu ecoar em sua cabeça. — Abra a porta! — Helena ordenou, além das paredes.

— Já vai — disse, pegando uma toalha para se cobrir.

Em segundos abriu a porta e sua mãe entrou. Mesmo enrolada na toalha, sentiu-se vulnerável ao ser observada naquele estado, seus sentimentos gritavam e ela queria esconder-se mais.

— Você está menstruada — isso foi o que sua mãe exclamou, até um pouco sorridente.

— Disso eu já sei, mãe...

— Então qual o problema? — Helena quis saber, com um sorriso divertido no rosto, como se zombasse dela.

— Só faça isso parar, por favor. Eu quero que pare — afirmou, imaginando em sua mente algum remédio ou alguma técnica que faria com que aquilo cessasse.

Quando Leina se calou, Helena começou a rir como se ela tivesse contado alguma piada. A menina não entendeu e até sentiu-se mais estranha. Percebeu com desconforto que sua mãe não ria assim há muito tempo, que agora nenhum deles ria assim, a não ser a pequena Alice quando via seus desenhos animados e sua mente não sentia falta do pai.

— Não tem como fazer parar, filha — Helena disse, ainda sorrindo. — Tá sentindo dor?

— Não muita — Leina disse, balançando a cabeça para enfatizar isso, com o pensamento recente ainda flutuando. Tinha certeza de que se sentiria melhor se o pai estivesse ali, ela nunca se sentira tímida e fraca ao lado dele.

— De qualquer jeito, eu vou na farmácia comprar um remédio e absorventes. — Helena disse, reproduzindo em seguida uma leve e ligeira expressão de dor enquanto levatava a mão em direção à testa. Leina não notou e Helena no mesmo instante disfarçou, encerrando o assunto para depois sair do banheiro.

A menina suspirou cansada e voltou a tomar seu banho. Era 2 de julho, e ela já não imaginava o que iria fazer todo o mês, com todo aquele horror. Praguejou, assumindo em sua mente que aquilo duraria todo o período de férias.

— Que merda!

— Ei! — a voz de sua mãe surgiu, advertindo-a. — Eu ouvi isso!

— Desculpa! — gritou.

Em alguns minutos Leina terminou o banho e foi se trocar no quarto, sua mãe apareceu de repente já vestida, avisando que estava saindo para à farmácia.

— Não vou demorar muito, vou pegar uma carona com a senhora Aurora e o filho dela até a cidade. Alice está lá embaixo com uma amiguinha, fique de olho nelas, pode ser?

— Tá bom — respondeu, esboçando um sorriso singelo ao relembrar dos chás divertidos que a senhora Aurora e mãe preparavam antes do pai sumir.

Mais tarde, quando terminou de se vestir, sua irmã apareceu em seu quarto, arrastando uma outra menina pelo braço. Leina estava deitada, a dor havia aumentado e ela já implorava a Deus que sumisse, mas ainda assim levantou o olhar discretamente para as duas meninas. A amiga de escola da sua irmã parecia ser ainda mais jovem do que ela, mas tinha quase a mesma altura de Alice. Leina lembrou-se dela no funeral e de toda sua família simples, mas inteira, e sentiu mais uma vez, quase que inconsciente, tristeza e inveja.

— Quem é essa? — Leina indagou se remexendo na cama com as duas mãos pressionando o estômago, ignorando o fato de já tê-la visto antes.

— Essa é a Sofia — Alice respondeu sorridente, em seguida olhou para a menina ao seu lado, e como que ordenando, ela disse: — Diga oi para minha irmã, Sofia.

Leina esperou alguns instantes até a pequena garota produzir som:

— Oi Lena — Sofia falou, envergonhada.

— Olá — Leina respondeu, voltando a afundar o rosto no travesseiro. — Do que vão brincar hoje? — perguntou, permitindo que sua voz soasse abafada, sem nunca deixar de pressionar a dor.

— Vamos brincar lá fora na grama, ainda é cedo e o sol está *bem* frio — Alice disse, recoberta em entusiasmo.

— Que bom para vocês — as palavras se formaram sufocadas outra vez, mas ela deduziu que sua irmã entendera, então nem se deu ao trabalho de repetir.

— Você não vai com a gente, Leina? — Alice perguntou, enquanto a amiga mantinha-se quieta como o tronco de uma árvore.

— Eu não posso ir, Alice, estou doente.

— Doente? Doente de quê? O que está sentindo? — Alice se aproximou e sentou-se na cama.

— Estou morrendo, Alice... Tem tanto sangue.

— Lei-naa! Eu vou chamar a mamãe.

— Não precisa Alice, ela saiu, acho que foi procurar algum remédio na farmácia.

— O remédio vai ajudar você, Leina?

— Sim, Alice, pode ir brincar agora... eu vou ficar bem.

— A mamãe vai chegar logo e você vai tomar o remédio, ouviu Leina?

— Se quiser eu posso ir até em casa chamar o meu pai... — Sofia falou da porta.

— Não precisa — respondeu. — Vocês já podem ir brincar. Vão! — ordenou, suspirando irritada. — E não vão brincar na mata! Você se lembra do que a mamãe disse, né Alice?

— Tá bom, eu lembro. Venha Sofia, — Alice falou, saindo do quarto — tenho várias bonecas que você vai querer ver... e eu vou deixar, uma vez só. Tá bom?

— Simm — a voz de Sofia fluiu empolgada ao longe, e logo depois Leina não conseguiu ouvir mais nenhuma das duas, até pensou em descer e ficar de olho nelas, como sua mãe ordenou, mas sentia-se tão exausta... e além do mais, Alice não ia sair da grama em frente a casa.

Minutos depois ela adormeceu, com ruídos esquisitos em sua cabeça. Não sabia o que eles significavam, por isso os abandonou, os deixou de lado e pensou que eles tivessem ido embora. Sempre pensava, sempre pensou.

Quando acordou, suas têmporas latejavam e seus olhos ardiam, mas isso não a impediu de se levantar. Pensou ter dormido por horas, mas foram apenas alguns minutos. "As meninas", lembrou e logo se viu descendo as escadas, com uma voz andando preguiçosamente em seu interior. Aos poucos, mais e mais sentia-se distante, como se ainda estivesse em um sonho e só pudesse observar suas próprias ações, como se não fosse ela a controlar seu corpo. Podia declarar para si a presença de algo em suas veias, mas não saberia ditar em voz alta o que era, e assim manteve-se a caminhar.

Andou por todos os cômodos da casa sem encontrar ninguém, nem sequer sua mãe. "Ela já deve estar voltando", disse para si, dirigindo-se ao gramado que se estendia por alguns metros na frente do seu lar, terminando em um portão de ferro que fechava a saída dianteira da propriedade, onde sua irmã e Sofia deveriam estar brincando. No entanto, não estavam. "Que merda, Alice", a menina suspirou irritada.

Leina morava nas fronteiras de Deliaes, na parte mais distante e vazia, que era quase como um sítio. E por ali se estendia uma mata saindo da cidade, que era bastante acessível, pois uma pequena parte dela se esgueirava em direção às poucas casas. Para alcançá-la, era preciso apenas atravessar o quintal e caminhar um pouco. Lá havia ainda mais natureza e Leina não tinha dúvidas de que essa era a razão para Alice gostar tanto daquele lugar.

"Com certeza ela foi pra lá", pensou. "Droga, Alice, a mamãe falou para não ir lá".

"Vá atrás delas", uma voz rodopiou no mais profundo do seu ser, ordenando-a, e então, ainda sem saber por quê, ela obedeceu.

Capítulo 11
(antes)
02.07.1998

O filho da senhora Aurora parou o carro na avenida principal da cidade, para Helena descer, dali ele levaria a mãe para uma consulta rápida no médico e voltaria para deixá-la em casa. Helena os esperaria no mesmo local, a fim de conseguir a carona de volta. No entanto, não era naquilo que pensava agora. Helena pensava em Jonas e no bem-estar das filhas.

Desde que se casou sua função sempre fora manter a casa em ordem e cuidar das crianças, enquanto Jonas trabalhava o dia inteiro e trazia a comida à mesa, agora, mesmo contando com a pensão do governo, Helena teria de arranjar um emprego. E essa ideia com frequência lhe ocorria, fazendo-a pensar no fato de que seria tudo mais difícil dali em diante, pois teria de realizar dois papéis em casa.

Suspirando ela caminhou pela calçada da farmácia, estava a um passo de entrar no local, mas então a dor surgiu, enchendo seu peito dessa vez. Ela cessou seus passos e respirou fundo, pedindo a Deus que aquilo passasse. Olhou para os próprios pés e fechou os olhos, e logo a dor começou a deixar o seu corpo, pelo menos por hora.

Já fazia algum tempo que notava aquelas dores, mas ela sempre preferiu esconder ou fingir que não era nada. Tinha medo, mas já havia decidido manter tudo para si, decidira que não iria assustar as filhas com aquilo. "Elas já estão sofrendo demais com a morte do pai", era o que pensava, sabendo que Alice necessitava de muita atenção e distração, e que Leina estava se corroendo por dentro cada vez mais. Com esse cenário, Helena achou melhor nunca tocar no assunto do marido.

— Que Deus nos ajude — pediu em um sussurro, quando a dor sumiu por inteira. Em um instante rápido tudo ocorreu e logo ela voltou a se mover, contudo, quando fez isso, sua vista escureceu e uma força lhe puxou para o chão com brutalidade. Helena não sentiu o impacto, pois desmaiou antes disso. Passado algum tempo ela acordou, com um rapaz dando tapinhas em suas bochechas, fazendo o possível para que ela recobrasse a consciência:

— Senhora — o garoto falava, com uma voz distante e trêmula —, como você tá? Senhora, o que aconteceu? Você tá bem?

Helena tentou falar algo, mas não conseguiu, sentia-se em um devaneio profundo onde sua voz não se formava e seu corpo não se movia, onde sua visão ficava mais e mais turva e sua audição era mínima. E tudo que ainda podia fazer era encarar o rosto do rapaz que lhe ajudava, vendo-o se tornar um borão maior a cada segundo, e ouvir a sirene de uma ambulância soando frágil, mesmo estando cada vez mais perto. Naquele instante estava submersa e pôde sentir na pele o tremor de todo aquele barulho soando da superfície, ele tentou puxá-la, tentou mantê-la consciente. Mas não adiantou, segundos mais tarde Helena voltou a desmaiar, lembrando de suas meninas e de Sofia.

Capítulo 12

26.06.2018

A noite já se iniciava, quando ela estacionou o carro em frente à garagem de sua casa. Passou alguns instantes ao volante, com o veículo desligado e o olhar desfocado em direção a entrada. Estava preocupada com Leina e não sabia como iria dizer aquilo ao seu marido, mas já imaginava bem como ele iria reagir quando ela lhe informasse que as suas férias seriam adiadas. No início do ano Alice tinha combinado com Arthur e depois com Leina de que, daquela vez, fariam a viagem à Deliaes só no fim de dezembro, e lá ficariam para as datas comemorativas também, porque nas férias de julho o casal tinha planejado uma viagem mais romântica e reservada para a cidade de Gramado, no sul do país, mas o cenário havia mudado... mudado muito. "Não posso viajar com minha irmã daquele jeito, ela precisa de mim", pensou, lembrando de todos os bons momentos que tivera com Leina depois de adultas. "Ela se manteu tão bem".

No ano passado, Leina e seu avô foram visitá-la no Natal. "Eles chegaram de surpresa", lembrou, com um sorriso bobo se formando em seu rosto. Depois da meia noite, quando os homens foram dormir, as duas irmãs ficaram por horas conversando na madrugada. Falaram das suas vidas distintas, dos namorados de Leina que iam e vinham — por ela ter receio de se apegar muito — e falaram do futuro. Alice tinha planos de construir uma família, e Leina sempre ficara bastante eufórica com a ideia.

Com a memória se dissipando Alice saiu do carro e caminhou até a porta, girou a maçaneta e entrou. As luzes da sala estavam apagadas, mas logo ela as acendeu. O carpete ao pé do sofá se estendia até tocar a origem da escada de mármore preto, a qual se alastrava até o segundo andar em um meio círculo. As luzes vibrantes das arandelas se lançavam pelas paredes brancas, intensificando seu brilho, e permitindo uma aconchegante iluminação na sala de estar. Alice sequer desviou o olhar, andou preguiçosamente ao seu quarto, no outro pavimento.

— Arthur!? — chamou receosa, ainda imaginando aquele monstro e toda aquela loucura em sua mente. "Era só um pesadelo", foi o que repetiu para si, dirigindo da escola até em casa, recordando-se de todas as vezes em que Leina descrevera aquela criatura para ela, quando eram ainda crianças.

— Estou aqui, amor — de algum lugar da casa seu marido falou, fazendo a voz soar fraca pelo lugar, — no quarto.

Alice chegou até ele, abatida, triste e bastante cansada. Mesmo assim sentiu que os espasmos não voltariam mais naquele dia, pois agora relaxaria tranquila, com o passado em mente controlado pelo aconchego de sua casa e do seu marido.

— O que houve? — ele indagou. — Como foi o seu dia?

Arthur estava, como sempre, sentado à sua escrivaninha com seu *notebook*, planejando alguma ação para apresentar à empresa do seu pai, onde trabalhava como subgerente. No momento estava de férias, entretanto, Arthur não gostava de folgas excessivas. Era o tipo de pessoa que nunca conseguia parar de trabalhar, às vezes aquilo irritava Alice, mas na maioria do tempo ela compreendia o esforço dele em se provar, em querer crescer fora da bolha do seu pai. Quando ela reclamava e o tachava de ambicioso, ele não discordava, pedia perdão por não ter tanta noção disso às vezes, mas dizia que não se tratava de ambição somente, ele tinha uma necessidade incontrolável de se sentir útil e independente, como a maioria das pessoas. Pensando nisso, e não deixando de se sentir um pouco irritada por ele já estar trabalhando de novo, Alice se sentou na cama, sem respondê-lo. Tirou os sapatos e jogou a bolsa longe, com a voz do seu marido ecoando na cabeça.

— Aconteceu alguma coisa?

— Não... sim, sim, aconteceu. É a Leina de novo — Alice falou, suspirando.

— Quando você vai, então? — Ele quis saber, largando seu *notebook* para o lado.

— Logo, Arthur — murmurou, e sem controle, sentiu sua cabeça estremecer de leve, com o súbito desconforto da lembrança e do estresse.

— Você vai deixar a nossa vida de lado sempre que a sua irmã estiver com problemas?

— Arthur, não é algo qualquer... — disse, fechando os olhos para absorver melhor a pouca calma que lhe sobrara. — Além do mais, por que você fica estressado com isso? Você nem se importa com essas férias, passa a maior parte do tempo preocupado com seu trabalho.

— Você sabe que não é verdade, Alice! — Ela sabia, mas se ele estava disposto a ser babaca e ir contra sua irmã, ela iria contra ele. — Sabe que gosto de estar com você e que nas férias eu sempre busco dar o tempo que consigo do trabalho.

— Não importa, Arthur. Leina precisa de mim, sou a única pessoa que ela ainda tem.

— Devia mandá-la a um... — Arthur começou a falar, sua voz até estava grave no início, mas quando Alice se virou para encará-lo, o fim da frase se desvaneceu de repente. Talvez tenha enfim percebido o tique imparável que sacudia a cabeça dela violentamente, e com isso tenha percebido o estresse que a dominava. O fato é que ela não suportaria ouvir Arthur falar mal da sua irmã, e talvez ele tenha notado.

— Não diga isso de novo, Arthur!

— A gente não pode levar nossa vida como um casal comum? Você sempre vai ficar no pé da sua irmã, resolvendo todos os problemas que ela encontrar?

— Não acredito que você ainda está falando nisso. Você não sabe pelo que ela passou, você nem sequer imagina!

— Claro que não, você nunca confiou em mim para me dizer.

Ela estava trêmula, mas quando ele falou aquilo ela sentiu uma pontada de razão. "Eu sei", pensou consigo. "Mas é melhor você não saber", refletiu, respirando fundo para depois voltar a falar, agora mais calma:

— Você sabe tudo o que deve saber, Arthur — e depois, virou-se para a frente e mirou o olhar no piso.

O silêncio pairou, por muito tempo, até ela mesma cansar-se dele.

— Preciso arrumar minha mala, acho que vou passar alguns dias em Deliaes, talvez ainda sobre tempo para a gente viajar... se você ainda quiser isso, claro.

A voz dela rebateu nas paredes e tudo que Arthur respondeu, num murmúrio cansado, foi:

— Seus tiques voltaram...

— É, eu já sei! — sussurrou, voltando a pensar na razão daquelas coisas todas, e não deixando de notar que havia várias lacunas não preenchidas.

Por anos, principalmente durante a adolescência, Alice tinha sido uma menina muito reservada. Tímida e calada. Possuira um empecilho que lhe impedia de iniciar relações mais intímas com qualquer pessoa. As conversas mais longas que tivera naquele período foram de dois ou três minutos, e o pior, isso lhe foi imperceptível até os dezesseis anos, quando enfim começou a mudar. As velhas manias foram se perdendo e ela sentiu-se cada vez mais diferente, de início teve medo, mas dizia para si que era importante e preciso. E, no entanto, mesmo depois de notar todas as melhorias e de sentir-se mais e mais feliz com o tempo, algo havia permanecido entranhado no fundo de sua alma, alguma coisa que nem mesmo ela notou, que vezes lhe tirava do patamar de pessoa normal, criado por si mesma, e lhe gerava vários outros problemas.

O que sempre constatou foi a fraqueza excessiva, as dúvidas relacionadas à sua capacidade pessoal, e o sentimento de anormalidade — que com certeza lhe geravam o maldito tique. Contudo, estas sempre foram sensações leves e disformes, que para ela sempre fizeram e sempre fariam parte de si, como seus ossos que cresceram consigo. Ela sequer refletia sobre elas, pois lhe eram totalmente naturais a ponto de ela nem se lembrar de que eram problemas, por mais que continuassem interferindo em sua vida. Mas agora, depois do telefonema, aquelas sensações explodiam em sua cabeça como nunca. "O tique é só a forma de expressar tudo que me corroi", deduziu, começando a ponderar sobre todas aquelas emoções que lhe pertenciam há dezenas de anos, mas que só lhe abalavam tanto quando revisitava o passado.

Capítulo 13
(antes)
02.07.1998

Alice caminhou pelo início da mata que começava logo atrás do quintal, na presença de sua amiga, sempre olhando em todas as direções e apreciando cada detalhe que a natureza proporcionava. Mesmo que aquilo significasse desobedecer a mãe, e à sua irmã, ela estava lá. Pois gostava muito daquele lugar e não conseguia entender o porquê de se manter longe dele. Mas ainda assim teve um resquício de consciência que não a deixou se afastar tanto mata à dentro.

Pararam bem embaixo de longas árvores que se entrelaçavam, e então se sentaram em cima da grama que circundava a base do tronco. Alice carregava consigo as três bonecas das quais gostava mais, enquanto Sofia trazia uma outra.

— O que foi Sofia? — Alice quis saber, notando que a menina olhava sempre para trás, como se estivesse assustada.

A pequena garota balançou a cabeça de um lado para o outro e depois num sussurro trêmulo disse:

— A sua irmã *Lena*, falou que a gente não podia brincar na mata.

— Mas a gente nem tá tão longe, Sofia... Olha lá — Alice falou, apontando para uma parte da sua casa que podia ser vista dali, um pouco oculta pelas árvores. Estava apenas a alguns metros de distância delas. — A casa tá logo ali, Sofia... não tem problema nenhum.

Depois de ter ouvido tudo com atenção e confirmado para si que não tinham ido longe, Sofia deu de ombros, concordando em voz alta com Alice e voltando a se empolgar com a boneca na mão.

— Olha, Alice, aqui eu vou fazer a casinha dela — Sofia disse, enquanto demarcava na grama o território da residência de sua boneca.

— A Clara pode morar com você, Sofia? — Alice interpretou, enquanto fazia com que uma de suas bonecas caminhasse até Sofia.

— Claro que sim, Alice, vem. Aqui está a cama da Clara.

— Mas ela está com frio, Sofia. Precisa de um cobertor. E precisa de segurança também, Sofia, ela ouviu falar do louco por aí e está com medo.

— Aqui é seguro, Alice... ninguém entra sem o convite. Mas não tem cobertores, Alice. A Clara vai ter que dormir sem cobertor.

— Então tudo bem, ela se acostuma com o frio.

— Traga as outras também, Alice.

— Tá, mas vai ter espaço para todas?

— Sim, claro que vai ter... se não tiver, aí vamos ter que aumentar a casa. Minha irmã mais velha fala isso sempre, por causa do bebê que a mamãe tem na barriga. Ela fala que ele vai sair qualquer dia e vai precisar de um quarto e o papai é que vai fazer o quarto para ele. Por isso você também tem que fazer mais quartos para as outras Alice, pra aumentar a casinha e caber todo mundo Alice.

— Está bem Sofia, está bem — ela falou, movendo os braços, pedindo que Sofia se calasse. — Eu tenho uma ideia, Sofia. Vou lá em casa e e vou trazer algumas madeiras da Casa de Ferramentas, daí a gente faz uma grande casa para as bonecas... A maior casa de bonecas do mundo — Sofia ficou calada, observando-a enquanto falava.

Após isso Alice fechou a boca e saiu correndo, em busca da sua casa. Sentindo vários galhos secos se quebrando sob seus pés a cada metro avançado, ela ouviu Sofia gritar às suas costas, um grito seco, forte e folheado em anseio:

— Espera Alice! — a voz de Sofia, apavorada, fustigou nos cascos de madeira das árvores e em seguida produziu um sinistro eco friorento, mas ainda assim Alice continuou a correr, pois; quanto mais rápido fosse, mais rápido voltaria.

— Sofia, fique aí e cuide das bonecas, eu volto já! — gritou contra o vento, enquanto corria.

No caminho, ela avistou Leina vindo em sua direção com um machado nas mãos. Alice nada estranhou, mas a culpa logo se inflou no seu peito e assim ela diminuiu o passo. Se aproximou da irmã e sentiu o medo rodopiar em sua barriga, imaginando que a irmã brigaria, ou algo assim, porém Alice chegava cada vez mais perto e Leina nada dizia, seus olhos nem pareciam ter encontrado Alice ali.

— Leina não diga à mamãe, por favor. Eu prometo que não vou voltar para a mata, mas não diga para ela. Além do mais Leina a gente estava perto, bem perto, não tem problema, né? — as palavras ribombaram em seu interior para depois pularem da sua boca, desenfreadas.

— Não! — Leina murmurou, sem nunca olhar em seus olhos e sem nunca cessar os passos rumo à mata.

Alice deu de ombros, alegre e despreocupada, para prosseguir com seu percurso.

— Ótimo — agradeceu, sorrindo enquanto voltava a correr em direção ao quintal da sua residência.

Capítulo 14

(antes)

02.07.1998

Ela estava lá, mas ainda assim, não estava. Algo mudava seus passos e ela só podia concordar, obedecenco com prontidão a uma voz que lhe chamava. "Eu vou, sim, eu vou", sussurrava em resposta, caminhando lado a lado com a cerca e com a casa, indo direto para o quintal. Sequer conseguiu pensar no que estava acontecendo, se sentia distante e quase desconexa com seu corpo, como se ficasse mais e mais sonolenta. Em algum momento, tudo que passou a circundar seus pensamentos foram imagens do seu pai e dos seres que viviam escondidos na noite, escondidos detrás das árvores, os mesmos seres que apareciam em seus sonhos, os seres que tinham pele pálida e olhos brilhantes e vermelhos, tão vermelhos quanto o sangue.

"Vá atrás dela, Leina... busque. Vá!", as vozes prosseguiam enchendo sua mente. "Encontre o seu pai. Encontre-o."

– O porão! É, o porão, tenho que encontrar o porão. Tenho que encontrar ele... assim encontrarei o meu pai!

De início, as vozes na sua cabeça insistiam ordenando que ela fosse atrás da sua irmã, mas então, quando começou a obedecê-las, elas ficaram ainda mais confusas e Leina não as compreendeu, mas seu corpo agiu. Caminhou até o quintal e parou, avistando a Casa de Ferramentas do seu pai, com o sol rebrilhando no telhado de metal e nas portas entreabertas. Por um curto segundo olhou-a sem compreender.

"Vá, Leina!", distante a voz fluiu em sua mente e os raios de luz refletidos no teto pareceram se intensificar ainda mais, fazendo sua vista arder.

"Para onde?", se perguntou e nada lhe respondeu, entretanto, ainda assim ela seguiu. Sequer imaginava o que estava fazendo. Era como nos seus sonhos, onde ela não era a própria Leina, mas ainda assim ela era.

No momento em que adentrou na salinha confinada, uma centena de imagens transpassou sua visão em um clarão esbranquiçado, como se fossem memórias. Sua cabeça latejou em uma dor rápida e distanciada que lhe apagou a visão, e então segundos depois conseguiu se ver no interior da Casa de Ferramentas, que não tinha espaço para mais que uma prateleira, uma cadeira e uma mesinha de madeira. Seu pai fizera aquele lugar com função de guardar alguns objetos que utilizava como carpinteiro. "Ele passava bastante tempo aqui", pensou sem entender como seu pai aguentava ficar tanto tempo naquele lugar apertado e em seguida acrescentou: "O que ele fazia tanto?" Ela queria a todo custo saber mais, ter todas as respostas, mas nada ousava lhe responder.

Houve um momento em que Leina tentou interromper seus próprios passos para ver melhor o cenário, tudo estava acontecendo rápido demais, mas não teve sucesso, seu corpo estava completamente decidido do que queria; era como se estivesse programado para fazer algo, e ela em grande medida, mesmo sem entender, concordasse. Pretendeu ao menos advinhar seus próximos passos, mas nem isso conseguira. Foi então que sua mão se ergueu, elevando-se à quase o fim da prateleira de metal, tateando em busca de algo ao qual ela não sabia o quê. Procurou e procurou, até que encontrou um cabo grosso e forte, feito de madeira. Quando o puxou ela pôde ver o que era, mas ainda assim não pôde ter expressão. "Um machado", sua vozinha ribombou longínqua. Não conseguia entender, mas apertava o cabo com força

“Leei-naa! Vá! Você sabe o que encontrar. Vá!”, a voz trêmula em sua mente a ordenou. “Você sabe onde ele está... sabe o que tem de fazer”.

Seus olhos ardiam e seus dentes doíam mais do que nunca, estava exausta e mesmo assim voltou a andar arrastando o machado no chão a cada passo concluído. Ergueu a cabeça e encarou o caminho à frente; uma longa mata repleta de árvores se estendia bem ali, se espremendo em direção ao quintal da sua casa. Contudo, o que mais lhe chamou a atenção não fora a mata e sim Alice, que corria desesperada dali, como se algo a perseguisse com veemência. Leina viu o medo estampado em seu rosto, e por isso percebeu que ela estava em perigo. Em êxtase ela correu para junto de Alice, ouvindo-a implorar para que ela fugisse, que fosse embora. Leina tentou falar, mas não conseguiu fazer com que som algum fluísse. Num instante mais tarde Alice estava correndo de novo, para longe da irmã, rumo à casa.

Leina desejou fugir com Alice, mas em algum ponto de sua mente sentiu o medo ser reprimido. Com isso foi obrigada a avançar, e foi então, depois de alguns metros, que ela viu. Viu o verdadeiro monstro espreitando de detrás de uma grande árvore, com uma penumbra intensa e obscura sobre ele. A coisa tinha longas garras em dedos enormes que ficavam o tempo todo se agitando no ar. Não possuía um fio de cabelo sequer, e tinha ossos, sob a pele exageradamente pálida, desfigurados e malformados, que permitiam, por exemplo, que um braço se esticasse superior ao outro. Aquele ser mexeu a cabeça noventa graus para a direita, ao mirar Leina com cavidades profundas e soturnas, onde sangue escorria aos poucos, e onde seus olhos deveriam estar...

— Lena — a criatura fez soar sua voz, transbordada em ruídos cuspidos de lábios brancos e trêmulos, adquirindo uma posição ameaçadora para logo em seguida avançar sobre Leina, com as unhas em direção ao seu peito.

Leina queria escapar dali, mas seu corpo apenas desviou do golpe e depois ergueu o machado.

— Lena? — o monstro pareceu incerto, mas Leina sabia que ele queria matá-la.

“Foi ela, Leina! Essa coisa levou seu pai, essa coisa o prendeu. Mate ela, Leina! Mate-a. Você precisa encontrar o seu pai. Mate-a! Assim verá seu pai novamente”, dessa vez a voz ecoou em sua mente, ainda mais forte do que nos últimos instantes.

Leina tremia por dentro, mas avançou atacando aquele ser. Por meio segundo pensou tê-lo acertado, mas logo descobriu que o machado havia se prendido à árvore. Levantou o olhar e viu aquele rosto pálido lhe encarar, parecia assustado, mas ainda assim, sinistro.

— Lena, o que você tá fazendo? — um som fluiu no ar, aparentava ter se originado da coisa, mas era uma voz doce de criança e não poderia pertencer aquele ser horrível e sem olhos.

Sem que houvesse uma gotícula de medo em si, outra vez Leina avançou. Seu golpe cortou o ar e a perna do inimigo sem piedade, com o impacto e dor a criatura logo sucumbiu ao chão, gemendo e implorando aos berros por socorro.

— Onde está o meu pai? — indagou ao enorme monstro, como as vozes em sua cabeça ordenavam que ela fizesse, mas não obteve respostas.

— Lena, eu... me ajude por favor — aquela criatura implorou, chorando, ao que parecia.

Sem expressão desenhada em seu rosto ela aproximou-se do monstro, o agarrou em um dos braços e o arrastou mata à dentro. Durante todo o percurso a criatura berrou e implorou por ajuda, enquanto o sangue emanava da sua perna ferida, mas Leina não a ouvia, tudo que fez foi se manter centrada em seu objetivo. Por vários metros avançou, mas mesmo assim a voz em sua mente não se satisfez e a mandou para ainda mais longe. Até que chegou a um ponto em que um riacho serpenteava por rochas, cortando a mata em duas partes, foi só ali que ela cessou seus movimentos e jogou o monstro contra uma grande pedra.

— Diga agora! Onde está o meu pai? — ela perguntou erguendo o machado acima da cabeça com as duas mãos, ameaçando tirar a vida de uma vez por todas daquele ser, a qualquer momento.

— Eu... eu não sei, Lena — a criatura pálida a respondeu, ainda se utilizando da mesma voz de criança, durante o tempo em que lágrimas misturadas com sangue escorriam dos seus olhos.

— Eu não sei! Por favor...

Por um momento ela sentiu pena do monstro, sentiu-se impotente, mas as vozes em sua cabeça se encarregaram de mantê-la impenetrável, invulnerável. As vozes se certificaram em mantê-la focada na busca pelo seu pai e assim ela prosseguiu.

O monstro chorou, chorou e chorou... mas ela não se apiedou, nem um pouco. E então, sem ter obtido as respostas para suas perguntas, ela baixou o machado sobre ele, com uma cutícula de remorso se formando em seu peito. Porém, aquele ser estranho ainda tentou se defender erguendo ambos os braços, mas não adiantou, pois a lâmina do machado escorreu cortando qualquer coisa que havia pela frente. No fim, seu gesto de defesa lhe custou fundos cortes nas palmas das mãos, fazendo com que sangue espirasse para todos os lados.

As roupas de Leina acabaram manchadas e fios dianteiros de seu cabelo ficaram empapados com os pingos que escorriam. Sangue era visto por toda parte, principalmente pelo corpo da criatura. Era a pior cena que presenciara em toda sua vida. Em prantos o monstro agitava os braços no ar insistindo por socorro, sem parar um instante de gritar. Leina nada sentiu, apenas o observou enquanto ele se desmanchava de dor. Os brados até a sufocaram por um instante, mas logo as vozes se incubiram de remover também esse remorso em seu interior. Por isso afrontou-se em um longo instante, com seus lábios se torcendo e sentimentos se perdendo. Depois foi forçada a dar outro golpe, direto na garganta, acabando de vez com a vida do ser pálido.

Foi só após isso que ela se sentiu melhor, sentiu as amarras se desfazendo dos seus pulsos, sentiu o total controle retornando aos seus nervos, e não deixou de sentir uma sensação de dever cumprido. Sentiu até mesmo o silêncio das vozes, mas sabia que elas haviam apenas se ausentado e que mais cedo ou mais tarde, voltariam. Olhou para a coisa inerte na pedra e por fim sentiu um súbito enjoo. "Eu consegui", pensou.

— Agora papai pode voltar para casa — murmurou mirando aquela atrocidade à sua frente.

Capítulo 15

(antes)

02.07.1998

Helena chegou em casa minutos depois de receber alta. Sentindo o minúsculo furo da agulha trazer desconforto ao braço. Por um instante levou uma mão à cabeça, respirando fundo e tentando visualizar de longe todo o ocorrido. Tudo acontecera tão rápido que agora se tornava uma lembrança nebulosa. O que se recordava com nitidez era de chegar ao hospital em uma maca, do médico lhe dizendo que lhe furariam a veia e fariam alguns exames de sangue e das perguntas rápidas e diversas que aconteceram no fim. As perguntas lhe eram mais claras, lembrava-se de ter tido paciência para elas, mesmo preocupada com as meninas. No entanto, quando o médico pediu que ela fizesse um outro exame imediatamente, teve de recusar. Estava preocupada com as meninas e tinha de ir embora.

Não havia se passado tanto tempo, percebera, desviando o olhar para o táxi que partia gerando uma fina película de poeira ascendente na rua. Caminhou em direção à sua casa, vendo uma cadeira balançar com o vento no alpendre, e lembrou que havia esquecido os remédios e os absorventes. Ela até fora à farmácia, mas o destino a levou para uma cama de hospital. E após isso ela sequer lembrou dos motivos de ter saído de casa.

— Droga — praguejou irritada, e então algo a fez cessar os passos. Era um grito agudo, estruturado em pavor puro, que rasgava o ar vindo do quintal. Naquele momento Helena se lembrou de Sofia, a amiga de Alice. "Era para ser só alguns minutos", pensou, arrependida de ter deixado as crianças sozinhas.

Sem pensar e nem dar espaço para muitas sensações ela correu, correu sentindo todo seu corpo mais pesado. "O que está acontecendo comigo?", pensou, direcionando o olhar para a frente. "Que pergunta mais idiota...".

— MAMÃE — Alice gritou ao vê-la, aterrorizada. Helena não imaginava porquê ela estava berrando, até que enxergou todo o cenário, e uma ponta agressiva de aflição a transpassou.

Leina estava salpicada de sangue por todos os lados, sacudindo a irmã violentamente para que ela deixasse de gritar e chorar. Apavorada, Helena se dirigiu ao encontro de Alice, que lhe estendia a mão em súplica.

— Leina! — Helena ressou em um tom cortante e enfurecido, obrigando Leina a olhá-la de imediato, e com pressa se aproximou separando as duas.

— Mamãe... — Leina balbucionou, inquieta.

— O que aconteceu? — Helena indagou, numa expressão de receio profundo, que deduzia previamente em sua cabeça sua filha ferida. No entanto, em segundos notou que a menina estava bem, não havia machucado algum, e por isso aproximou-se e a agarrou, apertando-a forte contra seu peito. Então um outro pensamento ganhou ênfase: "De onde veio tanto sangue?"

— Estou bem, mamãe — Leina falou, mostrando que não havia porquê originar tanta preocupação.

— Leina — disse com a voz trêmula —, conte agora o que aconteceu!

Aos poucos, Helena acalmou-se, até que deixou de suspirar tão alto e passou a ouvir o que sua filha tinha a dizer.

— Mamãe, eu salvei o papai — Leina disse, e um semblante alegre lhe dominou.

Em certo ponto, aquilo fez com que Helena sentisse raiva. Ela tinha pedido centenas de vezes que Leina não falasse nada em relação aquilo na frente da pequena Alice, mas Leina seguia falando como se não se importasse com a própria irmã.

— Leina, vá! Entre.

— Mas, mamãe... Ele está lá, eu matei ele!

— Quem, Leina? — Helena indagou, ríspida e impaciente.

— O monstro, eu matei ele para que o papai pudesse voltar para casa. Eles disseram para eu fazer isso.

Por um breve momento Helena manteve-se quieta, pensando no que Leina havia lhe contado. Pouco a pouco, sentindo a aflição se alastrar sem controle em junção ao nervosismo e a palavras antigas do seu pai, memórias ressurgiram e a voz de Leina repercutiu mais uma vez, como que dissesse para ela entender algo: "... eu matei ele..."; "Ele está lá, eu matei ele!". Não havia expressão alguma em seu rosto naquele instante. Seus pensamentos flutuavam até que ela abriu a boca outra vez, com a voz soando débil, como em um sussurro:

— Alice... onde está Sofia? — lentamente, ela direcionou o olhar para sua filha mais nova, e viu em seu semblante o medo desenhado da forma mais horrenda possível. Sem respostas a mãe tornou a falar: — Alice, a sua amiguinha, cadê ela?

Lágrimas correram pela face da garota com mais intensidade, seu semblante absorvia o terror descontrolado, e quando a pergunta de Helena se desfez no ar pela segunda vez ela apontou, apontou com o dedo indicador vacilante em direção à mata, apontou fazendo fluir daquele gesto um horror macabro ao qual Helena começara a adquirir e a querer negá-lo.

— Leina, onde ele está? O monstro... — perguntou.

— Na floresta, mamãe, venha ver — Leina falou, segurando o braço de sua mãe com bastante força, para depois arrastar-lhe pela mata.

— Alice, fique dentro de casa. Está ouvindo? — ordenou, e a pequena garota assentiu, concordando.

"Que não seja isso", desejou, com imagens horríveis passando por sua mente em uma velocidade extrema. "Que não seja isso".

— Mais rápido, mamãe, você vai ver o que fiz... vai saber como fui corajosa. Logo ali — Leina soava com tanta empolgação que Helena largou o pensamento ruim da cabeça, e tentou imaginar alguma outra coisa, algo menos macabro.

De repente elas pararam, a uma boa distância de uma grande pedra, próxima a um riacho. De início Helena nada percebera, mas nos dois passos seguintes avistou algo, morto, em cima da grande rocha. "O que é isso?" Avançou com cuidado, sem desviar os olhos um momento sequer.

— Lá está ele — Leina sorriu.

À medida que se aproximava, mais o seu pensamento se concretizava, mais ela decidia que tinha de fazer algo, imediatamente, para ajudar Leina. Mas enfim, quando entendeu, quando percebeu o que havia sobre a pedra, ela sussurrou para si: "Não tem mais jeito... Meu Deus, não tem solução. O que eu deixei acontecer? Meu Deus, meu Deus, meu Deus... O que você fez Leina?" Sobre a rocha havia um corpo, com um fundo corte na garganta. Então ela deduziu com total convicção que aquilo não era um monstro, não era um animal, não era uma ilusão. Por mais que ela desejasse que fosse, não era. Aquilo era uma criança... era Sofia, caída com os olhos abertos para o céu, em cima da rocha. Sua coragem vacilou, trêmula até o osso ela conseguiu desviar o olhar para Leina, com os olhos estufados e seu estômago se revirando.

— Leina, o que você fez? — sussurrou, preenchida de terror, recuando com as pernas trêmulas e lágrimas quentes a se arrastar pelo seu rosto.

Ela tinha certeza de que aquela imagem nunca mais sairia de sua cabeça, Helena sabia que iria dormir apavorada e que iria acordar apavorada, por todo o resto de sua vida. Ela não tinha dúvidas disso, nem por um momento teve.

— Eu matei o monstro, mamãe... aí está ele — Leina respondeu.

Naquele ponto, Helena desmoronou, caindo no chão enquanto chorava e gritava, transtornada, com aquela cena flutuando no negrume dos seus pensamentos. "Não, não, não, não, não, não... Não pode ser verdade, isso não é real... Eu sei que não é. Minha Leina nunca faria algo assim, NUNCA!", tentou acreditar, enquanto uma outra dúvida aflorava com mais vigor. "Pai, então o senhor sempre teve razão?!"

— Leina, por favor... me diga que não foi você, por favor... DIGA! — Helena implorou, gritou e chorou, tentando pôr em sua mente que aquilo não era real de maneira alguma.

Leina recuou ao seu toque, ainda mais estranha do que aparentava há minutos.

— O QUE DIABOS É VOCÊ? — o brado desesperado e inconformado de Helena ribombou em toda a floresta, retornando num infinito eco horripilante.

Capítulo 16

26.06.2018

Irene tremeu, desejou do fundo do coração não estar ali, mas era tarde demais. O cheiro do chá já havia impregnado em suas narinas desde o momento em que Leina começou a servir, em quatro xícaras diferentes. Irene observou, assustada, debatendo em sua mente o que estava errado.

— Dona Aurora, o que você prefere, gengibre ou canela? — Leina lhe indagou, enquanto despejava chá na última xícara.

— Por mim tanto faz, Leina — respondeu com um sorriso forçado, temendo o que viria pela frente.

— Eu sou a Helena, dona Aurora — Leina falou, do outro lado da mesa, olhando-a, com a chaleira na mão esquerda enquanto segurava a tampa com a direita.

"Não Leina, você não é", pensou, mas não ousou dizer, ao invés disso ela falou:

— Ah, perdão Helena, eu me confundi — nesse momento ela deduziu, em sua cabeça, que Helena poderia ser a mãe da Leina, ao qual ela estava fingindo ser, e então tentou se acalmar e lembrar do nome para não cometer "enganos" outra vez. Aquilo a deixou angustiada, de verdade, mas sentia que se agisse bem, tudo correria bem. "Helena, Helena, Helena..."

— Não se preocupe, essas coisas acontecem... mas não esqueça do meu nome outra vez, Aurora.

O que Irene ainda não sabia era quem seria a verdadeira dona Aurora, ao qual Leina tanto chamava-lhe. Porém, isso não importava.

— Senhora Helena, eu preciso ir embora... — disse, fingindo cansaço, sem ao menos ter tombado seu olhar no chá.

— Mas você nem tocou na sua xícara ainda, Aurora — Leina protestou arqueando as sobrancelhas. — Espere, vou colocar um pouco de gengibre, você vai gostar, Aurora.

— Agradeço Helena, mas... — Irene tentou contestar, mas não existiam brechas para isso, em nenhum instante.

— LEINA! — Leina gritou invocando alguém a aparecer no recinto, mirando o olhar na porta do alpendre. — Venha, o chá está pronto. Traga sua irmã, não deixe a menina sozinha outra vez. Nunca mais Leina, nunca mais deixe ela sozinha... ela pode se perder na floresta, Leina.

Era a cena mais bizarra que Irene já havia visto em toda sua vida. Seu corpo insistia para ela ir embora, mas sabia que se fizesse isso seria pior, muito pior. Por isso decidiu ficar sentada em sua posição, para ver até onde aquilo iria se estender. Pediu a Deus que a mantivesse em proteção e pronto. Alguns instantes mais tarde, Leina sentou-se, olhando para um lado e depois para o outro... olhando para as cadeiras vazias.

— Leina, se comporte — Leina franziu o cenho para a cadeira vazia da esquerda, e seguidamente sorriu para o outro lado.

“Ela realmente vê alguém nessas cadeiras? E acha que é a própria mãe? Deus, me proteja, por favor”. Irene implorou, enquanto um fio lento de suor frio deslocava-se pela sua testa. Leina bebericava do seu chá e sorria, olhando para todas as direções.

— Leina, o que está fazendo, já não disse para não se sujar? Mas... — Cortando um silêncio desconfortável e quente Leina berrou bem na sua frente, olhando para uma cadeira do lado. E seguidamente se colocou a responder às próprias perguntas, agora sendo realmente a Leina: — Mamãe, foi a Alice que me distraiu, isso não ia acontecer se ela não estivesse fazendo cara feia. Olhe para ela mamãe, está fazendo de novo.

Irene não viu nada sujo, nada fora do lugar, mas ainda assim Leina reclamava, como se fosse a própria mãe.

Irene acompanhou o olhar de Leina direcionando-se para a outra cadeira e sentiu um calafrio subir pela sua espinha, arrepiando-a. Naquele instante Leina inclinou, em alguns graus, a cabeça para o centro da mesa, olhando o nada para, sem demora, falar:

— Alice, pode deixar sua irmã em paz, não pode? — sempre quando ela interpretava alguém diferente o tom de voz mudava e sua cabeça estremecia ligeiramente. Era como se toda a cena fosse um fragmento de alguma peça teatral, talvez fosse o que qualquer outra pessoa pensaria de longe, de muito longe, sem sequer enxergar o sorriso vacilante que sempre se desenhava no rosto da mulher.

Irene fingiu beber do chá algumas vezes, levava a xícara até a boca, mas nunca deixava que o líquido coresse para dentro. "Eu tenho que sair daqui", era no que pensava. Ouvindo a música voltar a fluir no ambiente, vinda de dentro da casa.

— Está ouvindo, Aurora? — Leina falou, enquanto erguia um dedo pedindo silêncio — Você não gosta? O meu marido, Jonas, gosta muito... assim como o pai dele gostava, e como Leina agora gosta.

— Sim, Helena... Parece ser uma música boa.

— E é! É um poema lindo, o nome dele é Ode à Alegria, foi escrito pela nação que elegeu o nazismo, o objetivo era de retratar o idealismo de irmandade entre os empáticos humanos. É hipócrita... óbvio, mas muito bonito. — Leina disse, contemplando o som.

— Ah... — Concordou Irene, sem compreender.

— A senhora está gostando do chá? As meninas estão adorando, não é garotas? Sim, mamãe. — Leina indagou e, ao mesmo tempo, respondeu umas das perguntas. Era como se ela estivesse fingindo ser outra pessoa e também enxergando outras duas, que era ela própria e sua irmã: Alice. Fora o que Irene deduzira. Ela era a mãe, era a irmã, mas também ela era ela quando criança. Ela agia pelas três mulheres, e Irene não tardou a perceber isso.

O sorriso que se alargava pelo rosto daquela pobre mulher era imenso, não cessava nunca, a não ser para adquirir uma passageira sensação de desconfiança, olhando ao redor. Fora isso ela sempre o mantinha lá, comprimindo os olhos contra as bochechas e as sobrancelhas, o mantendo firme sem piscar, causando cada vez mais pânico à senhora Irene.

— O chá está ótimo, Leina... Helena... perdão — sua voz fluiu, confiante no início e trêmula no fim. Lentamente Leina tornou a erguer o olhar, fazendo o sorriso desvanecer pouco a pouco.

Mil coisas atravessaram a cabeça de Irene naquele momento, seus olhos estavam vidrados nos de Leina, que tremiam ininterruptos. A partir disso ela ergueu-se, com o medo fustigando em sua pele, afastou a cadeira para trás e desejou manter as pernas firmes.

— Leina é a minha filha, Aurora... Você sabe disso. EU SOU A Helena! Leina é uma garota indisciplinada, teimosa... Leina não nasceu para viver. Ela não deveria ter existido. Você conhece a Leina, senhora Aurora. EU SOU COMO A LEINA? Não! Por isso... por isso que mandei... por isso... eu mandei ela para lá. Por isso.

— Mas... Helena, me desculpe... — pediu e no mesmo instante a mulher lhe lançou um sorriso sereno, acalmando-se de súbito.

— Está bem, está bem, Aurora. Está perdoada, está perdoada. Mas agora precisamos lavar a louça. Venha Aurora — ela pediu, levantando-se para abrir a porta da casa.

Irene moveu-se indecisa, olhou para a estrada e para a porta, depois caminhou até Leina, que apontava a entrada com uma das mãos. Com falsa calma entrou na residência, ainda sem acreditar no que fazia. "É o melhor a se fazer", repetiu em sua cabeça, uma centena de vezes. "É só a louça, só isso."

— Leina e Alice, não cheguem perto da mata. Ouviram? — Leina ordenou, olhando para o alpendre onde apenas o vento fluía pelo espaço. — Sim, mamãe. Não vamos à mata. — Ela mesma respondeu no segundo depois.

— É por aqui, Aurora — Leina chamou, tomando a frente para mostrar-lhe a cozinha, enquanto carregava a bandeja de xícaras e a chaleira. — Aurora, por favor, cuide da louça — pediu.

— Tudo bem, Helena. — Irene respondeu, recebendo a bandeja de xícaras para levar à pia, onde as despejou com cuidado.

Estranhamente Leina ficou imóvel do outro lado da cozinha, com os braços pendendo do corpo, observando todos os movimentos de Irene. A pobre idosa tremeu, esforçando-se para se manter de pé, concentrada em Leina.

— Está tudo bem Helena, eu resolvo isso. Você pode ir cuidar das crianças — Irene sugeriu.

— Sim, eu posso — Leina concordou, com a voz leve e os olhos curiosos estudando a doce senhora.

— É — sussurrou, desviando a atenção de Leina para os objetos sujos à sua frente. Por dez segundos ela ficou imersa naquela visão desfocada, tentando controlar suas emoções, e não percebeu quando o vulto silencioso de Leina deixou a cozinha.

Soltou um suspiro ligeiro. Deslizou as mãos para a louça suja e não encontrou a esponja para começar o trabalho.

— Helena, onde está a...? — Ela começou a dizer, mas antes de concluir varreu a cozinha com o olhar e percebeu que estava sozinha.

O silêncio que se seguiu, frio e apavorante, fazia com que o final de sua pergunta ficasse se concluindo em sua cabeça o tempo todo. Era o nervosismo, ela sabia. Por isso e pelas suas próximas ações, ligou a torneira. O silêncio diminiu, mas o barulho dos seus cuidadosos passos ainda podia ser ouvido, no entanto, ela tinha que tentar fugir dali.

Com a decisão formada Irene deu alguns passos ligeiros e curtos em direção à porta da frente. Aterrorizada sentiu um frio subindo pelo calcanhar e apoiou as mãos em uma parede como se estivesse prestes a cair, depois apressou o passo. Ela percorreu metade do corredor entre a escada e uma parede, e foi que lhe veio a sensação de ter olhos lhe cercando. Sua cabeça girou de um lado ao outro em busca de Leina. O pavor lhe contornou mais e mais fazendo sua visão periférica escurecer e seu coração acelerar. Da maneira mais rápida e silenciosa que poderia se mover ela chegou ao fim do corredor e viu com o canto do olho algo se esconder. Sua visão estava ruim e por isso pensou não ser real, porém, a partir dali caminhou até a porta de costas, examinando tudo em todas as direções. O único barulho no ar era o da torneira ligada, e ele já parecia se extinguir a medida em que ela se afastava. Mais perto do que nunca ela acelerou os movimentos, sentindo seu corpo inteiro gelar e sua respiração ficar pesada, e então, de repente, um barulho repercutiu com intensidade na sala e só depois veio a dor; sua cabeça começou a queimar e percebeu que se chocara contra a porta.

Com urgência ela se virou e desesperada girou o trinco duas vezes em meio segundo, no entanto o sentiu deslizar de suas mãos suadas. Olhou para trás na terceira vez e um vulto tremeluziu na sua visão periférica, mas quando se virou para olhá-lo de frente já não havia nada. Respirando fundo e rápido ela girou o trinco e conseguiu abrir a porta, passou por ela e a bateu forte atrás de si. Sem cessar, sem sequer acalmar a respiração, Irene desceu as escadas do alpendre aos tropeções, no entanto, não caiu. A poeira subiu quando caminhou na terra e um vento forte levantou seus cabelos, seu olhar voltou para a casa de Leina e ela viu algo se mover lá dentro, mas dessa vez não duvidou de sua visão, uma olhada só bastou para ela acreditar. "Ela está lá, está me vendo. Deus me proteja..."

Segundos depois avistou seu alpendre e aos poucos sentiu o nervosismo e o terror lhe abandonar, mas foi só quando entrou em casa e trancou a porta da frente que ela fechou os olhos para respirar fundo e absorver tudo. O pior havia passado, agora o que tinha de fazer era ligar para a polícia e rezar que tivesse área de novo, e aquela situação talvez pudesse ser resolvida o mais rápido possível. "Ela vai voltar aqui. Aquela mulher... está louca!", foi o que consegiu pensar ao abrir os olhos, e então de repente, junto de um baque seco, uma dor lancinante se espalhou por sua nuca. Algo havia se chocado em cheio com sua cabeça, ela tremeu e o mundo ficou distante, tão distante que todos os barulhos duelavam para chegar aos seus ouvidos, e ainda assim chegavam trêmulos, imperfeitos e fracos. Tudo escureceu, porém seu suspiro ainda fluiu.

Capítulo 17

(antes)

05.07.1998

Tudo ficara ainda mais estranho, e tendia a piorar, Leina sabia que sim. Estava apavorada, mas agora estava em casa. Dias atrás ela havia contado para todos o que vira na mata, insistira revelando à sua mãe o monstro que matara. No entanto, no mesmo momento, sua mãe enlouqueceu, chamou-lhe de demônio inúmeras vezes e logo em seguida a puxou para casa. E lá ela fez uma ligação. Leina ouviu-a chamar pelo Delegado Walter Castro ao telefone, chamava-o trêmula e afobada, enquanto rios de lágrimas explodiam dos seus olhos e sua mão esquerda envolvia o braço de Leina com brutalidade, impedindo que ela fugisse para qualquer lugar que fosse. Sua mãe estava em completo desespero, com vários sentimentos se entrelaçando, e Leina não deixou de perceber.

Aquele fora o dia mais estranho para Leina, ela não deixou de chorar um minuto sequer. Lembrava-se de sentir o sangue do monstro enrijecer em sua pele e em suas roupas, mas não se importava. Ela só queria entender porque sua mãe estava agindo daquela forma, como se estivesse louca. Num curto segundo pegou-se pensando em Alice, quando lhe mostrara o monstro ela correra chorando e gritando de medo. "Ela disse que a Sofia não era um monstro", lembrou ainda sem entender. "Por que as duas agiram estranho?", se perguntou, e depois implorou para a mãe deixá-la em paz, implorou para a mãe explicar o que estava fazendo. Mas nenhum pedido a tirou daquela enrascada. Sua mãe estava decidida do que quer que estivesse pensando em fazer.

Após alguns minutos uma viatura surgiu silenciosa pelo local. Três policiais desceram do veículo e caminharam para o alpendre da sua casa, calmos como em uma ação de rotina. Dentre eles estava o Delegado Walter: um homem robusto, de altura mediana e novo, com seus trinta e dois anos. Eles pareciam despreocupados, e mesmo quando o Delegado começou a falar com sua mãe, parecia não ter tanta urgência. Só Helena demonstrava desespero e necessidade, e ainda segurando a filha pelo braço disse coisas absurdas para os policiais ao qual Leina negou com firmeza.

— Mãe — ela tinha dito, sem entender o que estava acontecendo —, eu não matei criança nenhuma... mãe, por que está fazendo isso? MÃE! — Ela implorava, tentando cortar as palavras de sua mãe dirigida aos policiais, tentando obter respostas, mas Helena não lhe dava nenhuma atenção.

— Walter, você precisa ajudar ela... por favor, ajude minha filha.

— Tenha calma, Helena — Walter tinha dito, naquela manhã. — Agora me conte tudo o que aconteceu, vai precisar soltar a menina.

— Walter, ela não está bem... acredite em mim por favor, ela vê coisas... ela vê o pai... Ela fez algo horrível Delegado, e eu não sei como ajudar ela, eu não quero que ela machuque mais ninguém... por favor Walter...

— Quem ela feriu, Helena? Você precisa me contar, com calma — o Delegado quis saber, levando as mãos cautelosas aos ombros de Helena, com uma expressão de pesar intenso.

Helena desmoronou nos braços dele, chorando e implorando a Deus que aquilo acabasse. Leina se afastou, livrando-se das mãos de sua mãe. Ela tentou correr, mas logo um oficial a envolveu em seus braços e tentou lhe controlar. Ela lutou, lutou e lutou, mas logo se cansou e deixou ser levada para a viatura da polícia.

Lembrava-se muito bem daquele dia, de todos os detalhes. Dentro da viatura o policial tentou lhe fazer perguntas, mas ela estava abalada demais para responder. Tudo o que contara fora sobre o monstro na mata. E logo depois o Delegado deu a ordem para a viatura ir embora e ficou para trás. Leina berrou, chorando e implorando para que a mãe não deixasse a viatura levá-la. Contudo, tudo que sua mãe fez, junto do Delegado e do outro policial, foi continuar em pé no alpendre observando-a ser levada. Naquele momento ela amaldiçoou sua mãe aos gritos, com o ódio emanando do seu peito. Sua mãe não acreditava nela, e isso a enchia de raiva.

Mas agora ela estava de volta em casa, não sabia por que ou para quê, mas estava. Walter havia lhe deixado na porta de casa, mas não tinha ido embora. Isso fez suas pernas estremecerem. Era 5 de julho de 1998, três dias depois de sua mãe ter lhe entregado à polícia. Ela viu sua mãe e Alice na porta, e viu duas malas prontas. Sentiu um calafrio em sua espinha, mas continuou andando em direção a sua casa, espiando a viatura de vez em quando, esperando que fosse embora.

— Aqui está suas coisas, Leina — a voz da sua mãe fluiu pelo ar, um pouco embargada, e uma lágrima escorreu pela bochecha, mas ela logo disfarçou enquanto suas mãos tremiam sem parar.

— Mãe — Leina se aproximou, tentando tocá-la, tentando fazer com que aquele nó desaparecesse de sua garganta. "O que está acontecendo?", ela pensou naquele momento, olhando fundo nos olhos temerosos de sua mãe.

— Pegue as suas coisas e volte para o carro, Leina. Você tem que ir! — As palavras da sua mãe encheram sua cabeça de uma tristeza agoniante, sentiu seu peito se desfazendo e quis acreditar em outro cenário. Negou para si a verdade, mas a cada segundo ela voltava mais e mais poderosa e imaculada: sua mãe estava lhe mandando embora.

Demorou-se um instante encarando o piso, enquanto o Delegado continuava às suas costas, observando tudo escorado no veículo. Levantou o olhar para encontrar os olhos de Alice, que derramavam lágrimas incessantes e silenciosas. Se algo não fazia sentido para Leina, o quanto poderia fazer para Alice que tinha apenas sete anos?

— Mamãe — murmurou chorando, com aquela dor perfurando seu corpo e se agarrando à sua garganta com força —, para aonde vou? Onde vou morar?

— Você vai pra um bom lugar, onde vai ser tratada do jeito que precisa e algum dia vai poder voltar pra ver eu e a Alice, mas para isso você tem que ir agora. — Helena tentou conter a tristeza, mas isso era impossível e Leina sabia, qualquer um saberia. Dar adeus nunca foi algo fácil.

— Mas eu quero ficar aqui, mamãe... — chorou tentando se aproximar de sua família, tentando sentir alguém... tentando encontrar um corpo amigo, mas não encontrou nada, apenas desprezo.

— Leina, você tem que ir.

Foram as últimas palavras que precisou ouvir, após isso ela baixou a cabeça e direcionou seus últimos esforços a sua irmã:

— Tchau, Alice... — ela sabia que se tentasse se aproximar de sua irmã sua mãe impediria com veemência, foi por isso que virou as costas, puxando as duas malas, e caminhou para longe dali... para longe de tudo.

Às suas costas, ouviu Alice soluçar, e quando se virou para olhar viu que ela tentava com todas as forças se livrar dos braços de sua mãe para ir ao seu encontro, e como que por ajuda do destino ela conseguiu.

— Alice, NÃO! — sua mãe gritou num tom trêmulo que indicava pavor, mas Alice continuou a correr até se agarrar à cintura de Leina, enquanto esbravejava de tanto chorar.

Nunca houve dor maior para Leina... Sentiu que seu mundo estava acabado, sentiu a dor subindo ainda mais forte pelo seu peito. E então, não desperdiçou a oportunidade e agarrou a irmã, desejando que estivesse tudo bem. Desejando do fundo do coração que sua mãe lhe entendesse, e ansiando mais ainda que seu pai estivesse ali.

Capítulo 18

(antes)

05.07.1998

Quando Walter acelerou pela pista levando Leina embora, Helena voltou para dentro de casa, com Alice soluçando em seu encalço. Ela estava destruída, abalada, e a todo instante a culpa martelava em sua cabeça, misturando-se à tristeza e à dor excessiva e incomum de estar perdendo a filha para algo que não entendia. Não queria ter que mandar Leina embora, nunca desejou isso. Mesmo sabendo que havia algo de errado com sua filha desde antes do funeral, e mesmo isso lhe provocando um vazio tenebroso, a decisão de mandá-la a uma clínica psiquiátrica nunca poderia ter surgido, não antes do assassinato, pois o desejo de proteção para com a filha era maior do que qualquer adversidade que pudesse ter previsto. E ainda depois do crime brutal, se não fosse o medo inconstestável e soberano, nascido de todo aquele horror, de Leina fazer algo de ruim com Alice, Helena teria dúvidas sobre qual decisão tomar.

Há três dias ela tinha ligado para o Delegado, implorando que ele aparecesse para cuidar de toda aquela situação. Ela estava confusa, perdida em seus sentimentos, contudo, sabia que aquilo era o certo a se fazer, pois tinha de manter Alice segura. Leina era sua filha, porém havia algo muito errado que precisava ser corrigido. "Ela matou uma criança", pensou. "Por que diabo ela fez isso?", indagou-se, subindo os degraus e indo direto para seu quarto.

— Alice, venha aqui, amor — ordenou, fazendo sua voz soar serena pelo ambiente.

Alice nada falou e se encaminhou para junto da mãe, com um olhar triste. Ambas se deitaram na cama, e quando Helena aconchegou a filha em seus braços, lembrou-se da conversa que tivera com o Delegado, dias atrás. Helena havia contado tudo, desde o momento em que saíra para ir à farmácia, até o momento em que chegara em casa e vira Leina como estava, naquele dia. De repente, toda a conversa soou em sua mente:

— Ela matou a garota, Walter... — Helena tinha dito, observando a viatura se afastar com Leina.

— Quem era a garota? — Walter perguntou, ao lado do outro policial, Augusto, que resolvera ficar para trás com ele.

— Sofia, uma amiga de Alice, da escola. A garota veio passar o dia com Alice. Os pais dela vieram aqui, deixaram ela aos meus cuidados, Walter... Meu Deus — murmurou transtornada. — Nem imagino como eles vão reagir.

— Quem são os pais?

— Eles moram aqui perto, são uma família simples...

— A gente vai cuidar disso, falaremos com os pais dela. Você vai precisar depor na delegacia e fazer uma série de outras coisas. Mas agora tem que me mostrar onde está o corpo, a perícia já deve estar a caminho.

Por um instante desejou negar, não queria ver de novo aquele cadáver, no entanto, de qualquer maneira, ele permaneceria entranhado em sua mente. Então, assentindo com relutância, Helena os levou à cena, e mesmo se mantendo distante ainda enxergou de longe o corpo da criança, jazendo em cima da rocha, enquanto o riacho fluía sem intervalos. Ela esperou que os homens avançassem até o corpo, e instantes depois, o policial Augusto recuou, com o cenho franzido, ao mesmo tempo em que vomitava no chão. Já o Delegado Walter demorou-se mais, passou longos instantes com os olhos vidrados na cena. Helena sentia ar frio da manhã circundar seu corpo, contudo, algo quente subia à sua garganta e com isso ela se afastou ainda mais para evitar o vômito.

— Você tem certeza de que sua filha fez isso, Helena? — O Delegado indagou, acompanhando-a, fazendo a voz soar forte pelo ar.

— Sim, você viu como ela estava... coberta de sangue... Walter, eu... não imagino porquê ela fez isso. Ela precisa de ajuda... — tinha pedido, escorando-se em uma das árvores enquanto tentava se acalmar.

— Helena, eu nunca vi uma criança fazer isso... além do mais, onde está a arma do crime?

— A arma? — sussurrou, tentando encontrar algo em sua mente. — Eu não sei.

— Helena, a sua filha não é uma assassina... ela não teria forças para fazer algo assim.

Foi só após essas mesmas frases soarem em sua cabeça que ela voltou ao seu presente. Repensando em tudo o que o Delegado disse. "E se realmente Leina não fez aquilo? Será que algum assassino matou a pobre Sofia e Leina apenas tentou ajudar?", ela pensou, deitada em sua cama com Alice envolvida em um abraço, tentada a aderir aquela verdade. No fundo, porém, sabia que não, não havia um outro assassino. Leina era a culpada, havia algo corroendo sua filha por dentro, transformando-a em um monstro, e sabia que ela precisava de ajuda. "Foi você Leina... não entendo como ou porquê, mas foi você quem matou a pobre menina, eu sei que foi".

Quando todos os seus pensamentos já ficavam no passado ela conseguiu fechar os olhos e adormecer. Não soube por quanto tempo dormiu, mas despertou com sua campainha repercutindo estridente no silêncio do ambiente. Percebeu que Alice dormia em seus braços e com cuidado saiu dali. Tentou deduzir em sua mente quem era, até que desceu as escadas e ouviu a voz masculina cortar o ar:

— Helena, sou eu, o Walter. Preciso falar com você.

Com pressa ela abriu a porta e encarou os olhos do Delegado.

— O que foi, Walter? — perguntou, impaciente.

— É a Leina...

— Vamos conversar no alpendre, Alice pode acordar e não quero que ela escute nada — disse.

O Delegado assentiu e lhe deu espaço para passar. Helena viu-o encarar o céu azul e suspirar alto. Depois ele pôs um cigarro entre os dentes e o acendeu. Por um instante ele não falou nada, apenas passou a mão pelo cabelo e tragou, e enfim virou-se para ela, com a indecisão flutuando à sua frente, junto de um fio de fumaça soprada.

— Não quero deixar que a garota pague por uma coisa que não cometeu, Helena — ele pronunciou-se, deixando que Helena pensasse por um instante antes de falar.

— Walter, eu só pedi sua ajuda porque não tenho mais ninguém e porque não consigo passar por tudo isso sozinha. E mesmo depois de tantos anos, eu ainda confio em você — fungou, sentindo uma dor lancinante se espalhar pelo seu peito. — Agora eu preciso que você confie em mim, confie na minha palavra, eu sei o que é melhor para a Leina. Ela precisa ir para a clínica, qualquer médico vai lhe dizer isso se souberem o que ela fez!

— Ela não fez nada, Helena. Você pode rejeitá-la, pode odiá-la por achar que ela é minha, mas tenho certeza de que a garota nunca fez nada!

— Ah, Walter, por favor, de novo não! Eu não posso lidar com isso agora. Mesmo depois de tantos anos ainda vai continuar insistindo nisso? Eu amo a minha filha, e não importaria quem é o pai dela... Eu sempre vou amar a minha menina.

— Helena, isso não importa mais para mim! Eu só quero o bem da garota.

— Obrigada, Delegado, mas só eu sei o que é bom para minha filha. E se ainda posso contar com você, Walter, vou precisar que você entenda: Leina precisa de ajuda! — ela disse, mas sabia que o Delegado não mudaria de ideia, sabia que ele persistiria com total convicção de que estava fazendo o melhor, com a certeza de que estava salvando Leina. Mas não importava, se ele resolvesse ir contra suas ideias ela mesma resolveria tudo, no entanto, por um curto segundo julgou-se incapaz.

Seria por isso, de fato, que ela chamara o Delegado? Por não conseguir, ela mesma, pôr Leina numa clínica?

— E eu vou ajudá-la... Ela precisa de um terapeuta.

— Walter, ela é perigosa, confie em mim... Tem alguma coisa de errado com ela — disse, aos poucos querendo mais e mais aderir à mesma vontade do Delegado.

— Claro que sim, e a terapia vai ajudar. Essa é a minha decisão, Helena, se quiser abandonar a garota eu vou cuidar dela, mas não vou interná-la em uma casa de doentes mentais.

— Você acha que isso vai ajudar ela? Você não viu o que eu vi, você está indo contra a minha vontade, Delegado, a minha filha precisa de ajuda — falou, tentando ao máximo permanecer com o tom de voz calmo.

Um instante se passou em silêncio, e Helena conseguiu absorver tudo, inclusive a dor que se insinuava mais forte no peito e na cabeça. "...Eu vou cuidar dela", o Delegado dissera, e Helena não deixou de perceber o frio no estômago que aquela ideia lhe trazia. Imaginar Leina longe se tornava cada vez mais difícil, insuportável e triste. "Eu quero cuidar dela", pensou com uma lágrima escorrendo. "Eu quero!", afirmou com empenho, desejando mais ainda aderir à opinião do Walter.

— E eu vou ajudá-la, Helena — foi o que o Delegado falou, antes de virar os calcanhares e caminhar para longe dali, deixando um sopro de fumaça para trás.

— Você não vai fazer isso, Walter. Eu sei o que é melhor para Leina, foi um erro ter pedido sua ajuda — gritou, fazendo menção de segui-lo, mas dois passos foram dados e sua vista ameaçou enegrecer, deixando-a tonta a ponto de precisar se apoiar num pilar que segurava o alpendre.

Ela sabia que não tinha — e não desejava ter — forças de ir atrás da filha para interná-la na clínica. Havia uma vontade forte se insinuando no seu peito, pensava no que seria melhor, de fato, para Leina: mandá-la a uma clínica ou negar os fatos e deixá-la solta? Sabia que a dúvida surgia apenas como uma esperança de falsa salvação para todos os seus sentimentos, sabia também o que era melhor muito antes de dúvidas quanto a isso surgirem, sabia que Leina tinha que ir para a clínica.

— Ela precisa da clínica — disse num sussurro, mesmo que isso significasse ficar longe da filha por muito tempo, era o que desejava fazer, porém não lhe restavam forças para tal ação. — Isso vai destruí-la, Delegado — gritou, segurando as lágrimas. — Isso vai destruí-la… — murmurou, com o medo a corroendo e a dor aumentando.

Capítulo 19
(antes)
05.07.1998

Walter dirigiu de volta para casa só com um resto de consciência — o bastante para não bater o carro e para não errar o caminho —, pois a maior parte de sua atenção estava voltada ao seu interior, onde memórias explodiam vivas e sentimentos antigos ameaçavam voltar desde que Jonas sumiu.

Sem esforço, refletia agora no quanto fora imaturo ao renascer aquela maldita dúvida em voz alta para Helena, mas o que mais poderia ter dito? Sempre fora perceptível ao Delegado, todas as poucas vezes que tivera contato com Helena e Leina, que a mulher não possuía tanto amor pela criança quanto deveria. E sempre, em sua mente, a causa era óbvia: Helena nutria receios, assim como ele nutria dúvidas e desejos, de que ele pudesse ser o verdadeiro pai da garota.

No colégio, quando adolescentes, Helena, Jonas e Walter se tornaram amigos assim que Jonas apareceu. "Eles sempre chegavam juntos na escola", relembrou. E fora com a intenção de se aproximar de Helena que Walter iniciou uma amizade com Jonas, e então, em algumas semanas estava namorando Helena. Porém, descobriu da pior forma possível que Helena era louca por Jonas, e que usou dele por um ano inteiro afim de fazer ciúmes a ele. "E ela conseguiu", pensou, lembrando-se do quão rápido Jonas traiu sua amizade e ela seu amor. Depois disso, como forma de vingança, Walter espalhou boatos pejorativos em relação ao casal por muito tempo, e assim conseguiu que ambos sofressem até abandonarem a escola. Meses depois Helena apareceu grávida, mas Walter não se importou com isso até conseguir esquecê-la e começar a refletir sobre tudo o que passou.

Por esses motivos Helena e Jonas selaram com ele toda a amizade que tiveram no colégio e passaram a alimentar entre si, simples "Como vai?" e "Bom dia", até que Jonas sumiu. "Nada disso importa mais, a garota precisa de ajuda e só isso importa", refletiu ao assimilar a súbita lembrança de todas as coisas ruins que eles fizeram. "O passado tem que ficar no passado", disse para si. "Mas no fim eu vou poder assumir a garota!", imaginou, tomando aquele pensamento por repugnante logo depois de concebê-lo. Não queria sentir alegria em meio à desgraça de outros, como antes sentira.

Quando chegou em casa a pequena Leina o esperava sentada no sofá, assistindo a algum desenho animado. Cansado, ele sentiu um meio sorriso triste tomar o seu semblante ao ver aquela pobre criança indefesa.

— Tudo vai ficar bem — ele disse, quase que num sussurro.

Leina nada respondeu, apenas assentiu sem sequer olhá-lo. Ela estava triste, e ainda mais confusa. Não entendia o que estava acontecendo com ela, não entendia nada da situação. Walter sabia que tinha de tentar explicar os fatos, mas não conseguia encontrar as palavras ou uma maneira adequada para dizer aquilo à garota.

— Leina —disse, se aproximando com cautela —, sei que tudo parece muito confuso agora. Sei que você não entende o que sua mãe fez, mas apesar de tudo... tudo que ela fez foi para te proteger, tudo bem?

O silêncio perdurou, ele resolveu não a mirar nos olhos, ao invés disso, direcionou sua vista para a televisão, enquanto se sentava ao lado da menina. A pequena garota recuou, ainda sem manifestar sua voz.

— Eu entendo o que você deve estar sentindo, Leina!

— Como você entende? Você foi abandonado por sua mãe? — Leina perguntou, com os lábios trêmulos, tentando ao máximo manter-se firme.

Aquelas palavras rodopiaram com firmeza pelo ar, e o Delegado mais uma vez deu um singelo sorriso triste. "Não, não pela minha mãe...", pensou.

— A sua mãe lhe deixou aos meus cuidados, ela acredita que eu posso ajudar você.

— E por quê? Você é amigo da minha mãe?

— Sim, sou! Já faz muito tempo que conheço a sua mãe.

O ar ficou outra vez silencioso, Walter sabia que a menina teria uma dezena de outras perguntas para fazer, mas naquele momento ela parecia abatida demais para fazê-las.

— Senhor Walter? — Leina chamou, num tom tímido e distante.

— Oi? — perguntou, erguendo o olhar.

— O que tem de errado comigo?

O Delegado estremeceu, sentiu o peso daquelas palavras sobre suas costas e ouviu o grito estridente de sua mãe, e então, tudo o que deixou escapar fora:

— Eu vou te ajudar, Leina!

Capítulo 20

27.06.2018

Durante toda a noite Alice tivera silêncio suficiente para retomar todo o passado e as emoções diversas que ainda possuía em mente. Chorando durante horas e esperando que Arthur não ouvisse, ela julgou-se má e incapaz. Sentiu pena da criança que fora e dos alunos que tinha, aos poucos dando mais espaço à dúvida incontrolável em relação a eles. Teria, ela, de fato criado uma válvula de escape nas crianças? Quão frágil, então, seria sua mente a ponto de realizar uma ação tão horrível para se salvar? Foi o que aflorou primeiro naquela noite, fazendo profusas lágrimas escorrerem.

Quando acordou sentia um pequeno desconforto na nuca, causado pelas graves vibrações que sua cabeça sofria com o cruel tique, mas que ao longo do dia sumiu. Agora, no entanto, ela daria tudo para ter de volta aquele desconforto em troca do medo excessivo que lhe inundava aos poucos, enquanto se dirigia com pressa ao portão de embarque, ao qual uma voz feminina anunciara minutos antes. O seu voo era o 815 e instantes mais tarde estava dentro do avião que o faria, procurando a sua fileira e a sua poltrona. Não demorou muito para que achasse e então sentou-se ao lado de um estrangeiro alto que não desgrudava os olhos do *smartphone*.

O avião ainda estava inerte, e os passageiros entravam um a um, carregando malas e se espremendo para passar em meio as poltronas. Alice desviou o olhar e voltou a pensar no seu marido. Meio segundo depois tornou a mirar a entrada, no instante em que o último passageiro embarcava, levantando a sua mala acima da cabeça enquanto caminhava. Ela manteve a visão no corredor, esperando que alguém mais entrasse, mas não houve uma pessoa a mais. Tinha a ideia fixa de que Arthur chegaria a qualquer momento, tinha a certeza de que ele não a deixaria viajar sozinha para Deliaes, porém naquele segundo as suas últimas esperanças se desvaneceram, junto ao barulho da pesada porta fechando-se. Foi então que voltou a olhar para frente, triste e cansada. Mas acima de tudo, apavorada. Aquele avião a levaria direto para Deliaes, não havia como não se apavorar.

Minutos mais tarde ela viu o indivíduo ao seu lado desligar o celular para guardá-lo, e viu a imagem de fundo dele sumir quando a tela se escureceu. Um sorriso bobo transpassou seu rosto com a súbita visão da fotografia, sentiu um aperto no peito e uma vontade imensa de dar existência à uma família como aquela, no entanto, não deixou de sentir um leve receio quando sua infância surgiu em contraste. Suspirou fundo e naquele momento as lembranças da manhã enevoada vieram à sua mente. Primeiro recordou das inúmeras tentativas falhas de contato com Leina e com a senhora Irene e isso lhe trouxe calafrios de súbito, porém em nenhum momento se preocupou, pois sabia que isso se dava por conta da falta de área – que ia e vinha – na região em que Leina morava. E depois desejou ainda estar na cama com Arthur e desejou ainda mais que ele não estivesse zangado com ela e que não tivesse lhe abandonado naquela horrível viagem, sozinha.

Antes de chegar ao aeroporto ela havia cogitado ligar para o marido, mas desistira no mesmo instante. Era muito orgulhosa para implorar qualquer coisa a ele, ou sequer pedir ajuda. Naquela manhã ela fez a mala com calma, esperando que Arthur dissesse qualquer coisa, esperando que ele entendesse a situação e resolvesse viajar com ela. Ela precisava dele, mas isso nunca sairia de sua boca. Agora, estava rodeada de estranhos, imaginando tudo de uma só vez. Pensando até mesmo em sua mãe, e o que lhe acontecera décadas atrás. Uma lágrima escorreu por sua bochecha, ela estremeu por dentro, mas não poderia deixar seu pensamento prosseguir forte, por isso logo o destruiu da mente e volveu sua concentração somente no presente.

Minutos mais tarde o avião sobrevoava os céus, a três mil metros de altitude, cortando os ares em direção ao norte do país a uma velocidade extrema de centenas de quilômetros por hora. Alice sentiu um frio percorrer sua barriga, mas que logo sumiu. Ela fechou os olhos, exausta, esperando dormir de imediato. Esperando abrir os olhos apenas quando chegasse ao seu destino, mas isso não foi possível. Ficara toda a viagem com olhos abertos, vidrados na janela ao lado do estrangeiro.

Capítulo 21

27.06.2018

A cama brilhava com a quantidade de sangue que se espalhava por ela, por isso Leina apavorou-se e, ao mesmo tempo, envergonhou-se. Gritou por sua mãe uma dúzia de vezes, mas ela não apareceu e então ela teve de limpar tudo sozinha.

Sentiu-se fraca e estranha ao observar aquilo, nunca antes acontecera para ela. Era sua primeira vez, e desejou que nunca tivesse vindo. Mas ela já tinha completado treze anos, e sua mãe dizia que já era hora. De repente se recordou das inúmeras vezes que a dona Helena lhe falara sobre como era aquele fenômeno... "É horrível, essa é a verdade. Se ela tivesse me dito que seria tão ruim, eu teria me prevenido vinte e quatro horas por dia, durante toda minha adolescência."

Com as mãos na cintura ela analisou a situação por meio minuto, e depois cautelosamente retirou o lençol de elástico da cama e o enrolou.

— Jogarei você bem longe — ela sussurrou para o lençol em suas mãos.

Depois de todos os esforços ela tomou um longo banho e desceu para o café da manhã. Durante todo o tempo que passou no segundo andar, não ouviu um barulho sequer, o que era de se estranhar, já que sua irmã sempre vinha quando o dia se iniciava... sempre vinha acordá-la para irem à escola.

Caminhou pelos cômodos da casa e não encontrou uma pessoa sequer, sua mãe e sua irmã haviam sumido, e o pior, sua mãe não tinha deixado nada preparado para que ela comesse.

Irritada ela abriu a geladeira e depois de fechá-la viu um pequeno bloco de papéis colado a ela. "Um calendário", pensou. E viu nele o mês de julho destacado, para quem quer que o olhasse. Precisou analisar duas vezes para frisar na mente que o dia era 1 de julho, época em que se encerrava o primeiro semestre do ano na escola. Ou seja, ela estava de férias, e isso explicava o fato de sua irmã não ter ido acordá-la.

"Mas onde foi que elas se meteram?" Indagou para si, tentando localizá-las em algum canto. Mas tudo que veio em sua mente foi o alpendre da sua casa e o porão escuro, fora isso, mais nada.

— Elas devem voltar logo — falou para as paredes, abrindo um pote abarrotado de doces coloridos para mastigar enquanto esperava.

Em determinado momento, quando se cansou, ela caminhou para o sofá, sentindo-se exausta. Lá ela se acomodou e ligou a TV num programa de competições esquisitas. O tempo foi passando e ela adormeceu, de súbito.

Quando acordou, a TV ainda estava ligada, mas o programa era outro. Uma mulher com uma calça jeans de cós alto entrevistava uma adolescente que falava com liberdade sobre como era bom o fato de que finalmente as barreiras do preconceito estavam sendo deixadas de lado.

"Interessante", Leina pensou.

— Alguém? — chamou, mas nenhuma voz pôde responder...

Cansada e murmurando consigo mesma ela voltou a fechar os olhos, imaginando ainda estar sozinha em toda aquela casa. Porém, um barulho ressoou à sua esquerda... antes sequer de abrir os olhos, uma parte inconsciente de si deduziu ser a madeira do piso rangendo. Perpassada por indiferença esperou o próximo passo e abriu os olhos, imaginando que sua mãe apareceria ali para lhe abraçar, mas o que lhe surgiu na visão foi um rosto amarelado com furos. Sobressaltada ela não conseguiu exprimir um grito, mas seu semblante empalideceu sem demora, e no instante seguinte a risada de Alice ecoou de detrás da máscara do *Jason*, que usava.

— Há há há, que engraçado, Alice... — suspirou, enquanto a sua irmã gargalhava.

Alice retirou a máscara e prosseguiu zombando de Leina, fazendo ecoar intensas risadas sem pausa por longos segundos. Em um momento ela cessou, jogou os cabelos loiros que se espalhavam por seu rosto para trás e suspirou fundo.

— Onde está a mamãe? — Leina quis saber e Alice apenas apontou para o piso, em um gesto estranho, perdendo o leve sorriso que tinha permanecido. O silêncio escoou pelo recinto, ensurdecedor.

— Vamos, Leina — Alice sussurrou funebremente e Leina assentiu.

— A mamãe está no porão?

O silêncio refletiu entre elas por alguns segundos enquanto Alice arrastava-lhe pelo corredor da casa. A madeira rangia sob seus pés, mas aquilo era normal, pois a madeira era antiga.

— Ela sempre estará no porão, Leina — Alice sussurrou, e sua voz percorreu o ar com um tom abafado e lúgubre.

Leina não mudara sua expressão, nem argumentara nada em retorno, sua cabeça já estava acostumada àquela estranha ideia, e por isso apenas seguiu caminhando... ou melhor, sendo puxada. Até que chegaram à porta do porão e Leina girou a maçaneta, e no mesmo instante, num súbito arrepio frio, a voz da senhora Helena ribombou perpassando as paredes da casa.

— LEINA! — o tom de voz da sua mãe era insano, e o grito chegou aos seus ouvidos retumbando em ecos pelo ambiente.

Imediatamente Leina se virou assustada e seus olhos encontraram os de sua mãe, ela parecia zangada, cuspindo no ar uma ira bem direcionada.

— O que está fazendo? — indagou Helena, olhando-a com os olhos esbugalhados.

— Nada, eu... eu e Alice, estávamos procurando a senhora — ela tentou explicar, mas sua mãe a agarrou pelo braço e gritou, expondo os dentes pontudos, que nem sequer eram dela.

— Você tem que se controlar, Leina! Tem que aprender! — Helena esbravejou, com o ódio emanando explosivo de seus olhos.

Leina ficou apavorada, procurou com a mão direita o braço da sua irmã, mas não encontrou... procurou o trinco da porta e também não o encontrou, foi então que tudo foi se desfazendo, todo o cenário, e então ela realmente acordou, deitada no sofá duro, enquanto encarava a parede sem tinta da sua casa.

Rápida como um gato ela se levantou e correu para o alpendre, olhando em todas as direções, procurando qualquer ser vivo que fosse e tentando ao máximo apagar aquela imagem horrenda da sua mãe da cabeça. Virou o olhar para a direita e encontrou outra vez a sua irmã, brincando com os cachorros no enorme quintal da casa.

— ALICE — gritou e a pequena a ouviu.

De longe, Alice acenou com a mão suja de terra e com um dos cães lambendo-lhe a perna.

— VENHA AQUI — chamou, maneando a mão em um gesto.

Segundos depois Alice plantou-se diante dela, com um sorriso estampado no rosto e indagando o que havia acontecido, àquilo Leina sorriu e perguntou:

— Onde está a mamãe? — naquele momento, as memórias do seu sonho já não existiam mais.

— Ela foi para Deliaes, já faz muito tempo. Por quê? — Alice Novaes quis saber, mas Leina apenas balançou a cabeça, como que dissesse que não era nada de mais, então a menina voltou para o quintal, saltitando feliz.

Leina e sua família, sempre moraram em Deliaes, numa região um pouco afastada, mas ainda assim, em Deliaes. Porém, Alice sempre falava de Deliaes como se fosse outra cidade distante.

Leina cruzou os braços e sentou-se na pequena escada de três degraus, enquanto Alice voltava a brincar com os cães. De repente uma fisgada no meio da testa lhe atingiu, seus olhos se fecharam em dor e palavras distantes flutuaram em sua cabeça num súbito instante: "A Sofia não é um monstro, Leina!", era a voz de Alice, mas Leina deixou-a de lado, agora não mais entendia o que aquilo significava. Passou-se ali muito tempo, apenas olhando o céu, a pequena casinha dos cachorros e a cerca, bem colocada, que circundava toda a propriedade, incluindo o grande campo de trigo que seu pai costumava cultivar. Foi então, naquele momento, quando ela olhou para o trigo esvoaçando ao vento que ela se lembrou do rosto do seu pai, e também do sonho da noite passada.

Seu pai, Jonas, havia sumido há alguns meses, e desde então ela sempre teve sonhos com ele... somente com ele. E eles sempre se iniciavam da mesma maneira: ela era seu pai, e ela estava na floresta, caída, enquanto olhos vermelhos espreitavam-na da lúgubre escuridão. Ela sentia medo, mas, ao mesmo tempo, sabia que ele não sentia. Era algo verdadeiramente confuso, como se duas pessoas estivessem unidas em uma só para partilhar de emoções e memórias em fragmentos, quase sempre incompreensíveis. Trazer aquilo à tona, a fez sentir-se tonta.

Cansada de esperar pela sua mãe ela entrou, e sem sequer conseguir compreender a encontrou junto de sua irmã. Ambas na sala, sentadas no sofá, assistindo a um programa de televisão dos anos 90. Ela tentou imaginar como sua mãe havia passado por ela sem que ela percebesse, mas a única solução que surgia em sua mente era: “eu devo ter adormecido no alpendre”. Conformada com a sua própria resolução do mistério ela sentou-se ao lado da mãe e bocejou descontrolada, imaginando quando aquela entrevista, que estava passando desde que amanhecera, iria acabar.

Capítulo 22

(antes)

06.07.1998

Na manhã do dia 6 de julho Helena chegou à delegacia de polícia para prestar depoimento. Saira de casa muito cedo para estar ali naquele horário e acabou tendo que deixar Alice com a vizinha, a dona Aurora. A pequena dormia tranquila, quando Helena deixou a residência. "E ainda deve estar dormindo", pensou olhando o relógio de pulso marcar 7h45. Por todo o caminho não tirou Alice da cabeça, se preocupou com ela a cada passo que deu, remoendo opções sobre o que seria melhor para a filha. Helena sequer sabia o que fazer para se ajudar, porém pouco se importava com essa questão, pois suas filhas vinham em primeiro lugar para tudo e até mesmo em Jonas ela deixou de pensar.

Helena passou pelas portas da delegacia infiltrando-se no ambiente retangular da recepção, onde um homem atrás de um balcão de mármore anotava algo em uma folha defronte para um casal de adultos. O marido, com os olhos tristes e embaçados, relutava em manter a calma, pedindo urgência para falar com o delegado, enquanto a mulher, também triste e quase desnorteada de tanto cansaço, punha as mãos em seus ombros tentando acalmá-lo. Com a cena, Helena estagnou, suas pernas congelaram de súbito e sua coragem pareceu inferior a um grão de arroz.

— Meu Deus — sussurrou, achando que não fosse aguentar toda aquela pressão, e foi então que a mulher a avistou.

Helena pensou em ir embora dali, mas no corredor uma sombra surgia para lhe dar coragem. Quando voltou a mexer os pés o casal gritava de longe com ela.

— Você vai pagar por isso, Helena! Minha filha morreu por sua culpa. — Helena podia ver em seus olhos as lágrimas escorrendo, e sabia bem que elas declaravam diversas emoções, todas originadas da dor.

— E-Eu... sinto muito, Marta! — disse, desviando os olhos para o corredor de novo, onde Walter caminhava em sua direção.

— É? — a mulher se aproximou, soando sarcástica e irritada, triste e apavorada, tudo na mesma mesma medida, tudo no mesmo instante.

Sentindo um remorso imensurável se espalhar por seu corpo como a emoção mais forte, ela não soube o que dizer, não era capaz de dizer.

— Senhorita Helena, estamos prontos para ouvir seu depoimento — de repente a voz grave do Delegado Walter soou na sala, ao passo em que ele se postava no portal que levava ao corredor. — Marta e Thiago — continuou sem intervalo —, vocês estão convidados a ouvir o depoimento da senhorita Helena. E já adianto que as investigações começaram.

— Senhor, o que descobriram? Encontraram alguma coisa? — Thiago implorou.

— Não, senhor. Não temos nada ainda, e com dois casos em investigação, fica difícil saber em quanto tempo teremos alguma coisa. — Um instante de silêncio vagou firme, olhares foram trocados e a raiva circundou.

— E ela? — Marta indagou, maneando a cabeça em direção à Helena.

— Ela vai dar seu depoimento e a gente fica um passo mais perto de achar o culpado — Walter respondeu.

— Delegado — Helena murmurou, desviando o olhar entre a porta e os pais de Sofia —, não sei se consigo.

Walter a fitou firme por um segundo, talvez esperando que ela voltasse o olhar para ele, mas não aconteceu, e então ele disse:

— Sei que é difícil relembrar tudo que viu, senhorita, mas a gente precisa dos detalhes.

E assim, em dois minutos, estavam ela, Walter, os pais de Sofia, o policial Augusto que também presenciara a cena do crime e um escrivão sentados numa sala fechada e fria.

— Helena — Walter soou, após colocar um gravador em cima da mesa —, pode nos relatar tudo o que aconteceu na manhã do dia dois de julho, do ano de mil novecentos e noventa e oito?

— Sim — disse, engolindo em seco para depois prosseguir. — No dia dois de julho eu acordei e como sempre fui ao quarto de cada uma das minhas filhas para ver como estavam. As duas ainda dormiam, aí eu desci e fiz um café com torradas para elas. Depois disso subi para acordar as duas, Leina já estava no banheiro, mas Alice ainda dormia e quando sentei ao seu lado para lhe acordar, ouvi o grito de Leina me chamando do banheiro. Voltei e fui apressada ver o que ela queria... bem... ela estava menstruada, foi sua primeira vez e estava com medo... — com a súbita lembrança lhe renascendo um sorriso triste se gerou. — Depois de conversar com ela eu decidi que tinha que ir à farmácia para comprar absorventes e um remédio. E então acordei Alice e me aprontei para ir. Depois esperei Leina sair do banheiro, lhe avisei que estava de saída e pedi que ela cuidasse de sua irmã. — Nesse momento ela olhou para Marta e Thiago e os viu se agitarem, Thiago levantou a mão com educação, achando que Helena se esquecera de algo, mas Augusto lhe cortou pedindo calma, com isso Helena baixou a cabeça num suspiro trêmulo e continuou: — Peguei carona com a senhora Aurora e o filho dela, cheguei à farmácia e desmaiei na entrada... — parou, sentindo a mentira se adensar em sua garganta. — Acordei no hospital e depois fui embora de táxi. Quando cheguei em casa tudo já tinha acontecido, Leina estava lá e Alice também, elas me disseram o que tinha acontecido.

— O que aconteceu depois, senhora? — Walter perguntou.

— Depois? — esbravejou Thiago. — Ela não está contando tudo! Diga, Helena! Diga a eles. Eu coloquei minha filha em sua responsabilidade!

— Senhor — Augusto colocou uma mão em seu ombro e no mesmo segundo Thiago a afastou bruscamente.

— Se afaste de mim! — gritou. — Essa mulher está mentindo, ela quer se livrar!

— Thiago, amor — Marta lhe tocou nas costas e ele lhe fugiu ao toque, avançando para cima de Helena com ferocidade terrível. Augusto se adiantou e se chocou contra ele, o estagnando no chão com a força que podia manter.

— Senhora. — Walter gritou para Marta que se aproximava, e então se levantou — Senhora se afaste por favor!

— Desgraçada! — Thiago gritou para Helena.

— Leve ele daqui até que se acalme, Augusto.

— Sim, senhor — ele respondeu, e algemando o sujeito conseguiu levá-lo porta afora. Marta os seguiu, mas antes virou-se para Helena desesperada, e entre o sufoco do sofrimento e da dor, conseguiu falar:

— Deus é testumunha, Helena... Deus é testemunha do que você tá fazendo, querida!

Helena tremia por inteira, sentia a perna fraquejar e a vista escurecer de tanto desespero. Ela olhou para Walter e chorou, com uma das mãos tapando a boca.

— Vou buscar uma água para você, Helena! — Walter disse e saiu.

Em pouco menos de cinco minutos ele voltou, colocou uma garrafa d'água à sua frente e suspirou pedindo que continuassem.

— Tudo bem — Helena concordou.

— Pronto, quando quiser pode continuar, senhorita.

— Quando voltei para casa, minha filha mais velha, Leina, me levou... até onde a menina estava. Leina chorava de terror, mas mesmo assim me apontou a direção do corpo, quando chegamos ela disse que tentou ajudar Sofia, mas a menina não parecia ouvir o que ela dizia e nem se mexia mais. Foi depois disso que liguei para a polícia, achei que minha filha estava muito estranha com tudo aquilo... ela é só uma criança, e queria que alguém fizesse alguma coisa para ajudar ela, por isso estava tão desesperada.

— Entendo — disse o Delegado. — De acordo com o que diz, em nenhum momento a família da vítima deixou a menina Sofia sob seus cuidados, é isso?

O remorso voltou à sua garganta inudando a abertura com um tampão que lhe devorava as palavras e a coragem, no entanto, a mensagem que Walter lhe dera na noite anterior soou em sua cabeça. Ele lhe dissera que tinha de falar aquilo ou podia ser presa também. E se isso acontecesse, quem cuidaria de Alice? Fora o que pensara, mas sabia que não era só isso que lhe atormentava. Se dissesse a verdade em depoimento, o que poderia acontecer com Leina? Fora o que o Delegado perguntara na noite passada, fazendo-a aos poucos crer que não tinha outro jeito, que levar Leina num terapeuta era a melhor solução. E então com muito esforço ela conseguiu dizer:

— Sim, senhor. Os pais da menina deixaram ela com Alice, na minha casa, mas eu não sabia de nada, isso aconteceu depois que saí para a farmácia.

— Entendo.

Minutos mais tarde, depois da sessão ter sido encerrada, Helena se dirigiu, trêmula e horrorizada consigo mesmo, para a saída. Walter a seguiu e gritou por ela. Ele maneou a cabeça em direção ao estacionamento e lá ela o encontrou segundos depois. Estava com um cigarro entre os lábios, tragando e soprando os tufos de fumaça para cima.

— Você fez bem, Helena. Não era certo você pagar por isso, não foi culpa sua!

— É claro que tive culpa, Walter, pelo menos numa parte — ela fungou, arrancando a ponta da unha com os dentes, destruída e cansada. — Mas quem matou Sofia...

— Não! Ela não fez nada com ninguém, a garota também é inocente. — Talvez Walter acreditasse puramente no que dizia, talvez fosse o amor dele por ela ainda vivo ou mesmo o desejo de ter Leina como filha, Helena não saberia dizer, porém, sabia o que sua filha tinha feito. "Ela mesma admitiu!", pensou, mas resolveu deixar para si.

— O que vai acontecer com ela agora? E como ela está?

— Está bem, e logo vou levá-la a uma terapeuta.

— Espero que isso dê certo, Walter. Que essa terapeuta possa ajudar Leina como eu quero.

— Ela sofreu um trauma, Helena...

— Não. Ela causou um! — disse, e num instante curto encarou o Delegado nos olhos, para logo depois se afastar dele. — Até mais Walter.

— Helena, — Walter chamou-a, cuspindo o toco do cigarro no chão e pisando em cima —, tenho notícias do caso do Jonas. Com a informação que você nos deu, sobre o carro que levou o Jonas, conseguimos encontrar o veículo. Estava destruído, mas sabemos por uma testemunha ocular, que viu o carro ser queimado, como se parecia o sujeito que o destruiu. Achamos que seja o assassino, não sabemos quantos...

— Não interessa, Delegado — ela disse, de costas para o antigo amigo, com lágrimas escorrendo sem parar à medida em que se recordava do modo como sua vida fluía antes do Jonas sumir. — Eu não quero acompanhar esse caso, não vou conseguir aguentar tanto... ainda tenho Alice para cuidar.

— Entendo — o Delegado respondeu, depois de um instante de silêncio.

Após isso Helena partiu, chamou um táxi e foi para casa sentindo uma leve pontada anunciar que a dor no peito e na cabeça aumentavam gradualmente.

Quando chegou em casa avistou a senhora Aurora no seu alpendre, sentada em uma cadeira observando a rua e o tempo.

— Oi, dona Aurora — disse, antes de um suspiro longo. — Ela ainda está dormindo?

— Sim, querida! Ela acordou assim que você saiu, chorando e muito assustada, tentei acalmar ela mas não consegui. Depois disso eu fiz o café e levei um pedaço de bolo, mas ela não quis comer e logo voltou a dormir.

— Ela não perguntou por mim?

— Não, filha, ela ficou muito calada enquanto estava acordada. Não respondeu nenhuma das minhas perguntas.

— Tudo isso está afetando muito a minha filha — refletiu em voz alta. — Dona Aurora, muito obrigada por ter cuidado dela, sempre que precisar pode contar comigo, ouviu?

— Por nada, filha, eu só espero que você e suas meninas possam ficar bem de novo. — A velhinha falou, com um olhar de pesar vagando ao semblante de Helena. — Até mais, querida, se precisar da minha ajuda de novo, é só bater na minha porta.

— Tudo bem, Aurora. Muito obrigada! — disse, ainda ouvindo a voz da idosa se desvanecer em sua mente.

Com muitos pensamentos se entrelaçando em sua cabeça, ela entrou em casa. Foi à cozinha e avistou a ponta da placa pendendo para fora do armário. Por um instante ficou imóvel, e então a agarrou. Lembrou-se do dia em que a comprara, estava muito mais confusa... Agora, caminhava apressada e decidida, com a placa, os pregos e o martelo para fora da casa. Dias atrás ela não tinha certeza se queria fazer isso, pois aquele lugar lhe tinha um valor sentimental imensurável. Mas agora, a certeza preenchia suas veias, ela tinha de fazer aquilo. Era necessário.

Com receio de que a indecisão pudesse renascer, ela posicionou a placa na parede e fincou quatro pregos em suas extremidades. Com o martelo, bateu incontáveis vezes até ficar sem fôlego e com a respiração mais pesada do que de costume. Estremeceu quando tudo acabou, quando enfim deixou a placa bem segura à parede. Helena fitou o objeto e quis chorar, percebendo o que estava fazendo. Lágrimas rolaram pelo seu rosto enquanto tudo transitava diante dos seus olhos úmidos.

Naquele segundo uma dor incessante e excruciante tomou conta do seu peito. Em sua mente ouviu o médico lhe pedir com urgência que realizasse um outro exame. Ela lembrava-se de ter recusado, no entanto sabia que deveria ter ouvido melhor. A cena do seu desmaio em frente à farmácia se tornou tão nítida que até mesmo achou estar lá outra vez, achou que tudo o que acontecera nos últimos dias, na verdade, não acontecera, e que fora um tremendo pesadelo. Era como se tivesse recuado no tempo e agora estivesse revivendo o dia 2 de julho, caída em frente à farmácia, murmurando palavras incompreensíveis. Até mesmo sorriu, afeiçoando-se à ilusão. Mas algo tremeluziu diante de seus olhos e a fez perceber que estava no presente e que tudo era real, a placa. Nela lia-se: Vende-se.

Capítulo 23
(antes)
06.07.1998

Alice estava deitada, acabara de acordar atemorizada com o pesadelo e resolvera se levantar de imediato, carregando uma de suas bonecas. Em um segundo rápido se deu por conta sozinha e desceu as escadas com pressa chamando por Aurora, quase a ponto de desesperar-se. Nos últimos dias os sentimentos mais comuns se tornaram o medo e a solidão, pois a saudade de Leina e as imagens de Sofia caída e machucada lhe retornavam com intensa frequência. Foi por isso que os pesadelos começaram, aterrorizando suas noites, fazendo-a acordar sobressaltada na madrugada ou na manhã, lhe incitando a temer o escuro e a dormir com a luz acessa. Aí então a saudade da irmã se tornava mais evidente e forte, fazendo Alice sentir-se mais farta de tudo, de todas as coisas ruins.

Sua mãe tinha lhe dito que Leina fora embora porque precisava de um bom tratamento. Porque estava doente, mas que logo iria se recuperar e voltar para casa. No entanto, algo gritava para Alice que sua irmã jamais voltaria. Irritada com o pensamento súbito, ela disparou seu brinquedo longe, olhando em volta na cozinha. Sem intenção seus olhos avistaram os pirulitos *DipnLik* sobre a mesa e para sua surpresa ainda havia vários... Com Leina longe, os doces duravam muito mais. Até que aquilo poderia ser bom para ela, pois Alice amava aqueles doces e ter vários só para si poderia ser algo maravilhoso, mas não ter Leina para dividir transformava seu desejo em algo odioso.

Com o olhar ela mirou os pirulitos, mas sua vontade por eles foi se esvaindo e só o interesse de ver sua irmã prevaleceu. "Leina, por que você não volta logo para casa?" Lamentou, enquanto se dirigia a sala, clamando para que Aurora aparecesse rápido.

– Sinto falta de você, Leina – sussurrou inquieta.

Com medo ela se dirigiu à porta caminhando com pressa. Quando a abriu, procurando a senhora Aurora com o olhar, ela vislumbrou um corpo inerte no piso do alpendre. O medo lhe petrificou as pernas por um instante e seu olhar desceu correndo pelo rosto de sua mãe, que imóvel estava, caída no chão. Pouco mais de cinco segundos se passaram para que Alice soubesse assimilar o desespero, e então correu em direção à mãe.

– MÃE! – gritou rasgando a garganta.

Ela jogou-se em cima dela, tentou acordá-la, mas Helena não se mexia. Alice estava desesperada, com o coração palpitando agressivo sob seu peito, não sabia como agir diante daquela situação. O que conseguiu fazer foi gritar para que sua mãe acordasse, mas a cada sacolejada só lágrimas desciam e Helena não lhe ouvia. Foi então que esbravejou por ajuda, inúmeras vezes até que sentiu sua garganta arder, como se estivesse prestes a se romper:

– Socorro, dona Aurora. Socorro! – pediu uma última vez e de repente a senhora Aurora surgiu no alpendre de sua casa, indagando ao longe o que havia acontecido. Alice não conseguiu explicar, pois não sabia decerto o que houvera.

No entanto, a gentil idosa percebeu a situação e depois de ter entrado e passado um longo momento dentro de sua própria residência, ela se apressou ao seu encontro o mais rápido que pôde.

– Fique tranquila menina, eu chamei uma ambulância – Aurora falou, se aproximando de Alice para tentar consolá-la.

Ainda assim, Alice continuou a chorar em cima da sua mãe. Tentando acordá-la a todo custo. Minutos mais tarde, uma sirene ressoou no ar avisando-os da chegada da ambulância. Alice olhou em todos os lados procurando e desejando que eles ajudassem sua mãe o mais rápido possível. E assim aconteceu, o grupo de socorro desceu do veículo e com pressa um deles testou o pulso da sua mãe e o outro caminhou direto para Aurora.

— Fique com a criança. Vamos levar a mulher — um deles disse e nem sequer esperou algo em retorno.

Eles trouxeram uma maca e sem tardar colocaram a senhora Helena desacordada sobre ela. Depois disso Alice só pôde ouvir o motor ranger e observar a ambulância acelerar para longe dali. Sua mente se afundou em um vazio, onde só lágrimas e sofrimentos perpetuavam naquele instante.

Capítulo 24

27.06.2018

A última turbulência acabava de acontecer, e ela ainda apertava forte a poltrona, como se estivesse prestes a cair. A ideia surgida desde a primeira turbulência veio com força, uma sombra mórbida de pensamento lhe dizia que dessa vez o avião cairia. Não deixou de notar o momento em que a ideia lhe aflorou, fora em meio a extremo pavor, quando relembrava os acontecimentos de 1998 e quando se imaginava de novo imersa naquilo. Na verdade reconhecia o desejo de nunca mais voltar em Deliaes, e à medida em que avançava, a vontade se infiltrava mais forte fazendo o pensamento mórbido e repentino ser quase como um interesse oculto, mas não consciente.

O pavor de voltar à Deliaes já passara há muito do estado inicial, agora ele lhe provocava espasmos incontroláveis também no braço, contraindo-o de vez em quando, fazendo os músculos saltarem rígidos. Alice sentia a nuca levemente dolorida, mas o desconforto no braço era muito maior, o tempo todo ele prosseguia, como se os músculos permanecessem contraídos sem intervalos. Ela tentava segurá-lo antes do espasmo vir, mas nunca advinhava de certo o exato momento.

Sua perna tremia enquanto a última turbulência daquele dia acabava, seus olhos continuavam vidrados no teto do avião e seus pensamentos flutuavam para realidades distintas onde ela estaria em casa, relaxando com a voz de sua futura filha lhe enchendo a audição. No entanto, o que veio foi a voz do comandante soando forte na sua cabeça, por mais que ela não conseguisse se concentrar nas palavras.

— Senhoras e senhores, estamos passando por uma área de turbulências. Mantenham-se em seus assentos, estamos com tudo sob controle. — Foi o que ressoou no ar.

A turbulência durou por apenas um instante, e depois o avião continuou tranquilo em seu percurso. Alice então voltou a fechar os olhos, não conseguindo conter o terror que a ideia de estar em Deliaes ao lado da sua irmã trazia. De repente imaginava com que capacidade atuaria para ajudá-la. Pois afinal, o que ela conseguiria fazer para ajudar a irmã? Se perguntava, e o tempo inteiro, a única resposta que lhe vinha era levá-la a uma clínica, como Arthur por vezes sugerira de maneira grosseira. A verdade era que não existia outra opção melhor, no entanto ela duvidava se teria forças para tanto. Decidiu então que conversaria primeiro com Leina, veria sua situação e agiria conforme conseguisse e o cenário exigisse. "Assim vai ser melhor", deduziu.

No fim de seu debate interno só pôde desejar que seu marido estivesse com ela, e que aquele avião tivesse outro destino: suas férias. "Leina precisa de mim", sussurrou em sua mente deduzindo quantos dias ficaria em Deliaes e se conseguiria resolver tudo.

Sem avisos os alto-falantes emitiram um bip longo e agudo, em seguida a voz do comandante percorreu o ambiente mais uma vez:

— Senhores passageiros, uma falha técnica no sistema elétrico da aeronave acaba de ser relatada, pedimos a calma e cooperação de todos. Faremos um pouso de emergência no Aeroporto de Garanhuns, no estado de Pernambuco.

Alice estremeceu olhando de um lado a outro. O semblante carregado e urgente lhe explodia declarando medo, porém, um outro sentimento também se espalhava por sua pele: alívio intenso. Alívio além do que poderia imaginar segundos atrás, diferente do restante dos passageiros, que começavam a ficar agitados. O comandante pedia paciência e afirmava que tudo estava sob controle, no entanto, os murmúrios de desespero seguiam preenchendo o espaço.

Alice fechou os olhos e respirou fundo, o alívio lhe preenchia mais e mais com a ideia de poder evitar Deliaes por mais algumas horas e de não ter controle sobre isso. Se pudesse, de outra forma, chegar em Deliaes no menor tempo possível, ela o faria, mesmo desejando manter-se o mais longe daquele lugar. No entanto, agora não tinha escolha, tinha de esperar o pouso e o próximo voo, agora estava longe do seu alcance chegar em Deliaes no momento previsto, e isso lhe trazia conforto só pelo fato de não poder ir contra a sua vontade. Contudo, mesmo o inconveniente amenizando seus problemas, ainda era um inconveniente, e era perigoso, e por isso ela não deixou de ficar preocupada. Seu pensamento mórbido do momento das turbulências lhe voltava sem controle, e o que podia fazer era tentar afastá-lo. "Tudo vai ficar bem, o avião vai pousar e eu pego o próximo voo", planejou com os olhos fechados, sentindo as emoções contraditórias lhe furarem profundamente, como se testassem sua capacidade de força uma sobre a outra.

E assim, outra vez Leina surgia à sua cabeça, com treze anos e repleta de sangue. Era tudo tão nítido, todas as suas memórias fluíam à sua frente como se estivessem ocorrendo naquele instante. Memórias de décadas atrás, de quando ela era apenas uma criança. Na época, tinha só sete anos, mas conseguiu guardar tudo que presenciara dentro de sua mente. Os monstros que a irmã lhe descreveu, a despedida triste no alpendre, sussurros trêmulos que indicavam o caminho ao porão e o retorno de Leina. Tudo guardado no fundo de sua mente.

Capítulo 25

27.06.2018

Alice havia partido em um táxi há algumas horas, Arthur sequer se levantara da cama para se despedir dela. Agora, estava começando a se arrepender do seu feito. Caminhou impaciente de um lado ao outro da casa, imaginando se deveria ou não ligar para Alice. No fim decidiu que era o certo a se fazer e então apanhou o celular, encontrou o contato da esposa na agenda e ligou. Esperou alguns segundos com o telefone no ouvido, mas logo lembrou de que o voo ainda estava acontecendo e não seria possível atender ligações.

— Merda! — praguejou atirando o celular em cima da cama. — Desculpa, Alice.

Durante todo o dia ele permaneceu deitado, sem nem mesmo lançar um fragmento de sua atenção ao trabalho, estava com seus pensamentos turbulentos ecoando, fazendo-o lamentar o fato de ter deixado sua esposa viajar sozinha. Ele não queria ter que deixá-la ir para Deliaes sem ele, mas há muito tempo Alice vivia cuidando de Leina e isso às vezes se tornava algo desconfortável para a vida deles. Todos os anos Alice viajava à Deliaes para saber como estava a irmã, e ela nunca lhe contara o que acontecera com Leina e qual problema tinha.

Arthur sabia que a esposa se sentia desconfortável ao falar de sua irmã, por isso nunca se aprofundara no assunto, mesmo assim ele sempre ousou tirar suas próprias conclusões. Por muitos anos acreditou que Leina sofria de algum trauma, e algumas vezes em discussões sobre a viagem anual até Deliaes, Arthur disse à Alice que internasse a irmã numa "Clínica de Loucos". Ele fora rude, reconhecera isso, mas ainda assim a sugestão de internar Leina lhe era viva, e mesmo na última discussão com Alice, no dia anterior, pensara em dá-la de novo, porém, se ousasse ter dito, talvez sua esposa nunca mais voltasse.

"Um trauma", refletiu. "O que será que realmente aconteceu com ela?". De repente ele desejou saber mais, mesmo após anos viajando ao lado de Alice para Deliaes, anos de visita à Leina, só agora aquela dúvida se propagou intensa, só agora aquilo lhe interessava a ponto de querer ir à fundo.

Seus pensamentos foram percorrendo sua cabeça e as perguntas ganhavam ainda mais ênfase. Naquele momento, as palavras de Alice fluíram em sua mente: "Você sabe tudo o que deve saber, Arthur..."

Não sabia o que pensar ou o que fazer, apenas queria alcançar a verdade, estava com um mau pressentimento e tinha que ir a fundo nisso. Alice poderia estar precisando dele. "Agora mais do que nunca", reconheceu, com uma nota de vergonha. Deitado na cama, ele vislumbrou ao lado o monitor do seu *notebook* lançar-lhe uma tênue luz azulada. Sentindo-se quase desconexo com o corpo avançou para o aparelho e o colocou em seu colo. Mexeu no *touchpad* e o brilho da tela alcançou uma distância muito maior, exibindo a área de trabalho. Arthur abriu seu navegador e digitou, ainda com muitos pensamentos na cabeça, a palavra, Deliaes.

Quando enviou a solicitação de pesquisa foi que percebeu o erro. Não tinha escrito por completo o que de fato queria pesquisar, o navegador exibia uma lista de sites com matérias distintas sobre a pequena cidade do interior do Ceará, e ele buscava outra coisa. Então sem tanto interesse pensou em voltar e pesquisar o que desejava, porém, uma matéria em específico lhe chamou a atenção. Havia um título e abaixo uma introdução cortada que lhe revelava dois nomes, e que lhe convocava urgência imediata e total. Ao ver aquilo sua respiração parou, sentiu-se distante enquanto as palavras se mantinham fixas na tela da seguinte forma:

Assassino de garotinha de seis anos finalmente é encontrado...
12 de jun. de 2018 — Assassino de garotinha de seis anos finalmente é encontrado.
Na cidade de Deliaes, no interior do Ceará, uma criança foi morta com brutalidade e as únicas testemunhas foram duas crianças, Leina e Alice...

Arthur franziu o cenho ao terminar a leitura, sem palavras para expressar sua incredulidade ele clicou na matéria para abrir por completo a página. "Talvez fossem outras pessoas", quis acreditar, vendo o site se formar a sua frente com rapidez:

Após vinte anos, a família Dantas finalmente terá justiça pela morte da pequena Sofia. Mesmo após o assassino, Henrique de Alencar, confessar o crime e ser preso, a detetive Lavínia Dantas, irmã mais velha da vítima, contesta a resolução do caso.

À medida que descia na página, ele entendia mais do que acontecera. Havia tudo muito explicado: o assassinato ocorrera em 1998, no dia 2 de julho. "Na verdade, ainda não faz vinte anos", pensou, corrigindo a matéria feita no *site* com o nervosismo se apossando do seu corpo.

Arthur leu impaciente todo o conteúdo e não deixou de se espantar novamente quando voltou a ver o nome de Alice ali, se propagando em meio à tela. Dessa vez não teve dúvidas, pois também ali estava o nome da sua sogra:

A Srta. Helena Silva afirmou, na época, ter saído de casa em necessidade e nesse meio tempo Thiago e Marta, pai e mãe da vítima, teriam aparecido em sua residência e deixado a menina Sofia com sua filha mais nova, Alice, sem sua supervisão. Helena disse que quando voltou para

casa o crime já havia acontecido e sua outra filha, Leina, estaria sobre o corpo da menina Sofia, buscando ajudá-la (...)

– Meu Deus... não... – sussurrou horrorizado.

Ao fim de toda a matéria, o *site* exibia uma única imagem da menininha que há muito perdera sua vida. Ela posava para a foto com as duas mãos na cintura, lançando à câmera um sorriso sem medidas, que faziam seus olhos se apertarem até quase se fecharem. Arthur sentiu um burburinho esquisito na barriga, que subia ao peito como aflição e à garganta como um nó denso que lhe dava enjoo. Agora tinha certeza do trauma sofrido por Leina e em sua mente lamentou ainda mais não ter acompanhado sua esposa, e não ter demonstrado se importar com a irmã dela. "Eu sinto muito, Alice".

Ele parou por um instante, pensou e pensou, até que a ideia lhe voltou, e outra vez abriu o navegador. Em seguida digitou, dessa vez corretamente:

Passagem aérea para Deliaes, Ceará

Capítulo 26

27.06.2018

Algum tempo mais tarde o avião aterrissou no Aeroporto de Garanhuns. Alice então se encaminhou para sua única opção: o hotel pago pela companhia aérea. Na verdade, minutos atrás, a companhia entrou em contato com todos os passageiros e informou que haveria um novo voo em algumas horas, quem estivesse disposto a esperar poderia ficar diretamente no aeroporto. Mas Alice preferiu não esperar, ela decidira que iria percorrer o restante do caminho no dia seguinte e dessa vez iria de ônibus. Não deixou de pensar que a ideia lhe era muito conveniente, achou que estivesse negligenciando seus deveres para com a irmã, imaginou-se recuando a mão que daria auxílio, no entanto, bem sabia e sentia, quando o avião pousou, que seu terror era maior que o alívio do inconveniente e até maior que a apreensão de chegar à Deliaes. Estava bastante assustada para conseguir entrar em outro avião logo depois do que ocorrera. Precisava descansar e por mais que isso lhe fosse conveniente, não significava estar fugindo da irmã.

— É da região senhorita? — o taxista lhe indagou enquanto fitava o sinal vermelho.

Alice demorou-se algum instante, olhando além dos vidros do carro... além do presente e em seguida respondeu:

— Não... Sou do Rio. — Sua voz soou dura e seus olhos se mantiveram na rua apinhada de veículos e pessoas caminhando nas calçadas.

O homem lhe empurrara uma dezena de outras perguntas, objetivando fluir mais assunto. Alice estava pouco interessada em conversar com ele ou com qualquer outra pessoa, mas por simples educação respondeu tudo, pacientemente, sem nunca conseguir se concentrar bem no que dizia. Entendia o suficiente para saber que rumo as indagações estavam tomando, mas ela sempre fugia das intenções dele. Até que em um momento pediu para ele parar, afirmando que o restante do caminho ela mesma encontraria.

— Eu levo a senhora lá, é logo ali! — afirmou o taxista com uma mão deslizando pelo volante, no período em que Alice abria a porta do veículo.

— Não precisa, senhor. Obrigada! Quanto custou? — quis saber, sem poupar educação, enquanto o homem se erguia para fora do veículo indo ao encontro do porta-malas para que Alice tirasse suas coisas.

— Vinte e cinco Reais — o motorista falou irritado, entregando-lhe a mala com sobrancelhas franzidas.

Mesmo sabendo que não lhe devia aquele valor Alice lhe entregou uma nota de cinquenta e ele lhe voltou o troco. Quando ela se virou para seguir nas calçadas sentiu um arrepio frio na pele anunciar a presença de alguém lhe acompanhando, mas seus ouvidos nada ouviam a não ser seus pensamentos barulhentos, e por isso se virou abrupta aos dedos que lhe afundaram leves no ombro. Em seguida perdendo o equilíbrio tanto das pernas quanto da garganta, ela caiu com um grito de receio que explodiu estridente. Todo o pavor que permeou como um relâmpago em seu corpo, em menos de meio segundo, só começou a se dissolver quando caiu de costas no chão e encarou aquele sujeito. Ele estava acima de si, com roupas velhas e rasgadas, usando chinelos desgastados e com o rosto cingido de sujeira, recuando a mão pedinte tão assustado quanto ela.

— Te assustei, senhora? — perguntou o garoto e então se apressou vencendo o susto para ajudá-la a se erguer.

— Tá tudo bem — falou.

Depois disso ela ajudou o rapaz dando-lhe o troco do táxi e voltou a andar pelas calçadas, arrastando uma mala abarrotada em direção ao hotel. Tentou concentrar-se no caminho, mas sua mente explodia em diversos pensamentos, fazendo sua cabeça e braço tremer, fazendo-a andar quase inconsciente, sempre despertando de súbito com alguma buzina que fluía de repente. Porém, não demorou muito e logo a rua do prédio permeava em sua visão. Olhou para um lado depois para o outro, conferiu em um papel se o nome estava correto e seguiu até a entrada do edifício.

O Hotel Real se erguia por três andares. As portas e janelas eram todas de vidro e bem à frente havia uma pequena fileira com algumas poucas plantas. Alice não esperou nem um instante a mais, imediatamente se direcionou para dentro da construção e se encaminhou até a recepcionista.

— Boa tarde, senhorita — a mulher falou, quando ela se aproximou do balcão —, seja bem-vinda ao Hotel Real.

— Obrigada!

— A senhorita fez uma reserva?

— Não... mas meu nome deve estar em alguma lista, a companhia deve ter ligado... Meu nome é Alice Novaes.

— Sim, seu nome está aqui. Passageira do voo oito um cinco, certo? Pode me passar o documento de identificação, por favor?

— Sim. Claro... — Alice murmurou retirando o RG de sua carteira e entregando à moça.

— Então tudo certo, senhorita Alice. Tenha uma boa estadia — a mulher disse, entregando-lhe uma chave de número 15, enquanto sorria.

Alice agradeceu e se dirigiu para seu quarto. Quando abriu a porta, seus olhos se focaram de súbito na cama. Deixou a mala de lado e trancou a porta atrás de si. Depois jogou-se na cama macia da maneira como estava e então o cansaço tomou de conta do seu corpo de imediato. Ela não tinha ficado muito tempo no avião, só uma hora ou um pouco mais. Mas sentia seu corpo desgastado, sem energias. Talvez pelo peso acumulado de tanto trabalho. Talvez pelo peso de todos os problemas sobre suas costas, ou mais provável o peso de tudo junto. Ela não queria pensar naquilo. Naquele momento só desejava uma única coisa: descansar.

Capítulo 27
(antes)
06.07.1998

Acordou outra vez na mata escura, cercada de árvores grandes, com pingos de chuva caindo sem parar em sua testa. Assustada resfolegou alto e sem pausa, tentou se levantar e fugir dali, mas não conseguiu. Era como se algo estivesse empurrando seu corpo contra o chão sujo de lama, travando braços e pernas. Sem alternativa apenas olhou ao redor e então o barulho estridente de um trovão ressoou no ar, apavorando-a ainda mais. As árvores pareciam se contorcer com a chuva, mas Leina sabia que não estavam. Algo espreitava da escuridão e ela tinha conhecimento do que era.

— Alguém me ajude — pediu, fazendo sua voz soar o mais alto possível.

Foi então que um outro som se originou da escuridão:

— Você tem que procurar. Ache o seu pai. Ele está aqui, sempre esteve aqui — a voz ordenou, no mesmo momento em que dezenas de coisas pálidas parcialmente se revelavam, saídos de detrás das árvores. — Aqui! — a voz soou mais uma vez, junto de um relâmpago, que iluminou uma escotilha apinhada de ferrugem, ao qual dava entrada para algum espaço dentro do chão... que dava entrada para o porão.

"O porão", ela sussurrou em sua mente, com os olhos frisados na entrada próximo à grande árvore. No momento seguinte algo tocou seu ombro, ela pôde sentir, e então pôde se mover. Pensou em correr na direção da portinhola para enfim encontrar seu pai, mas no instante em que ficou de pé a entrada sumiu. Não viu alternativa senão disparar o mais depressa que podia para longe dali, enquanto os olhos escarlates a encaravam com malícia. Correu até que algo agarrou em suas pernas e a arrastou de volta para o local onde acordara. Sentiu várias mãos a retendo em um aperto doloroso, e por isso não pôde deixar de gritar e implorar que alguém a ajudasse. Mas ninguém surgiu, só havia uma voz soando de além das árvores, e os seres de pele pálida a puxavam de encontro a ela.

— Leii-naaa — um sussurro lento permeou, puxando-a daquela ilusão e finalmente acordando-a.

Deitada em sua nova cama, na casa do Delegado Walter, ela sentou-se depressa enquanto tremia e recuava.

— Você teve um pesadelo? — Walter perguntou, puxando uma cadeira para sentar-se ao lado de sua cama; uma cama pequena, posta naquele quarto mal iluminado e bastante apertado.

Leina esfregou os olhos evitando o contato visual e assentiu, confirmando a pergunta do Delegado. Por um instante, ela cessou todos os seus pensamentos para lembrar-se do sonho, e ele veio com tamanha rapidez que ela sequer conseguiu se controlar. Num impulso, pulou para fora da cama, gaguejando coisas incompreensíveis para o Delegado.

— Leina, você tem que se acalmar. Entendeu? — Walter levantou-se, enquanto Leina tentava buscar as palavras certas. Em um momento, ela parou de balbuciar e gritou:

— A gente tem que ir na floresta, agora! — o Delegado pareceu confuso, sentou-se outra vez na cadeira, e com a voz leve, disse:

— Sente, Leina. Por favor!

— Você não quer ir? A gente tem que ir... tem...

— Por quê? Ou melhor, Leina... para quê? — indagou o Delegado, relaxando, com um longo suspiro, os ombros cansados.

Apenas por um momento Leina achou que talvez não fosse bom responder àquela pergunta, passou-se algum instante calada, sua mente não a deixou munir confiança no Delegado. No entanto, ela tinha de tentar algo, sabia que seu pai estava dentro daquele porão, e agora sabia onde encontrar o porão... ela precisava ir, o mais rápido possível.

— Meu pai está lá — ela disse, de cabeça baixa. — Eu preciso ajudar ele. Ele tá preso em um porão, e-e tem coisas lá que não deixam ele sair... eu-eu preciso... — murmurou, não conseguindo segurar uma lágrima triste que insistia em pular solitária do seu olho, deslizando lenta pela sua face.

Walter passou uma mão pelo rosto num suspiro de preocupação e silenciou por alguns segundos, refletindo demasiado sobre algo. Em um momento Leina viu sua boca se remexer para fundar as primeiras palavras em resposta, mas de súbito parou, preservando-se quieta.

Quando o silêncio excruciante do Delegado deixou claro que não teria auxílio ali, Leina então se ergueu decidida a tentar passar pela porta, mas Walter despertou do longo devaneio e se firmou em seu caminho, impedindo sua desesperada ação. "Ele não vai deixar você ir", algo cochichou no fundo de sua mente, e ela sentiu a ira crescer dentro de si ao perceber que era verdade.

— Leina, você não pode ir a lugar nenhum. Prometi à sua mãe que iria ajudar você, e é isso que eu vou fazer — Walter falou, enquanto lhe segurava os ombros, impedindo que ela deixasse o quarto. Impedindo que ela fosse ao encontro do pai.

"Por que?", pensou e como que soubesse o restante dos seus próximos pensamentos, o sussurro lhe respondeu: "Ele não quer ajudá-la. Ele não quer que você o encontre."

— Você não entende, eu tenho que ir. Ele precisa de mim! — Leina gritou, rude e depois de alguns segundos ponderando as próximas palavras, ela continou, num tom calmo: — Por que você não quer achar o meu pai?

O Delegado não cedeu, continuou imóvel e com um olhar triste balançou a cabeça uma vez em negação. Leina sentiu o vazio se aprofundar, furando os tecidos de sua pele e adentrando nos ossos para nunca mais sair dali. O silêncio percorreu e sua pergunta ficou sem resposta.

— Por quê? — perguntou de novo, mas Walter não respondeu.

Então, em fúria descontrolada ela cravou a visão no rosto de Walter e esbravejou, segurando as lágrimas com impaciência:

– Me deixe sair! Meu pai está no porão, eu sei disso! Eu vi no meu sonho, vi os monstros que pegaram ele... eu vi onde ele está! – incontrolável, o sentimento de raiva fluía pelas suas veias.

No entanto, Walter manteve a mudez e a postura, fitou pesaroso os olhos dela e engoliu em seco. Um nó prensava a garganta de Leina e ela sentia-se impotente, seus dentes apertavam seus lábios internos em ira e seus olhos se embaçavam mais e mais. E no fim, em um tremor de raiva e cansaço por toda a força que punha para se manter forte, ela desabou em fraqueza.

– Me ajude, por favor, ele está no porão... eu sei – implorou, com o desespero instigando as lágrimas a jorrarem mais fortes e com o temor angustiante de que nunca mais pudesse voltar a ver o seu pai se firmando mais poderoso.

Naquele momento Walter não conseguiu mais fitar seus olhos, ao invés disso comprimiu a boca num semblante de pesar intenso e a envolveu nos braços.

– Seu pai se foi Leina... Jonas está morto!

Capítulo 28

(antes)

07.07.1998

Um dia inteiro havia se passado e sua mãe ainda estava no Hospital de Deliaes. Alice não entendia nada do que estava acontecendo, tudo o que queria era estar ao lado da mãe, tudo o que queria era que sua família voltasse a ser como antes. Sentia uma imensa saudade do pai, da irmã e de tudo como era antes. No entanto, as coisas sempre estavam piorando, sempre despencando para obscuridades infinitas. Sentada ao lado do seu avô no banco de espera do hospital, indagou quando tudo ia melhorar, ele respondeu que "logo", mas Alice não se sentia reconfortada, talvez não acreditasse nele.

Seu avô chamava-se Eripe Silva, Alice quase o nunca vira, mas ele também morava em Deliaes. Era pai da sua mãe, um idoso que destacava barba branca como flocos de neve, e olheiras profundas sob olhos quietos e solitários. Alice sequer sabia sua idade, mas naqueles dias possuía sessenta ou quase isso. Fora ele a lhe buscar em casa no dia anterior, depois de a senhora Aurora ter informado-lhe da situação de Helena pelo telefone.

No dia anterior, 6 de julho, depois de Alice ter encontrado sua mãe desmaiada e depois de a ambulância ter ido embora, seu avô havia chegado e pedido que ela arrumasse suas coisas para passar alguns dias com ele, em sua casa. À princípio ela hesitou, não queria ir de maneira alguma, gritava palavras engasgadas no choro afirmando que queria ficar com a senhora Aurora, mas quando Eripe disse-lhe que iria levá-la para visitar a mãe no hospital ela não recusou. Agora estava ali, no Hospital de Deliaes, esperando para ver sua mãe, ao lado do seu avô que se mantinha em silêncio profundo.

— Quando vamos poder entrar? — ela quis saber, pela vigésima vez naquela manhã. Seu avô resfolegou e voltou o olhar para ela, mas quando ele abriu a boca para falar algo, um médico passou pelas portas interrompendo a conversa.

— Bom dia — o Dr. falou enquanto lia algo numa folha que carregava —, senhor Eripe e pequena Alice.

— Tem alguma notícia, doutor? — Seu avô quis saber levantando-se da cadeira enquanto passava as mãos pelas coxas, nervoso.

— Vamos deixar que a criança entre primeiro, a mãe quer falar com ela.

— Tudo bem — Eripe respondeu.

Em seguida uma enfermeira acompanhou Alice por uma sequência de corredores e mostrou-lhe o quarto onde sua mãe estava deitada, cercada por máquinas. Alice se aproximou e não conseguiu conter o choro, fios de lágrimas escorreram por suas bochechas enquanto ela se jogava para abraçar a mãe. Helena a agarrou e a apertou contra seu peito, movendo-se com cautela.

— Vai ficar tudo bem, filha... tudo vai ficar bem — Helena cochichou ao seu ouvido, afagando seus cabelos e lhe passando uma mão nas costas, que ao mesmo tempo indicava proteção e necessidade intensa.

"Não vai", pensou agarrando-a mais forte.

— Quando a senhora vai voltar para casa? — Alice perguntou, quando o abraço teve fim. Esperou ansiosa pela resposta, fitando os olhos lacrimejantes da mãe.

— Eu não sei, filha... Você vai ter que ficar com o vovô por alguns dias, até a mamãe voltar, tá bom? Ele vai cuidar bem de você — Helena respondeu, beijando-lhe a testa.

Alice enxugou as lágrimas do rosto e declarou:

— Eu não quero ficar com o vovô, eu quero ir para casa com você.

— Eu também, Alice...

Capítulo 29

(antes)

07.07.1998

— O que ela tem, doutor? — Eripe indagou ao médico.

— É a pressão... Ela tem Hipertensão Arterial e um nível muito elevado de colesterol. Ela deveria saber disso — o médico respondeu, olhando o prontuário em suas mãos. — Por que ela não cuidou disso?

Eripe não fazia ideia de que sua filha sofria de tais doenças. Ela nunca havia antes comentado. E ele nunca havia percebido. "Como poderia ter percebido?", se perguntou de imediato, constrangido. Pois ali estava ele, de frente para o médico de Helena, ouvindo verdades horríveis que o levavam a repensar as terríveis atitudes que tivera depois que Helena casara-se. "Eu a abandonei", refletiu com um lampejo de dor o corroendo de dentro para fora.

— Eu não sei doutor — declarou.

— Ela teve um Acidente Vascular Cerebral. Um AVC isquêmico — o médico informou, dessa vez olhando para seus olhos. — Mas agora está tudo bem, não está com sequelas e logo poderá voltar para casa, mas muita coisa vai ter que mudar na vida da senhorita Helena.

— Eu entendo, sim... vamos fazer o que for possível.

O doutor assentiu, e foi nesse momento que a enfermeira surgiu às costas dele, puxando-o por um dos braços. Ele curvou o pescoço e ela disse-lhe:

— Doutor, tem um problema com o paciente no leito oito — de alguma maneira a voz da mulher alcançou os ouvidos de Eripe.

— O que foi? — Eripe se aproximou, trêmulo, mas o médico apenas lhe deu as costas e correu por entre o corredor. — O que aconteceu? — gritou, mas nada veio em resposta.

Olhou de um lado ao outro, com o coração acelerado. O remorso lhe envolveu mais intenso, sentiu-o fechar sua garganta, sentiu-o ordenar que sua perna se movesse. Ele não iria ficar parado, imaginando centenas de coisas enquanto sua filha poderia estar precisando de ajuda, não dessa vez. "Um AVC", refletiu, lamentando do fundo do peito ter se mantido ausente por tanto tempo. Lamentando ter abandonado sua filha durante mais de uma década. "O que eu posso fazer agora?" Pensou. "Eu devia ter me mantido presente, eu sempre soube que devia, mas o que eu poderia fazer? Ela não me ouvia... Agora não tem mais jeito. Se Helena morrer...", suspirou, seguindo o médico e a enfermeira de longe.

No corredor seguinte esbarrou em um enfermeiro que lhe ordenou a sair daquela área. Quando não deu ouvidos o funcionário do hospital tentou lhe segurar, mas ainda assim ele não se deu por vencido; livrou-se das mãos dele e continuou atrás do médico, apressando o passo. Até que chegaram em um quarto bem iluminado e fechado, que soprava um vento gélido pela fresta inferior da porta, banhando seus pés.

— Alice — Eripe sussurrou, depois de ver sua neta do outro lado do vidro, chorando enquanto segurava a mão de sua mãe.

Imediatamente ele abriu a porta, sem permissão, e no mesmo instante o enfermeiro surgiu com dois guardas ao fim do corredor. Quando adentrou no recinto ouviu os sonoros bips das máquinas trovejarem impacientes e estridentes pelo ar. Aquilo arrepiou-lhe os pelos da nuca. Mas então, sem pausa correu em direção a Alice e a removeu de perto da mãe. Ele a ergueu no ar e tentou afastá-la para que o médico pudesse ajudar sua Helena. Alice gritou, chorando e se esperneando para alcançar a mãe, para tocar em qualquer parte do seu corpo e senti-la ali, presente. Porém, Eripe a manteu do outro lado da sala, e observando Helena de longe, ele teve de ser forte enquanto a dor fria o invadia.

O médico seguiu fazendo uma seção de procedimentos enquanto a máquina persistia com os bips cada vez mais acelerados. Os gritos de Alice irrompiam estridentes no ar, e naquele momento os lábios de Helena se moveram, antes que se entortassem de vez, tentando reproduzir algo. Eripe temeu não ouvir as palavras da filha, pois Alice seguia berrando, querendo livrar-se de seus braços. E então, no mesmo segundo ele a libertou, os gritos cessaram e a voz de Helena permeou o ar, trêmula, frágil e para sempre dolorosa e doce:

— Cuide de Leina, papai... por favor.

Helena ergueu a mão em sua direção e foi nesse momento que Alice chegou até ela e lhe agarrou.

— Mamãe, por favor mamãe... — A menina chorou em desespero e o visor da máquina passou a exibir uma única linha reta ao invés de permanecer oscilando. Nesse instante o médico a afastou, para tentar reanimar Helena.

E foi só após isso que o enfermeiro apareceu na porta do quarto com os dois guardas ao seu encalço. Ao verem a cena, se mantiveram em silêncio profundo, absorvendo um pouco da tristeza que emanava do quarto. Absorvendo a dor sentida. E percebendo que os esforços foram desnecessários, pois mesmo depois de tudo que o médico fez, Helena morreu.

Capítulo 30
27.06.2018

Pouco mais que vinte minutos tinham se passado desde que conseguira adormecer, agora, no entanto, respirava fundo sentada no colchão, sentindo o suor gelado nas costas retrazer todo o pesadelo à sua mente num clarão violento e súbito. A voz de Leina, soada do escuro, continuava a se repetir mesmo depois de Alice ter acordado. "Ele não existe aqui", a menina dizia e Alice a via sentada na cama pela fechadura da porta. Lembrava-se bem do dia em que a irmã falara aquilo, mas não sabia por que a frase insistia em tornar aos seus pesadelos. "Talvez tudo esteja voltando", pensou ao resfolegar mais uma vez.

— Até os pesadelos — sussurrou, e com urgência se ergueu da cama para acender a luz do quarto, pois logo um leve tremor se insinuava sob sua pele ao poder do breu. A escuridão lhe envolvia com agressividade tão intensa que tudo o que desejou foi recorrer ao canto da parede e lá ficar, abraçada aos joelhos, inerte e aterrorizada, no entanto, ela sempre lutava. Mesmo que o pior dos pavores lhe furasse a alma, ela lutaria, e mesmo reconhecendo sua fraqueza diante deles, ela lutaria.

Quando a lâmpada do quarto se acendeu, Alice sentiu sua visão se embaçar e arder. E com o pavor minguando levou uma mão para cima dos olhos e com a outra se apoiou na parede. No momento em que o efeito acabou, ela olhou o relógio do celular e o viu marcar 18h35.

Desde o instante em que chegara ao Hotel Real, Alice só havia desejado uma única coisa, e mesmo com a cama macia e o quarto climatizado, bastante aconchegante, não pode tê-la. Ela não conseguiu relaxar sua mente em nenhum momento de todo o período da tarde que ficou ali. Passou longas horas deitada na cama, tentando ao máximo adormecer de vez, e quando conseguiu o pesadelo a assaltou de brusco lhe devolvendo à realidade.

Agora se sentando na cama e cercada de luz outra vez, seus pensamentos enfim abandonavam o pesadelo e seus próprios medos, retornando à Leina e à preocupação. Desejou que tudo estivesse bem. Foi quando se pegou reclamando de si mesma, por estar perdendo tanto tempo ali naquela cidade, quando deveria estar em Deliaes. Mais uma vez tentou ligar para a irmã naquele dia, no entanto, outra vez não conseguiu. Depois, por um instante, ela pensou em recorrer ao marido, mas o orgulho gritou estridente e ela logo voltou a desligar o telefone.

— Eu tenho que chegar em Deliaes logo — sussurrou para as paredes, enquanto andava de um lado para o outro. — Eu não consigo pegar outro avião, ainda estou muito assustada — continuou falando, como se conversasse com alguma outra pessoa.

Desejou agora, mais do que nunca, estar em sua sala de aula, lecionando para os garotos da quinta série. Seria bem mais reconfortante do que estar em um lugar distante, solitária em um quarto de hotel. "Que droga", praguejou em sua mente. "Eu tenho que ir", reconheceu, mas suas pernas ainda continuavam paralisadas.

— Eu tenho que ir — repetiu, dessa vez em voz alta.

O céu estava escuro quando resolveu banhar-se, não havia uma estrela sequer, por isso deduziu que logo choveria. Resfolegou e tirou a roupa, exibindo seu corpo nu para as paredes do banheiro. Quando ligou o chuveiro acima de sua cabeça, sentiu fios constantes de água gélida escorrer pelos seus seios, deixando-os mais firmes do que nunca. Jogou os cabelos para trás e permitiu que a água percorresse todo o seu corpo, sentiu-se grata por aquilo. Finalmente algo de bom em um dia repleto de problemas.

Desejou fechar os olhos e inclinar a cabeça, para sentir a água tampar seus ouvidos – fazendo-a se sentir imersa, como se mergulhasse profundo numa grande massa de água –, como sempre fazia, mas não se atreveu. "A imagem de Leina viria", pensou. "De um jeito ou de outro, viria", sabia. E sabia também que a voz constante dela, surgindo em sua cabeça num ímpeto, repetindo aquelas palavras, já era o bastante.

Depois do banho ela ficou ainda por horas no quarto. Sua mente debatia consigo o melhor horário para viajar no dia seguinte, quando enfim aceitou a percepção que teimava em lhe tornar como um súbito relêmpago. "Eu tenho que ir hoje. Agora!", concordou. "Se eu fosse ainda hoje, chegaria logo pela manhã. Dormiria, e não ia ver o tempo passar".

Em um instante ela decidiu, vestiu a roupa que estava jogada em cima da cama e saiu do quarto, arrastando sua mala. A recepcionista lhe indagou alguma coisa, e ela logo respondeu, devolvendo a chave. Na calçada do hotel Alice olhou para o céu e a escuridão preencheu seus olhos de forma assustadora, enquanto um trovão se reproduzia no ar. Depressa, dando olhadelas arrependidas em direção do hotel, acenou para um táxi e ele parou à sua frente.

– Boa noite senhorita – o homem disse, curvando o pescoço para olhá-la.

– Boa noite – respondeu.

No segundo posterior o homem fez menção de sair do carro para ajudá-la com a mala, mas ela pediu que não se preocupasse e de imediato adentrou no táxi, não queria perder um segundo sequer. Não queria tornar a se arrepender ou fraquejar.

Depois disso o homem indagou-lhe o destino. Ela respondeu que desejava ir para a rodoviária da cidade, e minutos depois estavam lá. A chuva começara a cair pouco antes disso, e seguia cada vez mais forte agora. Foi impossível não ficar encharcada quando saíra do veículo. Ela olhou para o relógio de pulso e era 21h50. Sem demora, conseguiu encontrar o guichê da viação e foi direto até ele, onde um homem, com não mais que vinte e cinco anos, atendia.

— Boa noite, tem algum ônibus para Deliaes? — indagou, encharcada até os ossos.

— Sim — o rapaz respondeu, sem sequer olhá-la, mirando sua visão ao *notebook* que exibia, num volume sutil, algum programa de TV.

— Quais são os horários? — quis saber, arrastando a mala para próximo de si.

O rapaz demorou alguns instantes, conferindo algo no monitor de outro computador, até que enfim falou:

— Na verdade, ele acabou de sair.

Alice suspirou com o coração acelerado, olhou para a saída da rodoviária temendo que a força lhe faltasse e a fizesse desistir, e voltou a encarar o atendente, trêmula:

— Que horas saiu? — indagou, retirando seu *smartphone* de algum compartimento da mala.

— Às vinte e duas horas — respondeu o sujeito, acenando para que ela saísse da fila, com uma expressão cansada, de olhos baixos e boca comprimida, desenhada em seu rosto.

— Mas... não são dez horas ainda, senhor — disse formal, enquanto mostrava o horário que o visor do seu *smartphone* exibia. Era exatamente nove horas e cinquenta e cinco minutos.

— É verdade... — o rapaz comentou, demorando-se para responder. — Então... vai querer algo mais? Ou...

Indiferente à atitude do rapaz, Alice olhou para a saída de novo e antes que seu raciocínio tivesse tempo de produzir qualquer coisa em defesa da ideia de permanecer ali até o dia seguinte, ela agarrou a mala. "Não tem volta... Não vou voltar!", pensou, visualizando em sua mente o quarto do hotel e a segurança que ele lhe passava, por mais que fosse tênue. "Não tem volta", repetiu, sozinha e vulnerável, caminhando em direção ao terror que sempre lhe cercou e lhe moldou.

— Eu quero a passagem.

Capítulo 31

(antes) 07.07.1998

Outra vez ela acordou assustada, o pesadelo ainda rastejando em sua mente. Ela era seu pai. Aquilo a aterrorizava. Havia muito tempo que vinha tendo o mesmo sonho, mas apenas agora ela conseguira entender isso: ela era seu próprio pai, e no sonho ele estava perdido no tempo. Desejou entender porque os sonhos prosseguiam acontecendo, até que a voz em sua cabeça lhe respondeu: "Para que você perceba onde deve encontrá-lo. No porão, sempre no porão", a voz soou em seu interior, como se pudesse ouvir tudo o que ela pensava. Leina havia se acostumado com aquela voz, por mais que não a desejasse em sua mente. Sabia que aquilo iria ajudá-la a encontrar seu pai, sabia o que tinha de fazer, mas havia obstáculos. E o Delegado era um deles.

— Como posso encontrar meu pai, se não posso sair dessa prisão — murmurou mirando com os olhos as paredes do quarto.

Ouviu a porta rangendo ao ser aberta e logo em seguida viu o Delegado a atravessar, vestindo sua farda esverdeada. Ele a olhou por um instante e com pesar no olhar se aproximou dela. Leina sentou-se na cama esperando alguma coisa pela frente.

— Você não está em uma prisão, Leina — Walter murmurou olhando o papel de parede desgastado da sua casa, numa pausa dramatica. — Está na minha casa — concluiu.

Leina o encarou por alguns instantes, enquanto Walter perdia a visão no recinto.

— Sabe, Leina... Eu também já fui uma criança complicada. — O Delegado voltou a se pronunciar, olhando agora para seus olhos.

Leina pensou por um instante, imaginando o que ele queria dizer. Tentou visualizar o nobre Delegado Walter como um vilão, como um garoto complicado, mas não conseguiu. Era impossível.

— Como? — por fim ela interrogou, não aguentando mais o olhar dele sobre seu rosto.

— Um garoto complicado... Não tinha um dia que minha mãe não fosse chamada na escola, Leina. Eu achava uma briga toda hora, desde a quinta série. Mas essa não foi a pior parte, tudo piorou quando o ensino médio veio. Minha mãe estava farta de tudo... Eu não merecia ela, Leina.

De repente sentiu-se curiosa, o olhar do Delegado Walter se perdeu entre a mobília do quarto e o nada. Ele estava sentido com algo, estava abatido e Leina percebia a tristeza emanando de suas palavras baixas. Por um instante pensou ter vislumbrado um pouco do pai no homem... apenas por um instante.

— Mas foi quando aquele acidente aconteceu que tudo mudou... — O som da voz dele morreu e o silêncio seguiu. Com seu olhar se perdendo outra vez no quarto sua atenção parecia aos poucos se voltar mais e mais para seu próprio interior.

— Que acidente? — Leina quis saber, curiosa, reclamando um terço da concentração dele para si.

— Ela estava cansada de tudo, Leina. Eu sei que tenho culpa pelo que ela fez... eu fiz tudo errado e quando percebi era tarde demais. — Um silênciou rolou alguns segundos e Walter tornou a falar. — Antes você me perguntou se também fui abandonado, eu não respondi à pergunta, mas sim, eu fui!

— Sua mãe também o expulsou de casa? — ela quis saber, por fim deduzindo em sua mente porque o Delegado estava lhe contando tudo aquilo. “Ele quer apenas me consolar, tudo que conta não é verdade...” e de forma sutil uma outra vozinha longínqua e dessa vez solitária sussurrou: “Não, Leina. Ele não quer consolar você, quer enganar você!”, depois disso seu coração pulou mais forte e sua cautela se redobrou em reflexo. “Não vou ser enganada”, desejou.

— Não, Leina. Não foi ela quem me expulsou. Aconteceu algo muito pior que isso e depois é que fui expulso: primeiramente a minha mãe tirou a própria vida, porque já não aguentava tudo o que estava acontecendo. Só depois disso é que fui realmente expulso de casa, pelo meu pai. Tinha só dezessete anos e tive que viver independente, foi nesses anos em diante que decidi fazer o que faço. – A voz de Walter soou sem intervalos, estava trêmula e Leina percebeu.

Era dolorido relembrar o passado, relembrar de como tudo fora e de repente ver como tudo está! O contraste era penoso, Leina bem sabia e tudo que podia fazer era lutar para reanimar o tempo morto.

— Por que está me contando isso? — ela perguntou.

— Você e eu, somos parecidos... Leina. Mas você tem a chance de mudar isso, não vai querer sentir o que sinto. Sua mãe ainda está viva, você pode dizer para ela o quanto sente, tem a chance de mudar tudo antes que alguma tragédia aconteça.

Leina respirou intensamente, afastou os lençóis e olhou para o chão, incomodada. De alguma forma, ela sabia que ele iria prosseguir com algo mais. Walter estava nervoso, mas quando falou outra vez sua voz já não parecia tão fraca.

— Sua mãe está viva, Leina. Mas algo aconteceu com ela... Nesse momento ela está no hospital, acabei de falar com um funcionário de lá e me disseram que ela está bem. Ela teve um AVC, mas está bem, e quando ela voltar para casa, eu vou levar você para ela. Você vai fazer tudo certo, assim ela aceita você de volta. – Disse, com a voz grave, e em seguida se colocou de pé em silêncio, respirou fundo e prosseguiu. – Não vai ter que viver o resto da vida com um peso imenso na consciência.

Leina não moveu sequer o olhar, estava contemplando uma mesinha de madeira e assim continuou. Até que Walter deixou-lhe sozinha outra vez. Em sua mente, ela agradeceu por isso. Quanto à sua mãe, ela simplesmente não conseguiu sentir nada ao ouvir o que tinha acontecido com ela. Pois as vozes insistiam para que não confiasse nas palavras do Delegado. Tudo que veio depois à sua mente, foram as vozes ordenando que ela procurasse pelo pai, ordenando que ela fosse para a mata o mais rápido possível.

"Quando o Delegado sair", resmungou em sua cabeça. Sentiu o peso dos seus pensamentos e por um instante hesitou. "Realmente quero fazer isso, realmente encontrarei meu pai no porão?" Ela perguntou para si mesma e no mesmo instante as vozes responderam-lhe em um sussurro tenebroso: "Sim, Leina. Seu pai está no porão, e agora você sabe onde encontrar o porão. Vá, encontre ele!".

— Você não vai comer? — a voz de Walter veio da cozinha, ecoando pelas finas paredes da casa e interrompendo as vozes por um breve instante.

Por um momento desejou ir, mas quando pisou no chão, ela ouviu mais algumas palavras em sua mente, ordenando que ela não fosse. Ordenando que ela sentasse e esperasse que o Delegado fosse embora. "Não pode mais confiar nele, Leina. Não pode. Só pode confiar em você mesma, agora!", e então colocou-se de novo na cama.

"Tem razão, pode ter veneno na comida", deduziu. "Em alguns minutos ele vai sair", ela disse para si mesma. "Ele vai para o trabalho e vou fugir e encontrar o meu pai."

— Não — ela respondeu, gritando para que o som da sua voz fluísse até onde Walter se encontrava. Esperou algum instante, mas ele não rebateu nada, apenas o silêncio reinou.

Minutos depois Walter surgiu na porta do quarto, limpando a boca e terminando de mastigar algo.

— Tem panquecas em cima da mesa. Coma! Não vou deixar você morrer de fome. Volto no mesmo horário — Walter falou, saindo pelo corredor.

Segundos depois, Leina ouviu o barulho das fechaduras sendo abertas. Esperou um instante e logo foi verificar se realmente ele tinha ido embora. O cheiro da massa das panquecas enchia suas narinas. Ela estava com fome. Desde o dia anterior que não comia nada, não tinha como não estar com fome, mesmo assim as rejeitou. Sabia que não era confiável comer delas. Então passou direto. Foi até a porta e girou a maçaneta com cautela, mas logo percebeu a fechadura interrompendo o acesso ao lado de fora.

— Sabia! — exclamou buscando em vão outra saída.

Aquela casa era bastante diferente da sua, não tinha segundo andar e tinha uma só janela. Também trancada. Era uma casa simples e muito bem guardada. Mesmo depois de dias só agora percebeu que não havia como sair dali. Aquilo a deixou desesperada, frustrada. Não tinha como sair, não tinha como ir salvar seu pai. Furiosa, ela se jogou no sofá e começou a pensar profusamente.

Debateu consigo a ideia de que tudo seria mais fácil se o Delegado fizesse seu trabalho e lhe ajudasse a encontrar seu pai. Aos poucos lembrou-se do dia anterior e da pergunta sem resposta, agora fluindo por sua cabeça impaciente. "Por que ele não quer mesmo encontrar meu pai?", a dúvida aumentava. Sabia que não devia confiar no Delegado, mas o que tinha seu pai com isso? O Delegado deveria fazer seu trabalho de ajudar as pessoas. O que o impedia?, ela queria muito saber. E foi que logo em seguida as vozes cochicharam a resposta em retorno, deixando sua mente desconexa com o mundo físico: "Porque ele é o culpado, Leina, nunca vai querer encontrar o Jonas... porque foi ele quem o entregou aos monstros".

"Ele... O Delegado?", perguntou, quase incrédula.

"Sim, Leina. Não percebe? Ele sempre odiou o Jonas. E também sempre te odiou, por ser filha do Jonas e não dele", com uma expressão de compreensão ela absorveu a ideia. "E agora está fazendo com você o que também fez ao Jonas!"

— O que ele fez com o meu pai? — perguntou em alto som, trêmula, conversando com as vozes que ribombavam em sua fragmentada mente. Mas elas não responderam, ao invés disso silenciaram, deixando um fio tênue de percepção para trás que começara a se adensar de repente. "...o entregou aos monstros", as vozes tinham dito e ela soube que aquele também seria o seu futuro.

Foi então que as palavras do Delegado ecoaram em seus ouvidos: "Você não está em uma prisão, Leina" e ela soube que estava. E apoiando-a, as vozes voltaram a se manifestar: "Bem pensado, Leina. É claro que você está numa prisão. Está numa prisão como seu pai também está, ele sabe, e agora você também sabe."

— Eu tenho que fugir — sussurrou.

"Sim, Leina. Precisa fugir se quiser encontrar o seu pai e se quiser viver, mas precisa ter calma. O Delegado a acorrentou, como fez com o Jonas, e só há uma maneira de fugir dessa prisão".

— Como? — indagou, nervosa.

"Você tem que matar o carcereiro, tem que matar o demônio, Leina". As vozes lhes sussurram em uníssono, formando um eco horripilante.

Capítulo 32

28.06.2018

Era 6h30 da manhã quando o táxi parou em frente a sua casa. Estava com uma mala pronta, por precaução. Vestido com uma camisa azul escura, gola polo – como ele preferia. Trazendo ao pulso um relógio simples de prata que ganhara de casamento de uma tia. Falava com o pai pelo telefone, avisando-o da viagem repentina para Deliaes, mas quando o táxi estacionou à sua frente a conversa incial desandara havia muito tempo, se tornando um diálogo sobre trabalho, como sempre acontecia com ele e o pai.

– Tudo bem, pai – falou. – Meu táxi chegou, quando eu resolver tudo em Deliaes eu ligo para o senhor e a gente fala sobre as novas contratações... sim, para o mês de agosto... é, tá bom. Tchau! – disse, e desligou a ligação.

Acima de sua cabeça, as nuvens escuras se juntavam para formar uma casca-grossa e negra. Nem por um segundo ele desejou ir para Deliaes, mas depois de tudo o que viu naquele site... Sabia que sua esposa precisava dele. "Agora mais do que nunca", pensou.

No dia anterior tinha comprado sua passagem pela internet, tentara adquirir uma para viajar no mesmo dia, mas não foi possível, pois não havia mais voos para o dia 27. Então ele teve de comprar para o próximo dia, o mais cedo possível. E o mais cedo que conseguira fora para 7h30 da manhã. Portanto, decidiu sair de casa uma hora antes, mas sabia que no fim ainda chegaria ao portão de embarque no minuto final. Ele sempre se atrasava, mesmo tendo o espírito de pontualidade, ainda era demorado em suas ações.

— Quer que eu abra o porta-malas? — o taxista indagou maneando a cabeça para a mala que ele arrastava pela calçada.

— Não precisa — Arthur rebateu enquanto puxava a porta de trás.

O ar gélido da manhã fez com que ele esfregasse os braços, com frio. Suspirou alto e então aquietou-se no banco traseiro, enquanto o motorista ajustava alguma música internacional no volume mais baixo possível. Se não fosse pela canção emanando no ar, o silêncio seria total, e isso certamente causaria-lhe desconforto. Arthur pouco se atentou ao percurso, mas percebeu o lento avanço do veículo pelas ruas. Estava analisando que dessa vez o atraso não seria por sua culpa, quando enfim o táxi parou em frente ao aeroporto.

Era 6h55 quando entrou no lugar. E mais tarde, como previsto, 7h20 ele estava passando pelo portão de embarque, naquele momento ele era a única pessoa o atravessando. Imaginando o que faria se tivesse perdido o voo, ele subiu as escadas para o avião e logo encontrou sua poltrona. Após isso ele apenas fechou os olhos, com a cabeça para cima e o que pensou antes de adormecer foi: "Só quero acordar quando chegar em Deliaes".

Capítulo 33
(antes)
08.07.1998

Alice bateu a porta com força, as lágrimas ainda escorriam em fios pelas suas bochechas. Sentia uma pontada de dor no peito, agora mais intensa do que antes. Era meio-dia, seu avô acabara de aparecer na porta, chamando-a para o almoço, mas ela recusara, respondendo-o com toda arrogância que conseguia ter. Depois disso, a voz do seu avô fora apagada.

Ela agora estava enrolada da cabeça aos pés em um lençol, chorando abraçada a um bonequinho pequeno e feio, de grandes olhos e cabelos espetados, que pertencia ao seu avô, que lhe tomava de vez em vez um pouco da atenção e lhe dava um tênue conforto. Chorava tanto quanto podia, desde o dia anterior. Sua garganta ardia e ela já estava cansada de gritar. Ainda não conseguia acreditar que sua mãe lhe tinha deixado, e o pior: ela nunca mais retornaria. "Ela morreu, Alice". A voz do seu avô ecoou mais uma vez em sua mente a enchendo de dor.

— Não... não — murmurou apertando o boneco em seus braços.

No dia passado, seu avô quase não conseguira tirar-lhe de cima do corpo da sua mãe. Mas quando o fez, sem demora a arrastou para dentro do carro e depois a levou embora. Chegando em casa seu avô preparou um quarto para ela e organizou todas suas roupas em um grande guarda-roupa de madeira bege. A cama era pequena, como a que ela tinha em sua casa, e as paredes eram de um verde intenso. Fora isso, não havia mais nada no seu novo quarto, mas seu avô lhe prometeu que até o fim do mês, ele deixaria o espaço da maneira como ela desejasse. Compraria brinquedos, se assim ela quisesse, e decoraria as paredes com a cor que ela sugerisse. Alice não se sentiu mais feliz por conta disso, mas agora ela poderia ter suas paredes cor-de-rosa, que um dia tanto sonhara.

Passou a imaginar onde Leina estaria e se um dia elas voltariam a brincar juntas, e foi então que uma dor angustiante percorreu seu peito e apertou seu coração, com toda força possível. "Por quê?", se perguntava a todo instante. Ela sabia que nada voltaria a ser como antes. Seu pai tinha morrido e Leina havia ido embora, e ainda assim, quando tudo já parecia estar na mais profunda escuridão, sua mãe de repente se foi. Como então as coisas poderiam voltar a ser o que eram? Não tinha como o Jonas voltar, não tinha como a Helena voltar, no entanto, Leina ainda estava por aí, ela sim poderia retornar, e era nisso que Alice encontrava conforto. "Mas ela estava doente", lembrava, pois fora o que sua mãe dissera. "Mas e se ela se curasse?", se perguntou e desejou, ainda sem entender sequer um terço da razão de tudo. A mente dela fervia em dezenas de sentimentos aos quais nem sabia o nome.

Alice pensou em muitas coisas durante o dia passado, uma delas foi sobre a ideia de morar com o avô. Sua mãe tinha dito que ele cuidaria bem dela, mas em nenhum momento desejou mesmo morar com Eripe. Logo no primeiro momento cogitou a ideia de viver com a senhora Aurora e falara isso ao avô, disse com arrogância que preferia ela à ele, mas ele, com calma, falou que a senhora Aurora não podia cuidar dela, entretanto, ele poderia levá-la para visitar a velinha quando ela quisesse. Não tinha escapatória, ela devia se acostumar com a nova casa, contudo, até lá ela seria uma garota triste, como jamais pensara que poderia ser possível.

No que mais pensava era nos últimos momentos da mãe, que constantemente surgiam em sua cabeça. Alice a via esticar o braço em sua direção e ouvia suas últimas palavras fluindo num eco. A mãe implorava para que Eripe cuidasse de Leina, mas ele nem sequer sabia onde a menina estava. Desde o dia em que encontrara sua mãe caída no alpendre, seu avô lhe perguntava onde a irmã poderia estar, mas Alice não sabia dizer, nem sequer respondera seu avô, em nenhum momento, o choro cortava todas as suas palavras. Ela sabia que Eripe iria atrás da sua irmã e desejava com todas as forças que ele conseguisse encontrá-la e trazê-la de volta. Na noite passada, incansável rezara para que isso ocorresse. "Pelo menos isso", pedia, com os olhos fechados e as mãos cruzadas.

Algum tempo mais tarde, seu avô bateu à porta. Ela não respondeu nada, ficou calada com o rosto afundado em um travesseiro e as mãos ainda agarrando o bonequinho por um longo período, até seu avô entrar sem mais avisos. Ela ouviu o som dos passos dele e virou-se para vê-lo sentar-se na cama, próximo a ela.

— Você tem que comer alguma coisa, Alice — Eripe falou enquanto olhava em seus olhos.

Ela não respondeu, apenas o vislumbrou por um instante, percebendo que os olhos dele irradiavam um intenso vermelho, percebendo a tristeza que fluía. Até o momento ela não imaginara que ele estivesse deprimido com a morte de Helena. "Ele nem parecia gostar da mamãe... Nunca visitava ela", pensou para si.

— Tudo vai melhorar, não vai ser a mesma coisa, mas vai melhorar muito. Eu prometo! — Eripe disse esboçando um triste sorriso.

As palavras do seu avô lhes deixou com raiva, sentiu a ira correndo em suas veias e subindo à sua garganta. Alice não entendia tudo o que estava ocorrendo, mas ela sabia ou tentava acreditar que seu avô pouco se importava com a situação. "Ele nunca visitava a gente, nem se preocupa com a mamãe..."

— Por quê? — ela quis saber, apertando os lençóis.

— O quê?

— Você não se importa com a mamãe...

— Não diga isso Alice! — Seu avô retrucou em um suspiro.

— É verdade! Você não gostava dela, por que agora tá prometendo que tudo vai ficar bem?

— Nós vamos encontrar a sua irmã e então tudo vai melhorar, Alice. Eu cuidei de ir na delegacia hoje de manhã. Era para eu ter ido ontem... mas... — Nesse momento ele resfolegou e passou uma mãe pela testa. — Escute, Alice, eu também já perdi alguém muito especial. Foi logo quando sua mãe se casou... — por um momento ele cessou as palavras, parecia incomodado.

Alice abraçou forte o boneco, trazendo-o ao peito.

— Sua avó morreu um ano depois de Helena se casar, foi ela quem me deu esse daí — falou, apontando para o bonequinho nas mãos dela. — Ela estava no trabalho quando morreu. Eu sofri muito com isso, Helena quis ficar comigo, mas... — Seus olhos pareciam mortos enquanto a lembrança lhe vinha, Alice não saberia diferenciar, mas era arrependimento que suas expressões declaravam. — Só quero te dizer que as coisas um dia melhoram, um dia vão...

— Não! Nada vai ficar melhor — ela o interrompeu de súbito. — E você não se importa com ela e nem comigo... eu nem conheço você, você nunca visitava a gente — Alice falou, elevando a voz, ela estava irritada e lágrimas continuavam a deslizar pela sua face.

— Não é culpa minha, Alice... Eu avisei a sua mãe sobre o Jonas, sobre o seu pai... — Eripe começou a dizer, mas de repente cessou suas palavras deixando a mente da pobre menina ainda mais confusa. — Isso não é assunto para crianças.

— O quê? — ela perguntou limpando as lágrimas das bochechas. Eripe suspirou alto, mas em seguida saiu do quarto apenas afirmando que ela precisava comer.

As palavras do seu avô continuaram em sua mente por dezenas de minutos até ela cansar-se delas: "Eu avisei a sua mãe sobre o Jonas, sobre o seu pai..." Estava tudo embaraçado, ela não sabia o que seu avô queria afirmar com aquelas palavras e nem sequer mais tarde ela conseguiu compreender. "Avisou sobre o quê?" Ela se perguntou.

Capítulo 34

28.06.2018

Era 7h30 da manhã quando o ônibus estacionou dentro da rodoviária de Deliaes. Alice ainda dormia em sono intenso e o motorista precisou ir acordá-la, ele disse algumas palavras mas ela não entendera. Estava atordoada e o barulho da voz do homem chegava aos seus ouvidos em ecos distantes. De chofre conseguiu se erguer de pé, e então a dor pareceu despertar junto, ela se agarrava ao seu pescoço no lado esquerdo, inflamava a nuca em ardor profundo e escorria para o braço direito. Quando a sentiu, Alice arquejou levando uma mão ao pescoço, e sentiu a cabeça estremecer por quase dois segundos. Depois disso ela esfregou os olhos, e pegou a mala que deixara no compartimento de cargas acima de sua poltrona, deixando a dor lhe atingir mais forte com o movimento. Olhou de um lado a outro do ônibus e não encontrou mais ninguém, exceto o motorista.

Com um sorriso devastado de dor, ela agradeceu o homem por ter lhe acordado, e com a mão descendo ao braço que latejava e já começava a se contrair, lhe desejou um bom dia. No mesmo instante o motorista respondeu de volta e em seguida ela saiu, arrastando a mala pelo corredor do ônibus.

Quando desceu do veículo, o ar frio subiu pelos seus calcanhares lhe fazendo estremecer. Algumas pessoas se deslocavam esmorecidas para algum canto do lugar, e Alice apenas observava, como se procurasse em sua mente o que devia fazer. Ela caminhou até a saída e avistou um táxi, acenou para ele e se aproximou. Estava pronta para lhe dizer aonde queria ir, quando de súbito seu celular começou a vibrar. Ela tateou um dos bolsos de trás da calça e puxou o celular com a mão. Procurou saber quem era, mas viu que aquele número não estava registrado na agenda. E viu também um ícone na barra de notificações lhe mostrar que havia perdido 6 ligações daquele mesmo número, realizadas depois das 23h00 do dia anterior.

De início, antes de olhar para o visor, ela pensara que fosse Arthur, porém, agora, olhando para o celular, todas as suas esperanças de que em algum momento ele ligaria, se esvaíram. "Ele não se importa", deduziu em sua mente, enquanto atendia a ligação.

— Alô? — ela murmurou com a voz fraca.

— Senhorita Alice? — uma voz masculina permeou do outro lado.

— Sim, é ela!

— Veja! — a voz voltou a soar, formal —, temos um problema. Somos da Casa do Idoso de Deliaes... — o homem prosseguiu, no entanto, a atenção de Alice se cortou ali, perdida entre seus próprios tremores.

Os seus pensamentos se reproduziram depressa, estava imaginando centenas de coisas relacionadas ao seu avô, pois ele vivia na Casa do Idoso de Deliaes, e se estavam lhe ligando de lá com certeza algo tinha acontecido à ele. Se pegou lembrando da última vez que o vira no ano passado, era Natal e ele fora carregado por Leina até o Rio. Antes disso Alice também tinha ido visitar sua irmã e ele, no início de 2017. "Ele parecia tão bem", pensou. Depois de Alice ir morar no Rio de Janeiro, seu avô precisara de cuidados especiais. Leina então o colocou em uma casa para idosos e juntas, as irmãs pagaram por sua internação lá, onde ele era muito bem tratado. Sempre que entrava em contato com sua irmã, ela lhe contava sobre o avô, mas naquele ano ela pouco falara com Leina. Então, não tinha como saber da situação de Eripe. Ele já tinha mais de oitenta anos. E foi pensando na idade dele que as palavras do outro lado do telefone lhe deram um sentido estranho, ao qual ela não queria crer: "Ele está bem?", quis saber, enchendo-se de pesar.

— Senhorita Alice? Ainda está aí? — a voz prosseguiu.

— Sim, desculpe... O que disse?

— Seu avô Eripe, ele está mal, senhorita Alice. Ontem pela noite o internamos no hospital da cidade, os médicos disseram que não tem mais solução. Tentei contatar a senhorita Leina, mas ela não atende ao telefone de forma alguma.

As palavras do homem se assemelharam a um golpe repentino no estômago. O ar pareceu aos poucos lhe abandonar, fechando sua garganta e fazendo lágrimas escorrerem silenciosas. No entanto, por mais que a situação fosse terrível, a voz do outro lado lhe trouxe um fio de conforto. "Ainda está vivo...", ela agradeceu, tentando conter o choro. E então, num súbito choque ela lembrou de Leina. Não havia jeito.

— Senhorita? — o homem voltou a chamar.

Alice esfregou os olhos com os nós dos dedos e num apressado confronto interno, ela decidiu.

— Vou para o hospital o mais rápido possível — respondeu e sentiu uma força aliviar seus tremores mais antigos. Sentiu-se culpada pelo súbito sentimento, não queria ter de apoiar alívio naquele momento. Podia estar evitando Leina e seu passado por mais algumas horas, mas seria isso mais forte do que o amor pelo seu avô? Não, claro que não. Ela sabia que não!

Desde o momento em que recebera a ligação há dois dias, todos os seus atos continham o medo que crescia com o retorno do seu passado. Mas daquela vez ela soube, o medo não estava ali, ela não agira pensando nele. Não fora para evitar o passado que regressava que decidiu ir ao encontro de Eripe e não de Leina naquele momento, fora por amor. Amor por seu avô que jazia solitário em um leito qualquer, amor pelo homem que lhe criou desde os sete anos de idade, que lhe deu proteção e carinho, que lhe fez se sentir especial e amada. Leina poderia esperar. Mas Alice não podia abandonar seu avô, mesmo que ele chegasse a partir, ela não podia deixar de dar adeus e não podia deixá-lo ir em solidão. Não podia.

— Sim senhorita, mas... acho que não chegue a tempo de vê-lo ainda com vida.

— Estou em Deliaes, senhor. — ela respondeu enchendo, mais uma vez, seu peito de angústia. Do outro lado da linha, o sujeito pareceu surpreso, falou-lhe ainda mais alguma coisa relacionada com sentimentos e logo desligou, deixando que ela continuasse com seu dia, seu glorioso dia.

Capítulo 35

(antes)

08.07.1998

— PAI — ela gritou, erguendo-se de chofre, encarando somente a parede do seu quarto e não a escuridão da floresta a qual via segundos atrás, no sonho.

Seu grito não alcançou o seu pai, mas logo o Delegado indagou de algum cômodo se ela estava bem. As imagens da ilusão foram se dissipando em sua mente pouco a pouco, mais uma vez ela sonhara com a floresta, com o porão e com seu pai. Naquele lugar ela sempre era o Jonas. Leina já perdera as contas de quantas vezes tivera o mesmo pesadelo, mas sabia quando eles tinham começado: logo depois que seu pai sumira. Não só isso, mas tudo de ruim havia começado depois que seu pai sumira. "Por quê?", ela se perguntou e ouvindo seus pensamentos, a voz respondeu-a: "Por que você precisa encontrá-lo, precisa encontrar seu pai." Quanto mais aquela voz enchia sua cabeça com palavras, mais ela acreditava, nesse ponto nada mais importava. Achar seu pai, no porão que seus sonhos indicavam, era tudo que ainda lhe restava.

No instante em que ela se sentou na cama o Delegado Walter apareceu na porta, vestindo sua farda opaca. Ele bocejou à sua frente e puxou uma cadeira ao lado para se sentar. Olhou curiosamente em seus olhos e em seguida falou:

— O que aconteceu, Leina? — a voz dele soou leve no ar da manhã.

Por um momento Leina hesitou em contar o que acontecera, sua mente gritava que Walter não era quem aparentava ser, mas ela não enxergava nada a mais. Um segundo se passou em silêncio e numa arrancada uma lembrança lhe tornou. "Você tem que matar o carcereiro...", ela dizia. "...tem que matar o demônio", mas Leina, ao pôr a mão discreta abaixo do travesseiro e sentir a madeira firme, não teve coragem. A visão do sangue e dos gritos engasgados lhe provocou enjoo. Ela estremeceu e por fim disse:

— É o meu pai... — sua voz estava trêmula, mas ainda assim o Walter ouviu e em resposta ele resfolegou alto. Leina sentiu-se triste, mas não deixou transparecer. Ela não queria deixar transparecer, sempre tentava ser forte...

— Leina, na próxima semana quero que conheça uma pessoa... pode fazer isso? — Walter perguntou, com a voz firme.

— Quero achar o meu pai, ele está no porão... eu sei disso. Os monstros estão com ele, Walter... ele está sofrendo! — Leina disse, desesperada, tentando conter as lágrimas o máximo possível. — Você sabe... — Tentou convencê-lo, mas o Delegado parecia não se importar. "Eu já lhe disse, Leina", a voz tornou. "Ele não vai atrás do seu pai. Ele não quer ajudar seu pai, e muito menos a você! Fuja!", a voz insistia.

"Eu sei...", pensou, sentindo o desespero se alargar.

Walter se ajeitou na cadeira e ignorou suas palavras mais uma vez:

— Você promete para mim que vai conhecê-la?

— Quem? — Leina quis saber, cabisbaixa. Lágrimas escorriam dos seus olhos, mas ela não queria que Walter as visse, por isso ficara todo o restante da conversa da mesma maneira, evitando encontrar os olhos do homem. — Quem você quer que eu conheça? — continuou.

— É uma mulher... uma doutora, prometo que não será nada de mais. Ela vai te ajudar, vai conversar com você.

— Eu não estou doente — Leina falou, interrompendo o Delegado.

De forma delicada Walter concordou com a cabeça e disse:

— Eu sei, Leina... mas prometa para mim que falará com a terapeuta.

— O que é uma terapeuta? — ela perguntou.

— É uma pessoa com quem você vai falar, prometa para mim! E depois tudo vai melhorar.

— Como sabe que tudo vai melhorar?

— Ela... a terapeuta vai ajudar você com tudo.

— Ótimo, ela vai encontrar o meu pai! — Leina afirmou, furiosa, e foi que a conversa morreu, com o Delegado deixando-a sozinha mais uma vez.

Ela então se levantou depressa e olhou debaixo do colchão, encontrando ali o pacote de bolacha que escondera no dia anterior. O cheiro das panquecas matinais do Delegado enchia a cozinha e vagava até Leina, mas ela não se atrevia a comer daquela comida. Já suas bolachas não haviam passado por Walter, então não havia riscos. Enquanto comia pegou-se pensando que se o Delegado lhe quisesse mal já teria feito alguma coisa, mas até agora nada acontecera com ela. E então as vozes ribombaram graves, elas diziam que Walter esperava a hora certa, diziam que era cruel e não agia com desespero. Com isso ela reconheceu a verdade. Mais uma vez as vozes tinham razão absoluta.

Mais tarde, quando já anoitecia, ela se encaminhou ao sofá e levou para lá o objeto. Suas mãos tremiam e seu coração pulava sob o peito. Ela olhava da televisão para a porta a cada minuto, com a ansiedade a corroendo.

O Delegado retornou para casa um pouco mais tarde que de costume, mas Leina estava ali, esperando. Ela estava ainda sentada no sofá quando ele adentrou. Estava cansado e ela percebeu isso. Leina fingiu não reparar em sua presença, e continuou assistindo a um programa enfadonho na televisão. Walter passou por ela e direcionou-se até o aparelho e depois pressionou o botão para desligá-lo. Leina o olhou quase que agradecendo por ter feito aquilo, mas então ele se sentou com o semblante carregado. E as dúvidas tornaram a circundar a mente de Leina, mais fortes e pavorosas. "Faça!", as vozes ordenavam.

— O que aconteceu? — por fim ela perguntou, com a mão trêmula deslizando para debaixo de uma almofada.

O Delegado não disse nada de imediato, manteve o olhar gélido e a tristeza evidente. Começando a tremer a perna e a passar as mãos pelo rosto, nervoso, Walter se manifestou num tom solene e trêmulo:

— Sua mãe, Leina... — soou, ainda sem olhar nos olhos da menina. — Ela morreu! — concluiu mirando o piso com a visão.

Leina paralisou, o som chegou aos seus ouvidos e se repetiu em ecoos, apagando o que Walter pronunciava em seguida:

— Fui ao hospital para ver como ela estava, e... os médicos me disseram tudo... Eu sinto muito, Leina!

"O quê?" Pensou confusa, desejou estar em um sonho ruim, mas aquilo era bastante real, ela sabia. "Não pode ser isso." Walter aproximou-se e ressentido olhou-a. Primeiro seu pai havia desaparecido, isso já era demais para ela lidar. Seguidamente descobrira que ele estava aprisionado, cercado de criaturas estranhas. Agora o Delegado dizia que sua mãe havia morrido. "É verdade?", quis saber, mas as vozes haviam escoado para longe. Naquele momento desejou estar ao lado da mãe, mas a ideia lhe vinha como impossível. Gritou para si que aquilo não era real, quis acreditar que sua mãe estava viva. Tentou acreditar que ela estava junta do seu pai e implorou para que as vozes lhe dissessem a verdade logo, mas não lhe diziam nada. Pareciam ter sumido de vez.

— Não... — ela chorou em desespero, e com o choro evidentemente se mesclando à enxurrada angustiante de palavras ela disparou em protesto: — V-Você não sabe disso, você está *enganado*... ela *não* está morta, ela está em casa e eu vou achar ela, e depois vou encontrar o meu pai, não importa o que você faça. E outra vez nós todos vamos estar juntos, vamos estar em casa: eu, Alice, o papai e a mamãe... todos juntos... ela não está morta! Não! — uma dor alucinante se arrastava em seu peito, um nó agarrava sua garganta cada vez mais forte, enquanto os soluços aumentavam com as lágrimas. — Ela não está morta, não está! Não... — soluçou.

— Eu sinto muito pequena — a voz de Walter fluiu.

— NÃO! — ela gritou furiosa e foi então que as vozes voltaram a explodir em sua mente: "Mate-o, Leina! Mate o carcereiro, só assim poderá salvar o seu pai." E de súbito desapareceram outra vez. "Ele quer destruir o meu pai e minha família... por isso me trouxe para cá, me trouxe para essa prisão, para eu não encontrar o meu pai." Ela pensou, fazendo as palavras passarem rápidas por sua cabeça.

O Delegado ergueu as mãos como que pedindo para ela se acalmar, mas ela se afastou praguejando e junto de si a faca veio sob sua pose, com o aço rebrilhando sob a luz da lâmpada. E sem pensar mais uma vez ela avançou para o Delegado que estava bem à sua frente, e com forças que ela não sabia de onde havia surgido: o acertou em cheio no peito. De imediato Walter caiu de joelhos no chão, com os olhos fixos nos seus e a lâmina aterrada na sua carne, engasgando-se com o sangue que subia à garganta e depois descia banhando todo o corpo. Leina observava tudo, em fúria. E então, quando o corpo do homem caiu de lado e permaneceu inerte, descontrolada ela se abaixou e realizou mais alguns golpes, fazendo com que a vida do homem se esvaísse mais depressa. O sangue se espalhou pelo chão e tocou seus pés, mas não se importou.

Foi só então que tateou os bolsos de Walter à procura das chaves que abriam as portas da residência. Em alguns segundos a encontrou, com um suspiro de alívio, e sem olhar para trás abriu a porta. Estava descalça, mas isso não importava, pois agora ela podia ir para casa, agora ela poderia procurar pelo seu pai e ver a sua mãe outra vez. Agora, tudo melhoraria.

— Tudo vai ser como antes — sussurrou pisando no chão da rua, livre.

Estava usando um vestido branco, que agora estava manchado de sangue, mas ela não se importou. Se colocou a correr em disparada, sempre pelas ruas mais desertas de Deliaes. Por mais que não soubesse o caminho dali até em casa, avançou. Sozinha. No entanto, sentia algo sempre a acompanhando, por mais rápida que fosse, algo sempre estava junto dela. Bem lá no fundo da sua mente sombria. Não havia como fugir daquilo.

Algumas pessoas nas ruas escuras tentaram lhe parar oferecendo ajuda, mas ela não lhes deu atenção. Não podia confiar em ninguém, em *ninguém*, as vozes frisavam. Por isso continuou correndo em busca de sua casa e depois de longos minutos a encontrou. Não soube dizer como acertara o caminho, mas ali estava ela, já subindo no alpendre e vendo de frente uma placa fincada na parede, nela lia-se: Vende-se. Sentiu uma dor ao ler aquilo, tentou não acreditar.

Com o peito ardendo ela bateu à porta de sua residência, não havia luzes acesas e então ela se pôs a chamar. Gritou por sua mãe, mas logo em seguida seus gritos se transformaram no nome da sua irmã. Nada veio em resposta, só o uivo solitário do vento na rua deserta. Mesmo assim ela continuou e quando tudo pareceu estar sem jeito uma voz soou no alpendre da casa vizinha:

— Ela está com o avô — de imediato Leina soube quem era: a senhora Aurora, a sua vizinha.

Talvez ela não tenha reconhecido Leina no escuro, mas a menina não se importou e logo estava descendo os degraus do alpendre para ir à casa do avô. Mesmo que nem soubesse onde ele vivia, em sua cabeça o caminho já se formava. Mas então algo lhe chamou, no fundo de sua mente. Elas indicavam a mata e faziam Leina relembrar do porão, dos pesadelos e do pai. E esquecendo Helena e Alice por um instante, foi para lá, com as vozes lhe ordenando que fosse.

Como antes, nada mais importava, ela seguiu pela floresta ignorando a voz da velha Aurora às suas costas. Seguiu e seguiu. Em determinado momento voltou a correr. Sempre em frente. A voz da velha foi sumindo atrás de si até não restar mais nada. "Finalmente vou encontrar o meu pai". Ela adentrou mais e mais na mata, sem olhar para trás, deixando-se se envolver por inteira. Em um ponto ela começou a parar, estava sem fôlego. E resfolegando olhou tudo ao seu redor. Apenas as árvores se erguiam perfurando a escuridão da noite. Ela não sabia para aonde ir ou o que fazer. Seus olhos varriam todos os lados, mas não havia nada; não havia monstros, não havia escotilha guardando porão e não havia sinal do seu pai. Tudo desmoronou à sua frente e apenas uma voz ecoou em sua mente: "Ache-o, Leina! Ache-o. Ele precisa de você."

Capítulo 36

(antes)

09.07.1998

Era madrugada do dia 9 de julho. Alice estava trêmula e assustada. A primeira batida a encheu de pavor e foi com ela que Alice se acordou em meio a noite. Tudo estava escuro como breu, ela tentava discernir se o som fora real, e então a segunda batida desesperada veio, como que em resposta. Ela permaneceu deitada na cama, coberta da cabeça aos pés, abraçada ao bonequinho pequeno e magro. E mais uma vez alguém bateu à porta. Não era a porta do seu quarto, e sim a do alpendre. Tinha alguém do lado de fora da casa que queria entrar. Pensou em gritar pelo seu avô, mas quando percebeu alguém já descia os degraus da escada, fazendo a madeira ranger. "É o vovô", se pegou pensando. "Ele vai abrir a porta."

No mesmo segundo ela levantou-se da cama e correu para a escada, ainda a tempo de ver o seu avô descer os últimos degraus. Sentiu um vento frio percorrer a sua espinha e foi nesse momento que Eripe se virou para ela e levantou um dedo na altura dos lábios, pedindo que ela mantivesse silêncio. Com cautela Eripe prosseguiu, andando até a fonte do barulho. Na lateral da janela ele pôs um olho tentando enxergar quem estava no alpendre, batendo na porta àquela hora. Nesse instante, quem quer que estivesse do lado de fora chocou a mão contra a madeira outra vez em desespero.

— Quem está na porta, vovô? — A pequena menina perguntou num sussurro medroso que seu avô certamente não ouvira.

De súbito Eripe abandonou a visão da janela e voltou-se para a fechadura do portal. Com as mãos trêmulas ele girou a chave e puxou a porta na sua direção. O vento frio entrou pela abertura fazendo Alice se abraçar ainda mais. Assustada ela recuou dois degraus. Quando a porta se abriu por completo, ela viu o seu avô Eripe se abaixar para pegar algo que estava no chão. Foi então que ela percebeu: era uma criança, ainda não conseguia enxergá-la bem, mas estava a usar um vestido branco e manchado. "É uma garota", pensou. Eripe ergueu a menina nos seus braços e caminhou na direção da escada.

— Alice — ele disse trêmulo —, feche a porta.

Por um instante Alice retardou, estava surpresa. Estava com os olhos fixos na menina que o seu avô carregava, pois a menina era sua irmã. Era Leina. Sentiu alegria misturando-se com uma tristeza profunda bem ao meio do seu peito. Lágrimas desceram mais uma vez e ela estava paralisada. "Leina", sorriu. "É ela mesmo?" quis saber, perguntando apenas na sua mente.

— Rápido Alice — disse o seu avô subindo os degraus da escada —, feche a porta! Agora! — Eripe ordenou.

Após isso, Alice caminhou trêmula. Caminhou até a porta e com pressa a fechou com agressividade. Voltou a subir as escadas e foi ao encontro de seu avô, que carregava a sua irmã nos braços. Ela teve de sorrir, ao menos naquela vez ela teve de sorrir.

— Leina... ela está bem? O que aconteceu, vovô? — as suas palavras fluíram em êxtase. O seu avô não lhe respondeu, apenas entrou no próprio quarto e colocou Leina em cima da cama. Alice tentou se aproximar querendo saber se Leina estava bem, mas Eripe logo a afastou. Ela tentou lutar contra ele, mas ele não a deixava chegar perto da irmã. Sempre que Alice se aproximava, ele interrompia seu alcance à Leina se colocando entre as duas, enquanto terminava de acomodar a menina na cama.

Leina não se mexera depois disso, estava envolta de lençóis e desacordada. Eripe recuou alguns passos tomando o braço de Alice na mão e a arrastando até uma cadeira. Por um instante ela se manteve calma, ali, no colo do seu avô, admirando o rosto imóvel da irmã. Até que então teve medo e chamou por ela, imaginando o pior, mas ela não lhe respondeu. Desesperada Alice tentou se soltar do avô para correr até a irmã, desejando que ela acordasse logo... desejando que ela estivesse bem. Mas não conseguiu. Vendo sua preocupação, seu avô logo lhe falou que Leina estava apenas dormindo e que pela manhã estaria melhor. E então pediu que Alice fosse dormir, mas ela não queria deixar a irmã. Aquilo era tudo que lhe restava, a sua família havia se dispersado e Leina era a única pessoa que restara.

– Vamos, Alice. Deixe sua irmã descansar – o seu avô pediu, mas ela se negou. Estava chorando, desesperada.

Eripe então se ergueu da cadeira e a arrastou para fora do quarto, mas a pequena Alice não foi levada sem resistir. Continuou furiosa, determinada a não sair de perto da sua irmã.

– NÃO – ela gritou, lutando contra os braços de Eripe tanto quanto pôde.

A última coisa que viu antes do seu avô conseguir arrastá-la para fora, foi Leina mexendo-se para um lado da cama, porém, ainda desacordada. Sentiu-se mais calma por isso, mesmo assim continuou a resistir para retornar àquele recinto, mas o seu avô não enfraqueceu. Ele continuou a arrastando pelo corredor até deixá-la no outro quarto, no seu quarto. Então tirou a chave e a trancou por fora, nesse momento tudo o que Alice pôde fazer foi dar vários pontapés na porta. Tudo que queria era ficar ao lado da irmã, qual problema havia nisso? Ela tentava entender. "Eu te odeio", fervendo de raiva ela murmurou em sua mente e em seguida gritou, para que ele soubesse:

– EU TE ODEIO!

Capítulo 37

28.06.2018

— Eu te amo, vovô — Alice falou enquanto segurava a mão enrugada e pálida do seu avô.

Alice tinha chegado ao hospital minutos atrás e depois de falar com um dos médicos responsáveis por cuidar de Eripe, ela foi levada até o quarto. O médico lhe explicou toda a situação. Acontece que o seu avô tinha diabetes — disso Alice já sabia, pois o avô descobrira nos anos em que ela fora morar com ele —, mas a doença era sempre bem tratada, porém o médico lhe contou que Eripe havia desenvolvido doenças cardiovasculares por conta da diabetes, contou que os enfermeiros da Casa do Idoso cuidaram muito bem de Eripe, mas no fim, com a idade que ele já tinha e com tantas doenças acumuladas, nenhum tratamento faria o organismo suportar por mais tempo. O quadro era grave e não havia o que fazer. Eripe estava muito fraco para conseguir sobreviver àquelas complicações. E agora não sabiam quanto tempo ele iria durar. Alice nada disse, ouviu tudo paciente e se perguntou se Leina sabia das doenças, e se sabia, por que não lhe contou?

— A Insuficiência Cardíaca é a pior delas — o médico tinha falado. — Os sintomas são graves demais e o tratamento já parece quase sem efeitos. Durante anos foi suficiente, mas agora o senhor Eripe não está resistindo como antes. Tudo que podemos fazer é deixá-lo confortável até que acabe.

Alice estava sem chão, só abriu a boca ao pedir para ver o avô, logo sendo atendida. Não teria coragem de importunar

Eripe com os motivos de ter escondido sua situação dela, não naquele momento, não com ele naquele estado.

— Alice... — Eripe murmurou, quase que completamente imóvel na cama, tentando virar a sua cabeça para encontrar os olhos da neta.

— Não faça esforço, vovô — ela disse, amarrando as suas lágrimas.

O avô apertou sua mão com mais força e olhou fundo nos seus olhos. Ele queria lhe falar algo, ela sabia que sim. Porém, quando remexeu a boca, nada saiu, nem um murmúrio sequer. As máquinas que os cercavam emitiam barulhos constantes, a fazendo relembrar do dia em que a sua mãe morrera, vinte anos atrás. Sentiu o cheiro da sua infância enquanto mirava o seu avô com os olhos. Lembrava-se nitidamente dos primeiros dias em que fora morar com ele: ela achara que nunca iria se acostumar com tudo aquilo, mas não fora assim. Eripe cuidou muito bem dela, durante muito tempo. De alguma forma sentiu-se culpada por não ter estado muito presente na vida do seu avô durante os últimos anos. Alice o havia chamado centenas de vezes para ir morar com ela no Rio, mas ele sempre recusara; não queria abandonar Deliaes.

— Onde... onde ela está? — a voz de Eripe soou fraca no ar.

Alice sabia a quem ele se referia, e como que conversasse consigo mesmo ela respondeu em sua mente: "Leina". Sentiu um súbito desconforto, mas respondeu:

— Ela está em casa.

— Por que ela não está aqui? — ele indagou.

Ela não sabia como iria responder aquilo e seu avô provavelmente tinha consciência que algo estava errado, afinal, Alice deveria estar no Rio e não ali. Portanto, ela ficou calada e então Eripe voltou a falar com a voz trêmula:

— Eu sei Alice... ela não está bem, não é?

Alice respondeu fazendo que não com a cabeça, enquanto Eripe a olhava profundamente. O idoso resfolegou e ela ajeitou-se na cadeira. O clima pairava confuso e as certezas se tornavam vagas, nunca aquela conversa havia se expandido além do óbvio. Ambos concordavam de que Leina não estava bem e pronto. Nunca Alice perguntou nada e nunca seu avô lhe contou nada, talvez sentissem que se não falassem no assunto o problema, sozinho, vagaria para longe da existência. Nem mesmo com Leina eles falavam abertamente sobre o problema... "A não ser daquela vez", pensou e as palavras vieram como um tiro, junto de sua imagem espiando pela fechadura da porta: "Ele não existe aqui", a irmã tinha dito.

Durante a adolescência Leina fora também uma garota preocupante, ela parecia sempre violenta e deprimida. No entanto, nada como os acontecimentos de 1998 voltou a cercar aquela garota. Aquele fora o pior ano de todos, o ano em que sua mãe morreu, que seu pai sumiu e que alguns assassinatos horríveis aconteceram em Deliaes. Quase todas aquelas desgraças pareciam estar ligadas a Leina. Alice lembrava-se da morte do Delegado Walter, contada a ela por seu avô, e também se lembrava da morte de sua amiga Sofia. Ela tinha apenas sete anos em 1998, mas ela lembrava-se perfeitamente. E mesmo sem nunca ter conversado diretamente com seu avô sobre as causas dos assassinatos, ela no fundo sabia, sempre soube. "A Sofia não é um monstro, Leina", ela tinha dito, mas isso se perdeu em sua mente quando, em torno dos seus 13 anos, entendendo mais de todas as questões, começou a forçar a percepção de que Leina não teve culpa em nada.

– Eu estou indo até ela e vou consertar as coisas – foi o que Alice conseguiu dizer, após alguns instantes.

– Ela não vai reconhecer você, Alice. Você sabe disso... – Seu avô murmurou. – Você se lembra de tudo que passamos, sabe o que ela tem! Não pode ir lá.

– Na verdade, vovô... eu não sei o que ela tem! – ela disse enxugando as lágrimas que desciam dos seus olhos.

– Não é culpa dela, Alice... mas você tem que ficar longe – Eripe disse, fazendo esforço para continuar falando. – Eu avisei a sua mãe sobre o Jonas... ele tinha uma doença, Alice.

Alice desejou que seu avô se mantivesse em silêncio, desejou que ele ficasse quieto, ela não queria ousar quebrar a incerteza que alimentava com a certeza da verdade que ele possuia. No entanto, ele falou do seu pai e a verdade agora parecia lhe entranhar com mais força. No fim, ela só queria entender. Lembrava-se de ter tido centenas de chances de conversar sobre aquilo com seu avô, ela poderia ter perguntado qualquer outro dia, em qualquer outro ano: mas não o fizera, pois ela temia. As respostas não seriam agradáveis, e certamente ela sofreria muito mais.

— Por que está dizendo isso? O meu pai...

— Ele era doente, Alice. Você não sabe... e a culpa é minha. Quando sua mãe passou por cima da minha ordem e se casou com Jonas... foi aí que eu e sua avó nos afastamos dela. Helena estava perdida de amor, ela não nos ouvia.

— Por que nunca me disse isso? A Leina sabia? Sabia vovô? — Alice perguntou, inclinando-se para chegar ainda mais perto do seu avô.

— Com certeza entendeu tudo por si só, até mais do que eu...

— O que o papai tinha? — quis saber, com seus sentimentos se embaraçando dentro de si, com a raiva lançando-se de encontro à tristeza em uma mistura sem fim.

— Eu não sei, eu e sua mãe não conseguimos levar ele à um médico... ele não quis ir, Alice... — Eripe disse, e com um olhar penoso mirou a neta. — Desculpe, filha... por tantas mentiras. Mas quando seu pai tinha apenas dezesseis anos eu e sua avó o adotamos. Ele tinha vindo de outro canto... de uma cidade chamada Iguatu, eu acho. Veio para o orfanato de Deliaes; quando ainda existia um. Você nunca soube Alice, mas adotamos seu pai quando ele era um adolescente. A Helena, sua mãe, tinha só catorze anos de idade e ela se apaixonou por Jonas naquela época. Nunca procuramos saber porquê o Jonas foi abandonado, mas depois quando ele completou dezessete anos nós descobrimos.

Alice sentiu uma dor no estômago com a confusão, e mais forte do que nunca seus tiques atacaram todos no mesmo momento.

— Eu não entendo... não entendo como vocês puderam esconder tantas coisas da gente — ela chorou alto soltando a mão pálida do seu avô. — Por que fizeram isso vovô? Por que você não contou a verdade?

— Não era conversa para crianças... — Eripe falou. — Seu pai sofria como Leina sofreu... Alice, ele tinha visões. Não sabemos que tipo de condição causava tudo aquilo mas descobrimos que... descobrimos que ele matou uma pessoa... Eu contei a sua mãe mas ela não acreditou em mim. Se ao menos ela tivesse me ouvido, vocês não teriam passado por tudo que passaram – foi nesse instante que Eripe deixou de olhar para ela para encarar o teto, enquanto fios de lágrimas desciam do canto dos seus olhos e iam até suas orelhas.

– O senhor acredita que Leina herdou a doença do papai, é isso? – Alice remexeu-se, confusa, ainda sem acreditar que seu pai tivesse algum problema.

– É a única resposta para tudo que aconteceu.

Com isso ela se ergueu, caminhou de um lado ao outro do quarto fungando e limpando o líquido dos olhos, enquanto sentia a cabeça tremer e os músculos pularem rígidos com a súbita contração do braço. Sentiu mais dor naquele momento do que em qualquer outro antes, mas ela estava com raiva, estava triste e magoada e não se importou com aquela dor física. Seu avô havia escondido a verdade durante décadas, por mais que ela não tenha perguntado, ele deveria ter lhe dito, era sua obrigação, e era direito de Alice saber o que realmente ocorrera com a sua família. Era direito de Alice saber porquê sua família havia se destruído e se dispersado tão drasticamente.

– Se for tudo verdade... ela precisa de mim, vovô! – falou engolindo todas as suas lágrimas e indo de encontro ao avô. Seria aquela a última vez que o veria? Não conseguia suportar, mas não podia mais fugir do seu passado. Alice estava decidida e uma tênue força parecia começar a crescer. Eripe a olhou, confuso, e ela o abraçou uma última vez.

– Alice – o homem sussurrou –, não vá. Por favor. Ela não vai reconhecer você!

– Eu preciso ir vovô! Leina precisa de mim – decidiu, por fim dando um beijo doce e gentil na testa do seu avô. Eripe tentou segurá-la, mas não havia forças para isso. Então com o coração despedaçado ela teve de se despedir do seu avô. Saiu do quarto com a voz trêmula de Eripe a chamá-la, sentiu-se ainda mais culpada por estar abandonando seu pobre avô, mas era necessário. Ela tinha de salvar sua irmã.

Capítulo 38
(antes)
11.07.1998

Leina acordou arfando no meio da noite, estava trêmula e as imagens do seu pesadelo ainda permeavam diante da sua visão. Olhou à esquerda e viu sua irmã, Alice, em uma cama ao lado da sua. Sentiu os olhos lacrimejarem e sua cabeça doer bastante. E de repente lembrou-se da noite passada; ela estava na floresta, perdida, mas de alguma forma conseguiu chegar à casa do seu avô. Eripe então a acolheu e lhe deu uma cama para dormir, e durante todo o dia ela conseguiu esquecer tudo por um momento, mas agora sua mente fervia enquanto respirava profundamente, sentada na cama.

Retirando o lençol do corpo, Leina ouviu passos suaves rasparem no piso. Não fosse pela luz da lua perfurando o recinto pela janela, estaria envolta de escuridão e não veria aquele homem alto e pálido, saindo da penumbra para se colocar à sua frente.

"Olá, Leina", ele falou, mas sua voz não fluiu no ar e sim no interior da menina.

— É você... você está aqui! — ela sussurrou, sentindo que suas palavras voavam distantes.

"Sim, Leina. Mas você deve partir, pois o tempo é curto!", o homem disse, e então lhe estendeu uma mão afim de ajudá-la a se erguer. Com receio, Leina considerou o auxílio e foi levantada por completo. Olhando fundo para o sujeito, ela reparou que ele estava muito bem vestido; tinha uma cartola grande e preta, tinha barba e bigodes grisalhos, mas não havia olhos onde deveria haver; ao invés disso, duas cavidades escuras e grandes estampavam o rosto daquele homem. Leina também não viu traço nenhum da boca daquele indivíduo, no entanto, ela não se assustou e com calma, sentindo sua cabeça balançar de leve, indagou:

– O que aconteceu com você? – o som pareceu ribombar forte mas logo diminuiu e flutuou para longe, para muito longe.

"Quando somos contrários a uma ideia, Leina, eles a tentam empurrar à força, sempre foi assim. Tentaram fazer de mim mais uma de suas marionetes. Cega e muda. Mas ainda vejo você, criança, ainda vejo eles, e todos ainda podem ouvir minha voz, não podem?"

– Sim – ela sussurrou. – Eu escuto, sempre escutei.

"Não se preocupe mais, já estamos no fim. Eles não voltarão a incomodar."

– As vozes... – Leina disse. – As vozes eram todas suas!? – falou mais em dúvida do que em certeza.

"Sempre!", ele respondeu e à mente de Leina lembranças se espalharam, lembranças daquela manhã e da linda canção que o Homem da Cartola trouxera. "Eu te disse, criança, estou ajudando você. Sempre estive ajudando você, não estive?"

– Sim – ela respondeu. – O Delegado, ele... ele tinha me pegado... Eu quase confiei nele.

"Não se culpe, Leina. Você é só uma criança, não tinha como enxergar a maldade desse mundo sem uma ajuda."

– Mas eu vi – sussurrou, pensando na canção. – Naquele dia eu vi a maldade, vi e tive medo.

"Sim, claro que você teve medo. Me desculpe por isso, mas eu precisava abrir seus olhos. Precisava lhe mostrar como poderia ser, e como é!"

– A canção... eu quero ouvir a canção de novo! – Falou, desejando que aquele sentimento pudesse preenchê-la outra vez.

"Esqueça-a, Leina, sempre foi uma grande fantasia. Agora você precisa ir, o porão está aqui e eles têm o seu pai. O tempo está no fim", ele dizia, mostrando nos dedos um relógio de bolso dourado, com os ponteiros girando acelerados.

— Tudo bem — concordou, e pareceu sentir a voz soando mais perto.

Novamente olhou para sua irmã e a viu dormir tranquila. Quando desviou o olhar para o homem, outra vez, viu que ele já sumia na penumbra. Leina esfregou os olhos como se varresse a sensação de sonolência da cabeça. Ouviu a voz esmorecida do Homem da Cartola fustigar no mais profundo de sua mente e então fechou os olhos e respirou fundo.

Depois disso ela se aproximou de sua irmã e a sacudiu, lembrando-se de todo o dia que passara ao lado dela. Alice se remexeu e por fim acordou.

— Leina... o que quer? — perguntou virando-se para o outro lado.

— É o papai Alice... ele está no porão. Vamos encontrar ele — Leina murmurou, ainda sacudindo Alice com delicadeza.

— O vovô disse que ele está com a mamãe, em um canto que não podemos ir, Leina — Alice disse virando-se para ela. — Disse que pela manhã nós vamos ao velório da mamãe e...

— Isso não é verdade Alice, podemos ir vê-los. Eles estão no porão, sempre estiveram, nunca foram a lugar algum. — A voz de Leina soava confiante e Alice parecia acreditar, mas ainda hesitava.

— Não podemos sair da casa, Leina — Alice falou sentando-se e despertando totalmente.

— Não vamos sair, Alice — Leina falou. — Vamos continuar na casa, vamos descer ao porão. Eles estão lá, o papai e a mamãe... nós vamos encontrar eles e então vamos voltar para nossa casa, Alice. Não quer voltar para casa?

Alice passou alguns instantes apenas encarando o piso, até levantar outra vez a cabeça e dizer:

— Eu quero! Mas não tem porão aqui.

— A gente vai encontrar — Leina disse, por fim.

Ajudou Alice a se levantar e juntas elas saíram pela casa na ponta dos pés. A escuridão era imensa, e o silêncio era perturbador, mas elas prosseguiram. Alice sempre ao encalço de Leina, seguia apavorada. Elas desceram as escadas da casa e foram de encontro com uma porta que existia na cozinha. Leina insistia para que Alice fizesse o máximo de silêncio possível para que Eripe não acordasse, mas a pequena garota esbarrava em tudo que havia pela frente: e quando isso acontecia elas esperavam alguns segundos, imóveis no chão, rezando para que Eripe não acordasse.

– Lá está Alice, o porão. Eles me disseram, no meu sonho – ela falou diminuindo o tom de sua voz. Alice aproximou-se mais, tentando enxergar onde a porta estava.

– Onde? – a menina quis saber, ao seu lado.

Leina imaginou que ela estivesse brincando então sem mais nenhuma palavra, ela girou a maçaneta da porta branca e pequena, e atravessou-a. Deu de frente com uma escada de pedra e na parede ao lado havia um interruptor, mas ele não funcionava.

– Que droga – murmurou. – Você não vem Alice? – perguntou.

– Ir aonde, Leina?

Com raiva, Leina deixou a irmã sozinha na cozinha e adentrou no porão, sentindo a excitação vibrar sob sua pele, sentindo seu estômago se embrulhar de ansiedade. Ali a escuridão era ainda maior. Era um lugar frio e horripilante. Era um grande espaço com vários níveis, e ela estava no topo. Pôde ver que os andares eram todos iguais, havia várias salas em cada um deles. Na porta da primeira sala, lia-se: *Férias de 1997*. Leina lembrava-se daquelas férias: ela, Alice e seus pais haviam viajado para o litoral do estado. Em outra sala, à porta encontrava-se uma outra placa exibindo as seguintes palavras: *Aniversário de 11 anos*. Em outra ela leu: *Primeiro Dia de Aula* e na seguinte: *Nascimento de Alice*. Leina estava confusa, sua mente tentava encontrar razão para aquilo. Não entendia como todas aquelas coisas haviam ido parar ali, no porão do seu avô. Havia até mesmo uma sala com todos os seus brinquedos de infância, ou todos os quais ela se lembrava.

Porém, ela continuou andando e descendo os degraus, olhando bem para todas as portas e a palavras nelas. Mas ela só parou quando enfim encontrou o que buscava, na porta desta sala lia-se em letras escuras: *Família*. Leina a observou bem e depois girou a maçaneta para entrar naquele espaço. Sentiu a presença de alguém às suas costas, emanando um frio irracional, depois à sua direita e por fim estava em todas as direções. A sala era escura como se houvesse mergulhado em um abismo e, uma vez ou outra, vultos espreitavam da escuridão. Ela ouviu, então, uma voz chamar-lhe:

– Leina.

A garota tinha certeza de que aquilo aconteceria, e simplesmente esboçou um sorriso ao ver uma mulher surgir, usando um vestido de seda branca que tremeluzia na pouca luz que lhe rodeava, vinda de cima. Ela sorria alegre e lhe mandava beijos de longe. Leina retribuiu, em viva emoção, pois aquela era sua mãe. E depois, correndo até ela, a viu ser agarrada de repente por um homem alto que brotava da escuridão. Mesmo ainda sem conseguir ver o seu rosto, ela sabia e sorriu. O homem tinha cabelos ralos e muito dourados, e assim como sua mãe seu pai estava muito bem vestido. E ele sorria e dizia, ao passo que Leina se aproximava para o abraço:

– Minha filha, minha menina! Eu nunca mais vou me afastar de vocês...

Leina deixou escapar um riso misturando-se às lágrimas, alegre. E nos segundos posteriores os alcançou e os abraçou, e assim permaneceu, sussurrando para si mesma que tudo iria voltar a ser como antes.

Capítulo 39

28.06.2018

O táxi parou em frente à casa de Leina, a casa da sua irmã, e a primeira sensação que lhe veio tinha se repetido em outros anos também. Ela sempre sorria ao chegar à residência da irmã, pois ela fora construída com o objetivo exato de se aparentar com a antiga casa em que elas moraram com a mãe, quando crianças. Até mesmo o lugar era também remoto — só que agora muito mais longe da cidade —, tranquilo e com poucas casas na vizinhaça. No entanto, daquela vez não conseguiu sorrir, ao invés disso, ela estremeceu. Enquanto Leina se prendia ao passado, Alice tentava com todas as forças se desprender dele, e sentia que era aquele o último momento. Sua batalha interna que se inciara há décadas estava no fim.

Alice olhou ao redor e viu a propriedade ao lado, da senhora Irene. Lembrou-se dela e imaginou se a pobre senhora estaria bem. Pagou ao taxista que logo a deixou ali, com a mala arrastando no chão, e se encaminhou até a casa da idosa. Alice bateu três vezes e ninguém atendeu, chamou em voz alta e nada. Seu coração já pulava forte e sua cabeça estremecia em graves tremores, mas não tinha o que fazer, ela devia continuar com o percurso, devia voltar o olhar para a casa de Leina e terminar o que começara há vinte anos.

Com isso em mente ela caminhou até o alpendre da irmã. O cheiro de animal morto era evidente, mas não havia nenhum à vista. O silêncio ali só era cortado pelo canto dos pássaros em uma árvore próxima. Alice estremecia a cada passo mas continuou no caminho. No alpendre havia uma mesa de madeira redonda, caída no chão. Algumas xícaras quebradas e uma garrafa de chá intacta.

— Leina? — Alice chamou, subindo sutilmente as escadas que levavam ao alpendre da sua irmã. O vento uivou às suas costas e as cortinas das janelas de vidro rodopiaram. Alice viu um olho espreitar de dentro da residência e sentiu suas pernas tremerem, e no instante seguinte ele tinha sumido. Considerou que não fosse nada, talvez só sua mente a enganando. O vento acalmou-se e então ela parou à frente da porta, olhando fixamente para as janelas de vidro despedaçadas, que até agora não havia percebido.

Não existia uma alma viva próxima de onde ela se encontrava. Estava apavorada, desejando com afinco que Arthur estivesse ali para ajudá-la, mas ele havia sido covarde, havia a abandonado quando ela mais precisou dele. Ele deveria ter percebido sua necessidade e sua insegurança gritarem, deveria estar ali com ela, por mais que Alice não tivesse pedido o seu apoio, ele deveria tê-lo dado.

— Leina? — ela tornou a chamar, voltando a olhar para a porta depois de ter encostado a mala num canto. Nada lhe respondeu, apenas os pássaros.

De súbito ela avançou na maçaneta da porta branca e pesada. Depois a girou, trêmula. "Está tudo bem, está tudo bem... eu vou achá-la e vou ajudá-la..." Ela repetiu para si mesma, inúmeras vezes, mas a verdade é que sequer sabia o que faria depois de encontrá-la. No avião, ela pensara que devia conversar com Leina e analisar a situação primeiro, mas à medida em que a casa lhe era apresentada — em caos — e em que as palavras do seu avô lhe tornavam, mais Alice sentia que não seria possível inciar um diálogo com Leina. Se pegou pensando em sua infância e em todas as vezes que a irmã tivera suas crises. A última fora há dois anos, Leina havia enxergado coisas a quais ela sabia que não existiam, mas mesmo assim ela sempre se mantivera em plena posse de sua consciência. Mas agora parecia ser bem pior. Pior até do que quando elas eram crianças.

A porta rangia de leve enquanto Alice a empurrava, revelando a sala da casa aos poucos. Revelando o papel de parede manchado de sangue e parcialmente destruído, revelando as janelas estouradas no piso que tinham lançado mil fragmentos de cacos no chão – alguns deles manchados de sangue –, revelando vários outros objetos quebrados e todos os móveis fora do lugar. Revelando a sujeira e expandindo o cheiro forte de algum animal morto que fez Alice levar uma das mãos ao nariz, enquanto olhava aquela catástrofe toda.

– Leina?! – ela tornou a chamar pela irmã e em seguida ouviu um barulho, inicialmente fraco mas que logo foi aumentando. Vinha do andar de cima, ela percebeu. Era como se alguém estivesse marchando lá. Sentiu o medo corroer-lhe por dentro, mas ela tinha que avançar, ela deixara seu avô sozinho no hospital porque precisava ajudar sua irmã, agora ela não poderia deixar que o medo lhe tirasse do caminho. "Vamos Alice. Você tem que encontrar ela... Tem que ajudar sua irmã", ela disse a si e sentiu o braço se fechar em um espasmo violento. Com a outra mão ela baixou o membro e por alguns segundos olhou o piso, em conflito consigo.

O barulho se intensificou, Alice sentiu o espamo lhe abalar também o pescoço, sentiu a dor alternar entre um local e outro e fechou os olhos. Dois longos segundos se passaram assim, e foi o tempo necessário para que muitas coisas lhe viessem à mente e para que tudo fosse encaixado no lugar certo. "No lugar certo", disse para si e expulsando o medo do seu corpo Alice subiu o primeiro degrau – não conseguindo chegar até ele sem antes pisotear um mar de estilhaços de vidro –, determinada e com o cenho franzido explicitando isso. Depois veio o segundo, o terceiro e assim por diante, até que ela pudesse estar de fato no segundo andar da casa.

O barulho não cessou, e logo ela ouviu gritos abafados também. Adentrou no primeiro quarto do corredor e viu de novo o mesmo caos, tudo estava jogado no chão e os móveis estavam desordenados, mas havia algo ainda mais incomum. Havia duas pequenas meninas amarradas, com cordas que as uniam de costas, enquanto as mãos pendiam presas em vários nós bem à frente. Elas se sacudiam e imploravam por ajuda, mas Alice estava paralisada, com o horror varrendo cada célula do seu corpo. A mulher levou as mãos à boca, em seu pânico, enquanto lágrimas desciam em dor pela sua irmã, pelas pobres crianças, pela pequena Sofia, pelo Delegado Walter... por tudo. Olhou ao redor pedindo que as meninas fizessem silêncio, mas elas não paravam de bater com os pés e de soltar sons abafados pelas mordaças.

– Por favor, façam silêncio... Ela pode voltar, fiquem quietas – pediu, e foi que as garotas obedeceram.

Com cautela Alice andou por todo o quarto, entrou no banheiro e olhou tudo, procurando por Leina. Silenciosamente. Aquilo era pior do que ela imaginara, nunca pensara que Leina teria capacidade de fazer uma coisa daquelas. Lamentou tudo aquilo por dentro, enquanto vasculhava cada centímetro a procura da sua irmã. Depois, sem encontrar Leina, ela agachou-se próximo às meninas e tirou-lhes a mordaça. As pequenas garotas, não tinham mais que dez anos e eram quase idênticas, por isso, Alice soube de imediato que elas eram irmãs e sentiu uma pontada de receio anunciar em um tom sombrio um pensamento súbito. "Irmãs", pensou e sua perpcepção era clara como água cristalina, podia ver naquelas meninas Leina e ela mesma. "Meu pai tinha visões", pensou, lembrando do que Eripe tinha dito. "Leina quer realizar as suas". Ela abaixou a cabeça e amaldiçoou aquele inferno.

– Vamos, vou tirar vocês daqui – ela prometeu depois de tirar as cordas que as uniam. Demorou mais do que ela imaginara, mas enfim conseguiu soltar as garotas.

Alice se ergueu, sempre de olho nas pequenas crianças que não cessavam com o choro. E as tomou pelas mãos, sentindo o peito se apertar ao vivenciar o medo e o desespero das garotas se espelhando no ar. Pensou em Leina e imaginou o que faria em seu auxílio. Não adiantava, ela não sabia o que fazer para ajudar a irmã, mas sabia que tinha de tirar as crianças dali o mais rápido possível.

– Vamos – ela falou e foi então que seu celular vibrou.

Por um instante o tempo pareceu não correr, ela paralisou olhando para as crianças. Em seguida o toque veio, enchendo o ar. De súbito ela retirou o aparelho do bolso e olhou para o visor, que exibia o seguinte nome:

Arthur

Seus pensamentos ganharam uma nova cor, e quase sentiu que a segurança podia retornar. Num súbito movimento tentou atender à ligação, contudo, não chegou a saber se realmente o fizera, pois o que veio em seguida foi um forte baque junto de uma dor lancinante na nuca. Seus ouvidos começaram a zunir e então ela despencou no chão, atordoada. As crianças gritavam e recuavam chorando apavoradas, enquanto o celular deslizava de sua mão e caía no piso. Tudo parecia muito distante e só sua mão se movia à nuca e seu olhar voltava-se ao seu agressor.

— Você não pode soltar elas, elas vão para a mata se você soltar elas! — uma voz soou, e parecia um sussurro, mas era só uma voz assustada e contida.

À sua frente e sobre si, Leina pairava ainda com a pá levantada e suja de sangue. Lhe encarando de forma agressiva, com a sobrancelha franzida e pronta para o próximo ataque. E ali, naquele segundo, as palavras de Eripe soaram na mente de Alice: "Ela não vai reconhecer você, Alice. Você sabe disso..." Ela não sabia como ainda estava consciente, mas tentou se erguer enquanto Leina pareceu desviar sua atenção. Alice apoiou-se na cama e deu um impulso ainda com os ouvidos zunindo. Cambaleou em direção às crianças e tentou alcançar suas mãos, para simplesmente desabar no chão de novo.

Quando acordou, com sua nuca dolorida e formigando, ela percebeu que não havia se passado tanto tempo. Pois nesse momento Leina acabava de surgir sobre ela, a puxando pelos pés, levando-a para o outro lado do quarto. Ela tentou se mexer mas não havia forças, tudo parecia lento como da outra vez. Não conseguia ouvir nada com precisão, apenas murmúrios distantes. Quando Leina lhe jogou no chão ela fingiu estar desacordada e após isso, com os olhos semicerrados, ela pôde ver que Leina havia amarrado mais uma vez as meninas e viu que agora ela tinha tido mais trabalho, pois as garotas estavam completamente coladas, com as mãos unidas em vários nós acima da cabeça. Havia também cordas que as prendiam na nuca, fazendo com que o rosto de uma ficasse sobre o ombro da outra.

Segundos depois, Leina estava de novo puxando seus pés, mas agora ela não lhe carregava para lugar nenhum. Ela estava tentando amarrá-la, mas Alice sabia que se aquilo acontecesse seria impossível dela salvar as crianças. Então numa fração de segundos, ela olhou para seu celular que estava ao seu lado, olhou para as meninas e por fim olhou Leina para que pudesse lhe acertar um chute em cheio no maxilar. A irmã caiu de lado, arquejando de dor e Alice puxou o telefone para si. Imediatamente ela se ergueu e discou o número da polícia.

Esperou trêmula do fundo do quarto que a ligação fosse completada, enquanto Leina à sua frente parecia tentar se recompor. Com as duas mãos segurando o aparelho ao ouvido ela implorou que alguém atendesse, e então logo alguém falou do outro lado:

— Delegacia de Deliaes. Bom dia?!

— Ouça, preciso de ajuda no sítio Lagoa Rasa, estamos numa casa de dois andares vizinha de uma outra, na entrada do lugar. Tem duas crianças seques... — sem que ela terminasse de se explicar o homem do outro lado como que esperando por aquilo lhe disse, nervoso:

— Já estão a caminho senhora... uma viatura está a caminho, não se preocupe.

— O quê? — perguntou e o homem ao outro lado falou qualquer outra coisa que ela não conseguiu dar atenção.

Alice baixou o celular, imaginando como aquilo acontecera, mas acima de tudo, prestando bastante atenção aos olhos trêmulos da sua irmã, que se levantava em silêncio com a atenção voltada ao piso. Num lento instante ela ergueu a visão com a cabeça inclinada, e mirou Alice com vigor, continuando a estremecer por inteira com uma ou duas lágrimas escorrendo. Um segundo assim se passou e ela enfim abriu a boca, tentou falar algo e não conseguiu, naquele momento já não encarava Alice diretamente. Mas ainda assim Alice estremeceu de medo, não havia nada naquele olhar que lhe lembrasse sua irmã. Nada! Era algo inteiramente distinto do que um dia ela fora, até mesmo de quando ela tinha suas crises. "Leina, por favor...", lamentou em sua mente, recuando com o celular na mão direita.

– Leina... Leina, sou eu Alice. Lembra de mim? – ela perguntou, mas sabia que nada viria em resposta, a não ser agressividade.

Capítulo 40

(antes)

11.07.1998

Leina sentia que podeira ficar para sempre ali, ouvindo a voz longínqua do seu pai escorrer em sussurros diante do seu ouvido e vendo o sorriso constante de sua mãe permanecer irradiando seu coração, deixando-a completa mais uma vez. No entanto, de repente o aperto do abraço foi diminuindo. Leina tremeu em algum ponto e perdeu o sorriso. Jonas pareceu vacilar e de repente caiu de joelhos e Helena ao seu lado já fechava os olhos. Pouco a pouco, ambos foram se desfazendo em seu abraço. Em segundos eles se tornaram uma densa poeira cinza que flutuou para longe da garota, a deixando abandonada, solitária e perdida.

A confusão e o horror percorreram por Leina. Seus pais estavam ali, ela os havia encontrado, mas não entendia o que tinha acontecido. Sentia o vazio no peito controlar todos os seus músculos, sentia-se sozinha, impotente e com raiva. Sentia que o mundo era culpado por sua dor, e por fim sentiu necessidade de pôr tudo para fora e então gritou, gritou e gritou alto. E também implorou, implorou para que eles voltassem, mas nada adiantou, apenas o vento deu relevância às suas súplicas.

— Leina — uma voz explodiu no ambiente, grave e ribombante, revelando sob a penumbra o Homem da Cartola, ele estava em pé olhando fundo nos olhos da menina com suas cavidades obscuras. – Então, você finalmente o encontrou... E ainda por cima também encontrou a sua mãe. Estou orgulhoso, Leina!

"Você", ela deduziu sentindo a mão fechar-se em ira. "Por que?", quis saber e sabia que o homem tinha consciência dos seus pensamentos, porém, ele não respondeu. Manteve-se quieto a olhar para o seu rosto.

– Quem é você? – ela cerrou os dentes com a ira emanando de suas palavras. – Você prometeu me ajudar!

Na mais completa escuridão ela caiu sobre os joelhos. Estava despedaçada, arranhando a garganta, desesperada, tentando conter a dor que se alastrava em seu peito. Mas não havia nada a ser feito a não ser chorar. Sentia agora a traição rondando todas as suas ações num ímpeto. Ela tinha sido enganada, e sua mente parecia despertar de um longo devaneio, um devaneio vivo que não é menos real que o ar, um devaneio como uma segunda perspectiva sólida, que difere da primeira em extraordinárias proporções e que pode ser, para determinados olhos, verdade absoluta. Leina acreditara que seu pai estava vivo, acreditara que os monstros existiam e que poderia derrotá-los, mas agora parecia entender ou perceber que só uma ilusão poderia ter lhe moldado para crer naquele cenário. No fim, as vozes a tinham enganado.

– VOCÊ MENTIU! – engasgada com as lágrimas ela gritou, pensando nos monstros, no pai, no Delegado, e na frase da irmã que voltava num ataque de realidade. "Sofia não é um monstro, Leina", ela dizia e Leina sentia a percepção fluir e alcançar aquele dia cinzento na mata. "O que eu fiz?", se perguntou, sentindo o coração pular forte e o medo paralisar suas pernas.

Sua garganta sentia que devia gritar em afronta contra o Homem ali parado, sentia que devia berrar com a parte do seu cérebro que a fizera acreditar nas ilusões, mas se gritasse... Se gritasse sobre aquilo, ela sentiria mais realidade nos atos cometidos, sentiria mais culpa e sucumbiria. "Eram inocentes", ela pensou e chorando se tremeu fixando a escuridão intensa dos seus pensamentos.

– Depende do ponto de vista – O Homem respondeu, outra vez voltando a rodar em sua cabeça.

Leina trincou os dentes contra os lábios e sangue desceu, em fúria fechou as mãos sobre os ouvidos e implorou: "Saia da minha cabeça". "SAIA!" e então um barulho imenso explodiu no ar, sentiu o piso se rachar sob seus pés e viu o teto se abrir fazendo chover poeira sobre ela. As paredes estavam frágeis e seu peito ardia profundamente. A dor a corroía e a destruição vinha com ela. Tudo à sua volta parecia despedaçado e toda a sua mente estava em extrema confusão.

– QUEM É VOCÊ? QUEM DIABOS É VOCÊ? – tornou a gritar.

– Eu sou o que sou! – o homem rebateu ressoando sua voz fria, ruidosa e grave pelo recinto. – Mas só sou, graças a vocês.

Aquilo a deixou ainda mais confusa e quando o homem caminhou em sua direção, ela tentou recuar, mas uma coluna de concreto caiu às suas costas impossibilitando a passagem.

– Para onde você vai? – O indivíduo indagou.

Ela não respondeu, traumatizada mirou o sangue descer lentamente pelas cavidades no rosto do sujeito e recuou, recuou pretendendo abandonar aquele lugar depressa.

– Não pode, Leina! – a voz lhe disse, fria, originando-se bem à sua frente e ela percebeu que seus olhos não encontravam nenhuma saída. – Não pode fugir de você mesma.

De repente seus sentimentos foram se dissipando, a raiva diminuiu junto da tristeza e seu coração bateu mais lento. "O que quer dizer?", pensou por um momento. Ela acalmou-se um pouco e sentiu que o recinto estava calmo outra vez, como se o terremoto tivesse acabado. Porém, as paredes estavam rachadas, o teto aberto e o piso com falhas. A sala estava quase que completamente destruída.

– O que disse? – Indagou.

Mas nada veio em resposta.

– Que lugar é esse? – Leina exigiu saber, mas outra vez o silêncio vagou. Suas lágrimas haviam cessado, e agora seus sentimentos eram claros. No entanto a dúvida permeava, aos poucos crescendo e se tornando mais nítida. "O que você é?", ela se perguntava, sentindo a percepção se adensar perante a escuridão do bizarro lugar, sentindo a ira voltar a inflar e vagar pela sua garganta para explodir no exterior de súbito: – O QUE VOCÊ É? – Era o que queria entender e ao mesmo tempo era o que temia indagar. Desde o primeiro momento em que percebera que as vozes em sua cabeça não eram suas, era o que desejava saber. No entanto, bem no início, as próprias vozes a fizeram esquecer aquele desejo, até que sua mente se perdeu de vez e nem um fio de percepção da realidade pôde lhe aflorar de novo... até aquele momento.

– Você verá! – brandiu a voz e em seguida o barulho voltou, os pilares caídos se ergueram e depois sumiram. As paredes se alteraram, transformando-se em muros ainda maiores feitos de espelhos. Em seguida o chão sumiu e um grande espelho surgiu sob seus pés. À sua volta as paredes se aproximaram, lhe cercando enquanto formavam um hexágono perfeito.

Leina voltou-se para trás, assustada, dando de costas com uma das paredes. Elas estavam em toda à sua volta, tudo que ela conseguia ver era ela própria refletida naqueles muros imensos. "O que está acontecendo?" Pensou em gritar por Alice mas guardou suas palavras para si. Em todos os lados ela enxergava o seu rosto, até que um barulho estridente soou do espelho à esquerda... Ele agora lhe apresentava imagens de um enorme tanque de guerra disparando contra uma fortaleza que ostentava a bandeira dos Estados Unidos. Em um outro, as imagens de aviões nazistas eram exibidas sobrevoando bases militares. Mais à esquerda, contornando Leina, mais um espelho estourava ecoando a voz esganiçada de um ditador alemão do século vinte, ele parecia irritado e com certeza, louco. Dois outros espelhos expuseram dois soldados orgulhosos que erguiam bandeiras de nações distintas; uma era da União Soviética e outra representava o Estados Unidos da América.

O último muro de espelho expôs as imagens de uma escotilha sendo aberta, para que depois uma dúzia de soldados soviéticos surgissem atravessando-a. A imagem cortou-se mostrando-os agora caminhando por uma passagem redonda que dava acesso à diversas salas. Em uma delas um homem alto, que lembrava seu pai, adentrou. Lá dezenas de tubos grandes e estranhos estavam suspensos na vertical, conectados por cabos grossos. Dentro de um deles, uma solitária, escura e espessa fumaça vagava preguiçosamente.

— Eu não entendo... O que é tudo isso? — Leina sussurrou e então a voz voltou a falar com ela, respondendo à sua pergunta:

— Minha história, Leina... É o que sou, é de onde venho e para onde fui...

— Aquele... é o meu pai? — Ela mirou com um dedo o soldado andando pelos corredores do laboratório.

— Seu avô, Leina... O pai do seu pai, ao qual você nunca conhecerá. Eu o matei também, como fiz com Jonas, e como um dia farei com você — o homem deu um passo e a mirou com um olhar vago.

— Do que está falando? — Indagou — O que é você? Do que... O que você quer?

— Eles chamaram a mim de demônio, mas só sou o que você vê nessas paredes... — Ele apontou, mantendo a postura. — Fruto do mal gerado por eles, e ainda assim, menos caótico. Nada mais sou que o fruto da Cartola e da Fraque, da Elite e da Coroa. Fruto do pesadelo eleito pela nação alemã, para ser mais preciso... Foi de lá que vim, foi de lá que fui chamado, daquela mente doente e perversa.

— O meu... o meu pa-pai. Você disse que... — Ela chorou e se desesperou ainda mais, e não concluiu suas palavras.

— Sim, Leina. Eu o matei.

— Por quê? Ele... ele não era... Ele era bom... O QUE VOCÊ QUER? — Leina esbravejou, furiosa.

— Isso não importa. Se ele era bom ou não, isso deixou de importar quando seu corpo caiu inerte naquela maca. Eu o matei porque precisava sobreviver como qualquer um de vocês, como qualquer humano hipócrita. Nem eu e nem você, criança, temos escolhas sobre o que queremos, mas ambos lutamos por sobrevivência, não é?

— Não... meu pai nunca machucaria ninguém, nós não matamos outras pessoas... — Ela ia dizendo, mas seus próprios pensamentos a fizeram parar. Como poderia ter razão em defender a sua raça se ela própria voltava em sua mente, erguendo o machado e a faca, erguendo a morte nas mãos e ceifando a vida de outros corpos só para encontrar o seu pai? Se fosse por sobrevivência, então, o que faria?, pensou e o homem com certeza percebeu.

A risada que ele fez ecoar foi de pena, ela sabia e sentia.

– Em todos os meus anos, nunca vi uma outra espécie tão assassina quanto a sua, pequena criança. A minha, tão pouco se compara à tua. – Ele falou, e andando até ela lhe afagou a cabeça, num ímpeto Leina se afastou dele e o viu dirigir o olhar aos espelhos, onde as imagens prosseguiam se reproduzindo. – Os humanos são uma praga nesse imenso globo. Eles destroem, corrompem, vão e vem, matam e saqueiam e por fim, quando se pensa que a crueldade bastou, eles humilham, aprisionam e brutalmente assassinam seus iguais. Não foi assim na Segunda Grande Guerra? – Perguntou, apontando para um dos espelhos, onde o ditador esgoelava-se para uma torcida de elite que usava cartola e casaco. – Sim, foi assim. A compaixão que o seu Deus desejou, criança, não existe.

– Eu não sei do que você está falando. Eu quero sair desse lugar, quero sair daqui... ME DEIXE IR!

– Não pode, Leina! – Com a voz fria e cortante como o gelo, o homem soou. O sangue sob as orbitas vazias brilhando à penumbra do local.

O barulho da guerra continuou ribombando pelo recinto aumentando sua intensidade em uma centena de vezes quando a voz do homem se desvaneceu, e então, de súbito, todas as imagens, os sons distintos soando de espelhos diferentes, morreram. Os espelhos refletiram somente a pobre menina enfraquecida, de joelhos.

– Você não pode deixá-lo, Leina. Porque *esse* é o seu porão... porque ele, é você, Leina. – Ribombando poderosa a voz grave fluiu. – Sempre foi. O porão é você. É o seu pai. São os seus monstros. É a *sua* fúria, sua alegria, sua tristeza, sua dor, seu amor... é quem você é! É a sua mente, Leina. É onde estão todas as suas memórias.

"O que está acontecendo?", perguntou-se, triste, confusa e completamente perdida em escuridão. "Isso é um sonho ruim", se deu por conta desejando. Tentou-se conter na sua raiva, mas aquela voz havia enganado-a, estava perdida, estava destruída em seus sentimentos e aquilo aproveitou-se de sua mente em estado frágil.

— ONDE ESTÁ O MEU PAI? — ela gritou desejando encerrar tudo aquilo de uma vez por todas. Por mais que a resposta fosse lhe ferir sem medidas ela gritou e indagou com todas as forças possíveis.

Ela pensava necessitar de uma resposta concisa e final, no entanto já a tinha. Mesmo assim desejava ainda poder encontrá-lo, vê-lo, mesmo morto, e foi então que ele surgiu num impulso. Estava deitado no caixão fechado e ajoelhada ali no chão Leina o via à sete palmos dentro da escuridão do espelho. Ela o via, ela se lembrava, e agora ele era um homem normal, não tinha cartola, mas estava belo. Estava ali deitado, tranquilo, quieto, poderia até mesmo estar só dormindo. Sonhando com as filhas e a esposa, escondidos da crueldade e do barulho do mundo. Felizes. Mas ela sabia que não estava, sabia que ele jamais voltaria a lhe bagunçar os cabelos e a lhe beijar as bochechas e a testa.

— Ele sempre estará aqui, *sempre* estará com você. Você sempre o levará para onde quer que seja... somente aqui, em suas dolorosas memórias, Leina. Apenas no porão, onde coisas velhas são guardadas como lembranças, ou simplesmente como lixo.

— Não... — ela murmurou, enquanto estendia a mão rumo ao pai num último apelo e o via escorrer como as lagrimas que caíam dos seus olhos.

Ela enfim entendeu, tudo como deveria entender. E com isso, seu peito ardia de tanto sofrimento. Ela nunca mais veria seu pai outra vez, não à sua frente. Estava mais do que na hora de acostumar-se com isso, pois agora, ela realmente entendia que sua família se fora. Ela estava em pedaços e só lhe restara Alice para fazer-lhe companhia.

Capítulo 41

28.06.2018

Em minutos o avião pousou no aeroporto de Deliaes e logo Arthur estava saindo em busca de um táxi. Olhou de um lado a outro e não encontrou nenhum. Ele estava nervoso, ansioso para ver sua esposa e com vergonha de si. Retirou o celular da mala e outra vez procurou o contato de Alice, ligou para ela e esperou alguns instantes. Indiferente acenou para um táxi que surgia de repente na esquina e olhou o trânsito fluir à sua frente, os bips prosseguiram e o taxista passou reto. Ele praguejou e pensou até em gritar pelo carro, mas de repente suas ações foram quebradas por um barulho estridente que ecoava dos fones do aparelho. Em instinto Arthur afastou o celular do ouvido, e mais depressa ainda tornou a colocá-lo de volta.

— Alice? — chamou, ouvindo gritos de crianças repercutirem em horror. — Alice? Alice, fala comigo!

Sua voz se desenrolava trêmula, mas nítida, enquanto seu rosto se comprimia em um tom pálido. Tudo à sua volta pareceu sumir e sua atenção inteira se fixou apenas nos sons que vinham do aparelho. Estagnado ele continuou a ouvir. Depois então tremeu, e franziu as sobrancelhas quando a voz de alguém correu distante pelos fones.

— Você não pode soltar elas... para a mata... soltar elas!

Não ouviu direito o que dizia aquela mulher, o som vagava entrecortado pelos berros, no entanto, deduziu que fosse Leina a dona da voz. E num segundo rápido a estranheza daquilo começou a crescer em sua mente, Leina parecia calma, talvez fazendo soar uma voz diferente da que possuía, mas em total indiferença aos gritos. E aliás, do que ela falava? Arthur considerou estar exagerando em sua percepção, porém, os gritos lhe confundiam, e a ausência da voz da esposa lhe aflingia. Um nó se envolveu em sua garganta e a confusão se adensou em seu interior. O que estava acontecendo?, ele se perguntava, com o cenho franzido, refletindo consigo mil e uma coisas em questão de segundos.

— Alice? — estremeceu, acenando em frenesi pelo táxi.

Naquele momento a gritaria aumentou e agitou os fones, baques secos ecoaram ao longe e em seguida se transformaram em guinchos de dor e de choro mais agudos. Eram crianças, isso lhe era inconfundível, e elas choravam agora mais intensamente depois dos ruídos longínquos. "O que foi isso?", se perguntou. "Meu Deus", disse para si, com um tremor rugindo sob seu peito, fazendo seu coração sacudir.

Outra vez um taxista passou à sua frente alheio ao seu chamado, e prosseguiu na rua em baixa velocidade, talvez fosse estacionar, mas Arthur não queria descobrir. Ele arrancou em um grito e se deslocou depressa em busca do carro. Esbarrou em duas ou três pessoas e enfim alcançou o táxi. O motorista deu-lhe bom dia, sorrindo, e depressa Arthur se colocou no banco de trás.

Enquanto corria ele decidiu, absorvendo as possibilidades que lhe vinham e, em desespero, deduzindo o que seria melhor. Poderia muito bem chegar à casa de Leina sozinho e seria bem mais rápido se assim o fizesse, mas Leina morava em uma região muito afastada da cidade e lá, muitas vezes, não existia área telefônica e se Arthur chegasse a necessitar de ajuda, como ligaria para a polícia? Por isso e por logo lhe vir a ideia de um grupo de busca rondando a mata, lhe remontando a matéria exposta naquele *site*, Arthur não quis arriscar, não poderia arriscar.

— Vá para a delegacia mais próxima, por favor — pediu ao motorista, no mesmo instante.

O homem assentiu e acelerou o carro em meio a pista. Ele continuou com o aparelho no ouvido até que os sons dele morressem aos poucos e por fim desligou a chamada para tentar uma nova ligação, que dessa vez não foi atendida. Aflito ele roeu a unha e esperou. Por um instante começou a pensar que teria sido mais sensato mudar a rota para a casa de Leina e ligar para a polícia no caminho, mas logo percebeu que o tempo para isso havia passado e que seria mais rápido, para a polícia, encontrar a casa com ele por perto, pois Arthur não sabia o nome do lugar ou se a casa de Leina tinha numeração, mas sabia encontrá-la.

Minutos depois o veículo parou à frente da delegacia. Arthur puxou uma nota de sua carteira e pagou pela viagem. Depois disso correu trêmulo arrastando a mala para dentro do prédio que se erguia por dois andares à sua frente. Num pensamento ligeiro decidiu que foi idiotice ter trazido uma mala e decidiu que era mais idiota ainda por continuar a arrastando. Caminhou pelo corredor de pedras cinzas olhando os jardins que se estendiam ao lado e viu a fachada imprimir o nome: Delegacia de Deliaes. Imaginando se estaria fazendo a coisa certa, entrou no lugar e soltou a mala para um lado. "Será que deveria mesmo ter ido direto para a casa de Leina?", refletiu, mas não havia mais tempo para continuar pensando naquilo.

Suando e começando a resfolegar, ele falou em voz alta enquanto olhava para um oficial atrás do balcão:

— Tenho uma emergência — suas mãos tremeram.

Os poucos policiais que se encontravam ali retardaram, mas ainda assim pediram mais informações. Sem expressar a calma solicitada por um dos oficiais ele relatou tudo:

— Escute, tem só alguns minutos que liguei para minha esposa e ouvi crianças chorando e gritando de dor.

— Vocês têm filhos? — o policial indagou.

— Não, senhor... a gente não tem filhos! Eu não moro aqui. Escute, minha esposa veio visitar a irmã dela, eu vim depois... acabei de chegar do Rio e liguei para ela. Ela atendeu mas não falou nada, eu ouvi barulhos de choro e algumas pancadas. Senhor, tem alguma coisa estranha acontecendo lá! — Enquanto falava, os policiais olhavam uns para os outros com certa incerteza no olhar. Um deles esfregou os olhos e um outro se afastou sutilmente.

— Senhor, as crianças são filhos da sua cunhada? É isso?

— Meu Deus! Não, ela também não tem filhos! Por isso comecei a estranhar aqueles gritos... Escute, tem alguma coisa estranha lá e ela não atende mais ao celular.

— Senhor, não há nada que possamos fazer, o problema é entre o senhor e sua esposa, nenhuma lei está sendo quebrada, se ela não atende o celular talvez não esteja querendo falar com o senhor. Vocês brigaram, foi isso? Por isso veio depois dela do Rio?

— É, sim, a gente brigou, mas isso não importa. Você tá ouvindo o que eu digo? Eu viajei do Rio até aqui para ver ela... A irmã dela sofre com alguma coisa, um trauma talvez, minha esposa veio para ajudar e agora não atende... A casa dela fica num sítio chamado Lago... Lago alguma coisa, não importa. A gente precisa ir lá... Eu sei o caminho.

— Novamente, senhor. Acalme-se. Não somos médicos, o que podemos fazer é mandar uma ambulância para o local, se assim o senhor desejar — o homem do outro lado do balcão falou já tirando o telefone do gancho.

— Como assim? Vocês não vão averiguar... Vocês precisam ir até a casa da irmã dela, Leina!

— Vamos pedir que se retire, senhor. Está tomando o nosso tempo. Tempo que nem temos — outra vez o policial falou, perdendo a paciência e ajeitando-se na cadeira enquanto olhava para seus colegas de trabalho.

"Não vão mesmo ajudar?" Ele se perguntou aflito. Seu mundo escureceu-se, e foi que sem pensar duas vezes ele se virou, mas antes com desdém nos olhos ele mirou os oficiais, e depois caminhou com pressa para a saída.

— Meu Deus — murmurou, e foi que uma voz grave e um pouco ruidosa fluiu às suas costas:

— Ei! — seus olhos rodaram a sala e encontraram um velho vestido em uma camisa social azul turquesa, estava de pé atrás do balcão, ele acabara de sair de uma sala que ficava logo às suas costas, e com os olhos fixava Arthur; mantendo as sobrancelhas franzidas enquanto seu distintivo pendia do pescoço. — Você disse Leina? — o homem perguntou ainda imóvel à frente de uma porta. Todos os outros oficiais voltaram a atenção para a cena e tudo ficara em silêncio total.

— Sim — respondeu, de repente sendo impelido a refletir sobre o trauma de Leina e em consequência sobre a matéria do *site* que vira no dia anterior.

— Tem certeza, garoto? — o velho perguntou e ele assentiu com a cabeça.

— Toda certeza possível, ela é irmã da minha esposa. Tá acontecendo alguma coisa estranha lá.

— É, uma hora ou outra ia voltar a acontecer... mas ninguém acreditou em mim.

"O quê?" Perguntou-se confuso. "Do que ele está falando?" Foi então que as imagens do *site* fluíram em sua mente mais uma vez, viu as fotografias da pequena criança sorridente e associou de repente à Leina. Mas nada além do que isso lhe aflorou.

— O que quer dizer? Quem é o senhor? — a voz de Arthur soou.

— Eu sou o Delegado de Deliaes, Augusto — o velho continuou, se aproximando para continuar a falar: — Quando aquela pequena menina foi morta, em 1998, nós recebemos um testemunho da mãe de Leina; ela afirmava que sua filha tinha cometido o crime... tinha dilacerado aquela pobre criança. Foi um ano complicado para a família de Leina, para a família da vítima e para mim.

— O que? — Arthur perguntou, sentindo o poder das palavras perpertuarem num eco em seu interior, a confusão aumentou e um súbito desconforto se arrastou garganta acima. — Ela matou aquela criança? Sofia? Como... — falou, mas logo depois a incredulidade cortou seu raciocínio. Ele poderia ter esboçado um sorriso de desprezo com a brincadeira de mal gosto, mas seus pensamentos vieram.

Seria fácil desprezar a brincadeira, mas com toda a situação e com aquele rosto duro à sua frente, ele não conseguiu absorver as palavras como uma piada. Era difícil crer que o Delegado estivesse brincando com ele, pois com certeza aquelas palavras não tinham como gerar a alguém o sentido de brincadeira, muito menos a um Delegado. Eram informações bizarras e, naquele momento, impossíveis de se acreditar, mas de algum jeito todo o clima daquele dia lhe incitava a pelo menos não rir, e as informações, à medida que repassam em sua mente, tomavam uma proporção de detalhes muito bem definidos que lhe davam mais credibilidade, ou pelo menos, menos impossibilidades.

— Agora, eu tenho certeza que sim, mas não posso lhe dizer como ou o porquê ela fez isso.

— Então por que nada foi feito? Por que prenderam dias atrás um outro sujeito? — indagou de súbito, num impulso que gerava um tom de ceticismo.

— Eu não posso evitar tudo, rapaz. E com certeza ainda não entendo tudo, mas o homem assumiu a culpa, foi pego e assumiu a culpa. Para mim é quase tão confuso quanto para você, mas eu sei que Leina é a culpada. Não pude fazer nada em 1998 e não posso fazer nada agora quanto a esse indivíduo.

— Como não pôde? Você sabia... ouviu o depoimento verdadeiro da mãe de Leina — ele murmurou, franzindo o cenho.

— Tem razão, eu ouvi, mas não consegui engolir aquilo, assim como o Delegado da época, Walter. Ele convenceu Helena a dizer algo diferente no depoimento oficial dado na delegacia, na época eu concordei com suas ações.

— Então você acha que Leina realmente matou aquela pequena garota? — Indagou, sem ainda querer acreditar que Leina, irmã da sua esposa, pudesse ter feito aquilo. "Não", disse a si, lembrando-se das risadas agudas de Leina e Alice no ano passado, na ceia de Natal. "Não é verdade, deve ser algum engano".

— Não só a pequena menina, meu jovem... — o Delegado disse e novamente prosseguiu: — Como a mãe de Leina não a queria em casa, Walter cuidou da menina, passando por cima de várias leis. Ele ocultou tudo, praticamente escondeu Leina dentro de sua casa e então, dias depois ele apareceu morto. Logo eu soube o que tinha acontecido e então, eu tive certeza que a mãe de Leina estava certa quando disse aquelas coisas terríveis.

— Por que não fizeram nada? — Arthur perguntou.

— Tentei fazer, mas com Helena morta eu nada conseguiria a não ser perder um processo no tribunal... eu não tinha provas, não tinha testemunhas, mas o advogado do avô de Leina tinha várias ao seu favor, ele afirmava que Walter havia sequestrado a pequena Leina, que tinha a mantido em cativeiro e até a estuprado. Tomaram o assassinato de Walter como se fosse em legítima defesa... e Walter ficou conhecido pela cidade como pedófilo, estuprador e sequestrador. É triste lembrar disso e perceber que não posso fazer nada para provar o verdadeiro caráter do meu amigo.

Não tinha como, quanto mais o delegado falava mais real lhe parecia aquilo, mas mesmo assim, não tinha como... Arthur não conseguia engolir como verdade. No entanto, ele precisava agir, pois os gritos daquelas crianças e a ausência da sua esposa ao celular ainda lhe reclamavam urgência... e foi pensando nisso que as palavras de Leina ao telefone, soando esquisitas a ele, vieram à tona. Ela dizia: "Você não pode soltar elas...", isso lhe era nítido e agora aparentavam possuir um significado mais forte e macabro, mas bem que poderia soar como uma brincadeira, pois nem em um milhão de anos teria notado aquela possibilidade em Leina. E agora, temendo um cenário que se tornava mais e mais concreto, ele falou:

– Delegado, se isso for verdade... Alice precisa da nossa ajuda, ela precisa... Agora. – Arthur falou, enquanto trêmulo caminhava em direção ao velho.

– E vamos ajudar ela, rapaz... Evitarei todo mal que aquela menina possa fazer a qualquer outra pessoa.

Com isso, o Delegado passou a andar de um lado ao outro da sala, ordenando que os homens se preparassem e quando terminou, Arthur achou brecha para ficar ainda mais perturbado. "Meu Deus", lamentou-se lembrando de que poderia neste momento estar ao lado da sua esposa. "Poderia ter vindo com ela, não deveria ter deixado ela vir sozinha. O que eu fiz?" Ele quis saber, desabando mais e mais por dentro. Os homens se moviam sob ordens do Delegado e foi então que um som ressoou no local: era o telefone. Todos os olhares foram jogados sobre o aparelho e em seguida um oficial o tirou do gancho.

– Delegacia de Deliaes. Bom dia?! – Arthur ouviu a voz do policial permeando no ar para chegar até ele. O oficial aguardou um instante e depois olhou diretamente para Arthur e em seguida para o Delegado. Arthur pôde ver que sua expressão mudara de repente, enquanto voltava a falar: – Já estão a caminho senhorita... uma viatura está a caminho, não se preocupe.

– É ela?! Alice? – Perguntou, mas o homem não lhe respondeu.

– Augusto, o endereço é mesmo que o homem quis passar, no sítio Lagoa Rasa – o oficial tornou a falar olhando para o Delegado, que logo assentiu.

– Temos que ir – o Delegado falou apressando-se. – E você fique aqui! – completou apontando para Arthur.

– O quê? – Arthur elevou sua voz, indignado enquanto quatro policiais saíam pelas portas. "Eu não vou ficar aqui", disse em sua mente.

Ele saiu depressa da delegacia, a tempo de ver as viaturas acelerando na pista, deixando-o para trás. Olhou para o lado e viu um rapaz muito jovem estacionando um Citroen C4 embaixo de uma árvore enquanto conversava com uma garota. "É a única maneira", pensou se aproximando do casal.

Capítulo 42

28.06.2018

As mãos de Leina envolviam seu pescoço num aperto bruto, tornando impossível a respiração. Alice tentou se desvencilhar dela, mas a força de sua irmã era além do normal. Ouviu os gritos abafados das garotas amarradas e então outra vez tentou deslizar dali, mas não conseguiu. Tudo que ainda podia fazer era apertar os pulsos de Leina e olhá-la nos olhos, naqueles olhos fundos que emanavam frieza e medo. Era aterrorizante vê-la ali, por cima de seu corpo, agarrada ao seu pescoço como se buscasse o último fio de sobrevivência nisso. Num momento rápido, logo quando Leina lhe derrubou no chão, Alice pensou em também usar a violência, mas ela não queria isso, não enquanto pudesse existir outra opção. Por longos segundos de aflição ela procurou e tentou com afinco outra alternativa, mas nada mais poderia ajudá-la ali. Não havia outra solução e ela sabia que se não fizesse nada, sua irmã iria matá-la.

Entre dor e arquejo Alice fechou os olhos e então fragmentos de sua infância surgiram em sua mente. Leina estava sorrindo, sorrindo para ela e para a mãe enquanto brincavam no quintal... Era tudo tão alegre antes do seu pai ter desaparecido. Elas saltitavam e gargalhavam com o sol banhando-lhes o rosto, caíam e se postavam de pé num impulso, rezando para a mãe não ter visto. Toda aquela lembrança feliz se tornou em algo obscuro e ficou no passado para que mais uma vez o rosto tenebroso de sua irmã surgisse à sua frente.

— Leina, por favor — tentou dizer, mas o que saíram foram murmúrios abafados.

Sua irmã pestanejou e uma lágrima desceu, mas o aperto dos seus dedos seguia firme, e foi que tudo finalmente começou a escurecer. Alice sentiu o oxigênio rarear em seu corpo, sentiu suas pernas se debaterem sob o peso de Leina e sentiu que era o fim, caso não fizesse nada... mas ela podia fazer algo e foi então que ela fez: agarrou Leina pelo tecido de sua roupa e lhe acertou um murro no queixo, enxergando nada mais que um amontoado escuro e disforme na sua frente. Leina caiu para o lado, mas não desistiu, lançou as mãos em sua direção e agarrou-lhe pelos braços. As duas rolaram pelo piso enquanto Leina continuava tentando contornar sua garganta com os dedos de uma mão, porém dessa vez não conseguiu.

— Leina, você precisa se acalmar. LEINA — Alice gritou se erguendo mais uma vez, se afastando do toque da irmã, recuando alguns metros e levantando os braços em posição de defesa.

Leina logo estava de pé, escutando o que ela dizia, mas não pretendendo obedecê-la, pois logo andou em sua direção de novo. Alice tentou deixar o quarto, mas Leina agarrou-se ao seu cabelo e a puxou de volta. No mesmo segundo ela se virou e buscou conter a irmã, mas Leina logo a derrubou usando as pernas. As duas caíram outra vez, porém agora era Alice quem estava sobre a irmã, detendo seus braços contra o chão.

— LEINA! — gritou, mas não houve resposta.

Leina se remexeu embaixo dela e tentou sair dali, mas estava imobilizada. Nem toda a força que ela demonstrara ter iria tirá-la dali, foi então que violentamente ela se debateu, lançando sua cabeça de encontro com o piso duas vezes. Alice franziu o cenho com horror no seu olhar e tentou interromper aquilo, fixando seu joelho no maxilar da irmã. Leina a olhou emanando sua irracional e terrível frieza, enquanto comprimia os lábios. Alice não se deixou intimidar, continuou firme, apesar de seguir aterrorizada por dentro.

Era difícil para ela aguentar sua irmã por muito tempo, pois as forças de Leina seguiam constantes e poderosas, enquanto as suas diminuíam com o passar dos segundos. A mulher se debatia e tentava fugir, e ficando sem opções começou a se espernear e empurrar a cabeça para trás. Nesse instante Alice vacilou em sua força, e sob seu peso Leina conseguiu o mínimo de liberdade suficiente para abrir a boca e fincar os dentes em sua pele. Mordendo e arranhando, agarrando e furando profundamente, puxando o mais forte possível. Alice berrou em angústia e quando Leina arrancou uma parte da sua panturrilha ela rolou para longe da irmã, sentindo o sangue quente lhe inundar, sentindo a perna tremer e se encolher. A dor permeou mais poderosa a cada segundo, chegando numa torrente sufocante que lhe tomava o ar. Do outro lado do quarto Leina limpava a boca com as costas da mão, e a carne de Alice brilhava em sangue vivo no piso.

Alice rastejou para longe dali, enquanto mancava, com uma das mãos no ferimento.

— Você não vai tirar elas de mim! — a voz de sua irmã soou, e os gritinhos abafados das crianças se sobrepuseram mais nítidos no ar.

Alice não se voltou para trás, ouvia a voz da irmã vagando longe e o buraco na perna gritando aos seus ouvidos, fazendo sua visão escurecer e sua cabeça tontear. Leina veio em sua direção mais uma vez. Alice cambaleou até a porta do quarto, avistou numa mesinha uma jarra de vidro com água e agarrou-se a ela, sentindo que Leina estava logo atrás de si.

— Não se aproxime, Leina! — ela disse virando-se para a irmã, ignorando a dor em sua perna e se mantendo completamente de pé.

Como todas as vezes, Leina não lhe ouviu. E com o olhar ameaçador se aproximou o suficiente para conseguir arranhar Alice com as unhas, fazendo-a agir de súbito, fazendo-a impulsionar a jarra de vidro em direção às suas têmporas. Com o impacto o vidro se estilhaçou e linhas de sangue escorreram pelo rosto de Leina até pingarem no chão. Nada comparado com o ferimento na panturrilha de Alice, mas que fez a mulher recuar cambaleando atordoada.

Essa foi a única brecha que viu para enfim correr dali, ainda com receio de estar abandonando as meninas, mesmo sabendo que agora elas estariam mais seguras, pois Leina viria ao seu encalço, e mesmo sabendo que seria por apenas por alguns minutos, até a polícia chegar.

Com dificuldade, Alice caminhou trôpega pelo corredor enquanto se segurava nas paredes, permitindo que elas ficassem manchadas com seu sangue. Sentia o mundo ficar um pouco mais distante, com todos os seus barulhos e formas físicas vagando para longe; sentia os olhos baixarem, quase como em sonolência, fazendo a visão oscilar entre escuridão e luz, sentia-se tonta e sentia a dor lancinante lhe fazer arquejar. Às suas costas ela ouviu um berro e logo soube que era da sua irmã. A cada pisada que dava no chão, sua perna direita tremia e doía profundamente, mas ela não pararia até que a polícia chegasse para salvar as crianças e controlar Leina.

Naquele momento pensou em Arthur, imaginou como tudo poderia ter sido diferente e outra vez a voz do seu avô reinou em sua cabeça, fazendo-a lamentar ainda mais. Porém, era tarde demais para lamentar, agora ela tinha de terminar o que começara ou mais gente morreria, como em 1998.

Ao atingir o corrimão seus olhos, num acesso de terror, se voltaram para a porta do quarto, fixando-se na mulher que ali surgia entre gritos estridentes, com o cabelo desgrenhado e a mão fazendo pressão contra o ferimento na cabeça. Naquele instante Alice não ousou esperar, o medo se propagava por sua pele tão forte quanto a dor na perna, e então ela voltou a cambalear com desespero em direção às escadas. No entanto, não era o medo por sua vida que a fazia se mover. Em sua mente nada corria além da necessidade de proteger a vida das crianças e a da sua irmã, e a única forma de fazer isso, que permeava em sua cabeça, era conduzir Leina em sua perseguição; pois não possuía forças físicas e emocionais para contê-la. E mesmo que a dor triplicasse ela continuaria a se mover, continuaria a atrair sua irmã, continuaria mesmo que a perna lhe fizesse oscilar entre consciência e insconsciência.

Pondo o pé no primeiro degrau ela vacilou, e ouvindo todos os sons ecoarem distantes e sentindo as formas se moverem lentas à sua frente ela direcionou o braço, dolorido pelos tiques, para a parede. Ali se apoiou por no máximo um segundo, pois logo voltou para o corrimão e alcançou o terceiro degrau, depois o quarto. Sentindo seu corpo tremer sob a força da realidade e ouvindo as passadas de Leina murmurarem mais próximas, Alice pulou num passo maior ao sexto degrau, ousando experimentar uma longa trepidação lacerante dentro dos ossos, que subiu e subiu até atingir todo o corpo a fazendo estagnar de repente. Os passos atrás de si resoaram mais fortes, e com a visão turva batalhando para voltar ao normal sob o poder da dor, Alice tentou virar-se para trás e ver... ver mais uma vez com seus próprios olhos, antes que tudo se apagasse, a figura que ali vinha, com pisadas firmes estremecendo os degraus que lhe jogavam mais à frente a cada milésimo, num lento fragmento de cena.

Naquele segundo a força lhe abandonou e ela perdeu o equilíbrio, o piso lhe fugiu e ela se viu despecando o restante dos degraus abaixo em direção à base da escada, enquanto sua irmã sumia de sua visão. Tudo aconteceu num segundo rápido, ela fechou os olhos no ar e abriu quando o impacto fez estremecer sua coluna. Sentiu os vidros da janela quebrada sob seu corpo, mas não se importou. Arfando cada vez mais desesperada, enquanto o ar lhe deixava de novo, ela se virou de bruços num ímpeto, não se atrevendo a lançar os olhos em direção ao meio da escada onde sua irmã já se projetava. Fixou as mãos no chão e em desespero lançou-se para cima, afim de ficar de pé e correr para fora, no entanto, uma força que lhe arrassou a base dos braços lhe arremessou de volta ao piso e a virou de frente.

Ali estava Leina de novo, e o que quer que ela pensasse em fazer, agora conseguiria, com toda certeza. Pois os braços de Alice nada mais podiam fazer do que se erguer lentos e frágeis em sua defesa, tentanto segurar a mão de Leina que já se insinuava em direção ao seu pescoço em um toque frio e forte, enquanto sua visão tremia sem intervalos, lutando para se consertar o mais depressa possível.

— Irmã... por favor — implorou antes que sua traqueia começasse a ser comprimida pelos dedos de Leina.

Uma lágrima escorreu pelo seu olho enquanto seu corpo absorvia todas as dores físicas e se recusava a contornar a dor emocional que lhe explodia no interior. Chorou entre a falta de ar que chegava, vendo agora o rosto nítido da sua irmã se estremecer fixando-se nos seus olhos. Por um momento jurou que Leina ali estava de novo, a Leina, sua Leina, e jurou também sentir o aperto afrouxar, por um segundo ela jurou. E então mordeu um lábio em vão, tentando conter o aperto na garganta, não aquele causado pelos dedos da irmã e sim aquele aperto crescente nascido vinte anos antes, gerado da dor de todas as desgraças que cercou sua família.

Com tudo correndo lento e sua garganta cedendo ao poder da mão de Leina, Alice conseguiu enxergar enfim a outra mão da irmã, se erguendo no ar, trazendo consigo linhas de sangue que corriam rápido enquanto segurava firme uma lasca de vidro pontiaguda e longa. O vidro rebrilhou sob a luz que vinha de fora e o sangue despencou ao chão em lentas gotículas cintilantes. Alice tentou em vão erguer os braços em sua defesa, mas não conseguiu. Ouviu ao longe um grito ecoar dos lábios de Leina e a viu franzir o cenho, com uma centelha de ódio permeando por seus olhos numa fração de milésimos, Alice viu, e viu também mais uma lágrima solitária escorrer deles, enquanto os lábios tremiam. E então o golpe cortou o ar e tudo que Alice conseguiu fazer fora fechar os olhos no mesmo milésimo, esperando a dor, a última dor que lhe encheria por completo e lhe levaria em agonia para longe de tudo.

Depois de um rápido clique um som engasgado se propagou e um líquido morno atingiu a sua pele, escorrendo em fios para baixo. Nesse segundo seus olhos se abriram contra a sua vontade e ela viu... viu as mãos pularem em direção ao ferimento e viu a proprietária delas cair para trás em agonia, se contorcendo no chão enquanto o sangue lhe afogava. Ela não conseguiu se levantar de imediato e não conseguiria de maneira nenhuma se fosse por si, no entanto, era por Leina. Pois era sua irmã quem estava caída, expelindo lufadas de sangue para cima enquanto pressionava o buraco que o estilhaço de vidro causara.

– Meu Deus – Alice conseguiu murmurar engasgada com as lágrimas incessantes, sentindo o ar voltar a encher seus pulmões e a dor palpitar na perna. — Leina — sussurrou, trêmula, e então se arrastou para onde a irmã estava.

Não conseguiu evitar que o pensamento se voltasse ao avô, agora solitário num leito de hospital, vitíma de várias doenças às quais grande maioria Alice sequer tinha conhecimento. E vendo ali sua irmã caída, mesmo ainda sem entender tudo, notou a sensação de proteção, e deduziu que ela sabia da situação do seu avô e que fora para poupar Alice do sofrimento que escondera isso. Leina deixou para si toda a dor, como muitas vezes sua mãe também fizera.

Num segundo rápido a virou de lado e pressionou o ferimento no pescoço dela, lançando um olhar ao estilhaço de vidro no piso, banhado em vermelho vivo. Naquele mesmo segundo o sangue deslizou da boca de Leina ao chão em uma onda ligeira que logo se resumiu a uma linha sutil, mas constante. Leina a olhava com os olhos repletos de lágrimas. E Alice com a cabeça da irmã apoiada no seu colo sentiu um desespero, como nenhum outro, estremecer todos os seus ossos. Seus pensamentos paralisaram e tudo que pôde fazer foi chorar e prosseguir agarrada à sua irmã. "Ela vai morrer?", se perguntou, sentindo a mais cruel das dores lhe arrepiar os pelos dos braços e se sobrepor a todas as outras.

— Lice... onde... está a mamãe? — a voz de Leina fluiu escassa e chorosa.

As palavras faltaram à Alice naquele momento e as lágrimas caíram mais depressa. Ajoelhada, alisou uma bochecha da irmã, enquanto encostava sua testa na dela.

— Lice... é você? — Leina fechou os olhos com a dor e depois os abriu, se esforçando para reproduzir um murmúrio engasgado e sôfrego.

— Sim... Sim, Leina. Sou eu! — ela sorriu entre as lágrimas e os suspiros, apreciando o belo o rosto da irmã e o acariciando. — Não fale, irmã, por favor... — disse, e com aquelas palavras tentou acreditar que tudo ficaria bem, que a irmã seria bem cuidada e voltaria a ser a linda mulher cheia de vida que fora, mas sabia que aquilo tudo não passava de uma boa ilusão que ela desejava com veemência que se tornasse realidade.

Mil coisas se passaram diante dos seus olhos e então ela soube. "Somos amaldiçoados... Só pode ser isso! Deus?! Por quê? Por que deixou que tudo isso acontecesse?" Atulhada com a dor, voltou a encostar a testa na da sua irmã, e só por isso conseguiu ouvir o último murmúrio penoso que fluiu de Leina.

— Cor-ra — ela disse, os olhos caindo aos poucos.

Alice ignorou, soluçou com o desespero se adensando mais esmagador em seu peito e com a garganta se fechando em pavor.

— Não Leina. Não desista agora, ta?! Você vai ficar bem, vai ficar bem. Não desista. Não feche os olhos por favor Leina, não feche os olhos... Não Leina. Não! Por favor não! Por favor Leina! — Alice se sufocou nas palavras, ao mesmo tempo em que os olhos de Leina se selavam para o mundo.

Ela sacudiu a irmã e implorou para que se mantivesse firme, no entanto, bem sabia que ela já havia partido. Sabia que Leina estava morta em seus braços, pois sentiu a vida dela se esvaindo por entre seus dedos. Sentiu também uma lança cravada em seu peito se afundar mais e mais. Com a irmã nos braços ela gritou e em seguida o barulho da sua voz morreu, por um instante não conseguiu reproduzir mais barulho algum em sua agonia, e o pavor continuou a se espalhar. Não havia raiva em seu interior, mas um vazio se esticava dentro do seu peito lhe destruindo aos poucos.

Perdida entre seus sentimentos se ergueu e puxou o celular, suas mãos tremiam sem parar e o desespero lhe enforcava. Em segundos estava ligando para a emergência, e então sentiu um leve incômodo crescer, como um pesadelo há muito ausente.

— Não tenha medo — uma voz grave ressoou no ar.

A esperança se ampliou, mas ela não podia negar que o medo também.

— Me ajude — ela pediu virando o olhar para a porta, esperando que ali estivesse de pé um dos policiais, no entanto, não estava.

Sentindo uma urgência rugir no interior do seu cérebro, varreu a sala de uma ponta a outra com o olhar, e nada. Ninguém à vista a não ser ela e a irmã.

O pavor lhe tocou friamente. E com as mãos banhadas em sangue enxugou as lágrimas dos olhos, limpando a visão, depois com pressa abriu a porta. Só o vento sibilou pelo ar, vindo de fora... até que... sentiu um tremor se iniciar sob seus pés e sentiu o ar pesar. Ao longe uma sirene soou, cortando a atmosfera com uma débil força para chegar até Alice. Por um momento sua visão captou a luz do sol ali perto diminuir sutilmente, para de súbito tornar num clarão mais vivo que logo voltou ao normal. O tremor aumentou e aos poucos o céu ia se fechando, uma nuvem repentina estava chegando, recoberta em uma grossa casca cinza. Nesse segundo o barulho das sirenes aumentou mais um pouco, e então... morreu de brusco.

— Não tenha medo — a voz tornou a falar e num ímpeto seu pescoço se virou para trás, pois agora tinha certeza, era de lá que vinha... do corpo da sua irmã.

Capítulo 43

28.06.2018

O Delegado Augusto era quem conduzia o veículo, avançando depressa pela estrada de terra, fazendo a poeira subir e o ar calmo ser rasgado com violência pelas estridentes sirenes. Sob o mesmo teto os quatro oficiais se mantinham em silêncio total, dois deles desconexos ao avançar do veículo, com os celulares em mãos.

Augusto estava sério, atento no caminho com o cenho franzido, mas com parte de sua atenção revivendo o passado. E mesmo absorto em seus pensamentos, foi ele o primeiro a notar a tremulação sutil escorrer pelo chão, fazendo o carro sacolejar quase imperceptível.

— Sentiram isso? — ele perguntou, pensando se teria passado por sobre algum animal, porém, logo soube que não, pois o tremor continuou e aumentou a um grau em que foi impossível negar sua existência, mas que pouca diferença teve sobre eles.

Todos concordaram um instante depois e então, logo uma escuridão repentina lhes afundou para em seguida devolver o brilho ofuscante.

— O que é isso? — um deles perguntou, no banco de trás, largando o celular.

— Foi uma nuvem — o outro falou, voltando a se focar no celular, em conversa com a esposa.

Ninguém mais disse nada quando o céu voltou a escurecer, todos ficaram quietos até que sentiram o silêncio se ameaçar sobre eles. Aconteceu que segundos depois, enquanto já avistavam a casa de Leina alguns metros adiante, no lado direito da pista, o motor morreu e a quietude de repente voltou a esticar seus dedos sobre o lugar. O Delegado não se assustou, mas freou de súbito na beira da estrada e em conjunto todos olharam para cima ao saírem da viatura.

Todos os oficiais, com exceção de Augusto, se indagavam o que diabos tinha acontecido. Um deles abriu o capô do veículo para averiguar o motor, mas naquele instante Augusto deu a ordem, e de súbito eles seguiram pelo resto do caminho a pé. A tremulação sutil na terra permaneceu, trazendo assombro junto ao vento frio que anunciava chuva.

Estavam próximos e quanto mais se aproximavam, mais sentiam o ar ficar pesado. Chegaram à casa de Leina em dois minutos depois, e tudo que experimentaram metros antes dali, experimentaram agora em proporções bem definidas e maiores. Augusto tossiu e sua cabeça rodou por um segundo em desconforto, ao sugar fundo o oxigênio denso.

— Você dois — o Delegado disse, falando aos dois oficiais que estavam mais atrás —, fiquem aqui.

Avançou para o alpendre de sobrancelha frazida. No silêncio do local girou o trinco da porta com violência, sem bater adentrou. Um estrondo longínquo se configurou no céu que se tornava mais e mais escuro, mas ninguém deu importância. E então a porta se escancarou, e só dois deles puderam ver de início a cena desenhada ali naquela sala, pois os outros guardavam o local na subida do alpendre, conversando baixinho com a atenção voltada para a estrada. Augusto abriu a boca em espanto, avançou um passo curioso e confuso, e depois logo estava com os dedos envoltos no cabo do revólver.

Sobre o piso da sala, bem ao pé da escada, havia uma mulher morta. Ela estava banhada em sangue rubro cintilante, com os olhos fechados ao mundo. E à sua direita uma névoa preta como breu e densa como o ar ao qual respiravam, tremeluzia num longo tonel, reproduzindo no ar o barulho e o tremor de uma leve ventania, num ritmo lento e bem mais contido. Ela esfarelava-se nas bordas por alguma força oculta, e logo se recriava misteriosamente. O Delegado temeu, mas diferente do outro oficial, ele se colocou dentro do local, sentindo uma confusão esquisita lhe moldar a feição. Ninguém falou, nem mesmo o policial apavorado na porta gritou. Quem primeiro deu o impulso de som foi aquela coisa que num girar de si, se moldou numa forma alta e esguia, abrindo a boca num guincho poderoso em suas direções.

Capítulo 44

28.06.2018

A voz se desvaneceu, mas o medo ainda se impunha sobre Alice de forma aterradora, fazendo suas pernas tremerem e seu pescoço sacudir-se em uma violenta vibração. Sua boca não ousou fazer barulho naquele recinto, sentiu que se o fizesse, o terror cresceria. Entretanto, mesmo alimentando o silêncio absoluto um sonido veio, era muito fraco e ainda assim se reproduzia estrondoso no ambiente quieto, fazendo a tremulação sob seus pés crescer um pouco.

Alice não recuou, engoliu em seco e respirou fundo várias vezes, e no instante seguinte ela já não sabia se tudo aquilo era real. Pois uma fina poeira escura como breu, ao qual nem a luz ousava chegar tão perto, se escorreu do ferimento da sua irmã, gerando no cadáver um leve tremor enquanto fluía para o exterior. Seus pensamentos cessaram, nem mesmo uma palavra passou por eles, sua mente estava quieta de ideias, calma como a água, mas seu sangue fervilhava e seu peito pulava, vítima das pancadas poderosas e rápidas que seu coração proporcionava. E então uma coisa lhe veio: a lembrança, nítida e repentina, retrazendo o terror único nascido naquela madrugada em que Leina encontrou o porão.

De repente ela era somente uma garotinha assustada e curiosa de novo, espiando pela fechadura. Ouvindo seu avô dizer:

— O que aconteceu de madrugada, Leina?

Leina se demorou, como em todas as respostas, e depois começou a falar num tom baixinho, que quase foi impossível para Alice ouvir.

— Ele me chamou... o Homem da Cartola.

— Cadê ele? — Eripe tinha perguntado e naquele momento Alice havia recordado a madrugada anterior, havia se lembrado de Leina desmaiada no chão da cozinha, enquanto ela mesma berrava para que seu avô viesse ajudar sua irmã. — Onde eu posso encontrar ele, Leina? — Eripe insistia, vendo a menina cabisbaixa silenciar em resposta. — Leina? — continuou, quase que como testanto a veracidade de um pensamento seu.

— Ele não existe aqui! — de repente ela disse, agressiva, levantando o semblante choroso para enfim olhar nos olhos do avô. — Não existe aqui!

Alice não soube por que naquele exato momento a lembrança lhe voltou, sabia bem que no último dia pensara e sonhara com ela mais do que devia, mesmo assim, ela não via motivos óbvios para ela lhe surgir naquele momento. Mas existia um porquê, e ele se baseava na identicidade dos sentimentos gerados pelos dois momentos, o agora e o antes... era terror, terror puro e sobrenatural.

Foi naquela madrugada que seu medo nasceu e que por anos a fio foi alimentado pelo que Leina lhe descreveu. Os monstros pálidos e o porão foram as duas coisas que permaneceram na mente de Alice, fazendo-a temer e não conseguir dormir à noite. Com veemência seu avô lhe repetia que aquilo era bobagem, que não era real, e pediu, implorou a Leina que ela não voltasse a contar isso para Alice. Leina obedeceu, nunca mais falou com Alice sobre os monstros. No entanto, era tarde demais, pois sempre que Leina aparentava estar mais deprimida que o normal e mais calada também, era sinal de que chegava uma crise e com isso logo a memória voltava à Alice, retrazendo o medo e os monstros. Foram poucas as crises que Leina teve depois de 1998 e Alice só se lembrava de todas porque foram elas o alimento dos seus medos.

Ao longo do tempo ela deixou de acreditar nos monstros, e quando completou seus vinte e três já nem se lembrava deles. Até que houve aquela crise de Leina em 2016 e eles voltaram, mas voltaram com tão pouca ênfase que lhe fizera rir em vez de temer. Mas agora era diferente, agora ela não ria, agora, no entanto, via com a mesma verdade com qual a criança vira. Via aquilo se desenrolar em sua frente, e via o terror emanar dele, pois uma longa forma se projetava a partir da espessa poeira preta. Uma forma com dois braços e duas pernas. Uma forma com fundas cavidades que aparentavam ser seus olhos. Uma forma alta com um nariz fundo... Uma forma humana que saíra da sua irmã.

— Olá, Alice! — A coisa disse, com uma voz áspera e grave, andando um passo na direção de Alice e a fazendo recuar três.

Num primeiro momento, enquanto aquele ser se colocava imponente perante ela e sua irmã, tudo que desejou foi poder já estar longe dali com as duas garotas, que ainda estavam amarradas no andar de cima. Ligeiramente levou seu olhar para a escada e a criatura moveu a cabeça alguns graus para a esquerda, quase como estudando seus movimentos. Tudo aconteceu num instante súbito, Alice recuou com as pernas trêmulas sentindo-se tonta, fixando aquela criatura com os olhos bem abertos. Tinha a respiração pesada, e só conseguia sugar o oxigênio em rápidas rajadas de ar. Seu coração batia forte e pareceu que ia sair pela boca quando a coisa voltou a mover-se em sua direção.

— Já vaguei por muito tempo sobre a terra, vi todas as faces do ser humano e poucas vezes encontrei uma que fosse como a tua — uma voz estrondosa e um pouco distante veio pelo ar, e parecia ribombar de leve em sua cabeça. — Você é um perigo a mim, Alice... — disse, e se aproximando em dúvida continuou. — Mas... se eu puder te moldar... logo seremos um só — e erguendo uma mão lenta em sua direção ele se desfez numa torrente escura que vagou e contornou a mulher apavorada, a derrubando de imediato no chão.

Alice gritou apavorada e fechou os olhos, tremendo até o último músculo. Lançou uma mão ao teto em direção às crianças e seu último desejo, antes que a névoa escura e pesada lhe lançasse num abismo escasso de luz, foi de que a polícia chegasse logo e levasse as meninas dali.

Sua cabeça pareceu se contorcer em confusão, estava caindo, caindo por milhares de metros num vazio intenso. E enquanto isso acontecia sua mente duelava contra um colapso insistente. Sentia uma presença querer se apossar do seu corpo, da sua consciência, e sentia uma força em si se insinuar poderosa no ar.

— Ah... sim, agora vejo melhor... — A presença sussurrou, e parecia estar dentro de sua cabeça. — Você se sente fraca e insegura, Alice. Eu vejo na sua alma. E ajudar essas pessoas pode ser importante para você, mas se isso não fosse favorável para seu próprio crescimento mental, você ainda estaria aqui?

Alice nada compreendeu e sentiu que estava resistindo a alguma ação. A presença era forte, mas naquele instante começou a ser repelida e com isso fez ecoar no vazio um grito estridente e infeliz. Parecia agora se puxar para fora em dor eterna, ansiando sumir dali o mais depressa possível. E então, gerando em Alice um forte espasmo enquanto lhe deixava o corpo, a poeira preta conseguiu fugir em disparada pelo vazio.

Nem um segundo se passou depois disso, e de repente já olhava de novo a criatura à sua frente, quieta e de pé, observando-a de longe. Alice sentiu-se incompleta naquele lugar, distante da realidade, quase como em um sonho onde sua visão tremeluzia e sua mente se tornava opaca. Havia uma tênue iluminação ali, que não parecia vir de canto nenhum, pois tudo o mais era escuro como breu.

— O que é você? — Ela perguntou, sentindo o ar comprimir sua voz e depois expandi-la, lançando-a até a criatura.

A criatura pareceu indiferente à sua pergunta, porém, de onde estava disse:

— Há muito tempo os primeiros que a nós conheceram, nos chamaram de demônios e alguns outros de deuses! Mas não somos nem um e nem outro. Somos seres vivos apenas, não mais antigos que os humanos, pois só podemos surgir a partir de vocês. — Disse e com isso Alice sentiu o cansaço aumentar, a dor na perna lhe fazer estremecer e viu a coisa avançar um passo. — São vocês nossos criadores e nosso alimento.

— Minha irmã... — ela conseguiu dizer sentindo as pernas cansadas desejarem de imediato um assento, enquanto respirava lufadas de ar entrecortadas por súbitos suspiros trêmulos.

— Por muitos anos a segui e também ao seu pai, Jonas. Seu pai vivia fascinado pela cartola que eu sempre levei, sua irmã, no entanto, vivia fascinada por encontrar o pobre Jonas.

A respiração de Alice aumentou, ela se viu engasgada pelos múltiplos sentimentos e suas palavras já não tinham mais poder para se formar. A lembrança de Leina falando ao seu avô sobre o Homem da Cartola voltou, e pareceu agora ter mais sentido. O que tinha tudo aquilo a ver com aquela criatura? Onde Alice estava? O que estava acontecendo? E como diabos aquela criatura conhecia seu pai? "Ele o seguiu? O que signi...", pensou, mas nem para isso sua força lhe bastava e os pensamentos ficaram pela metade. Ela caiu em um joelho e a escuridão quase que a engoliu, se tivesse deitado, talvez ela lhe sugasse de vez.

— Poupe o esforço, criança. Você já sabe quem eu sou. Mas não me culpe, sempre serei quem preciso ser. Para o seu pai fui um amigo fiel, até que o pegaram, e para sua irmã fui um guia. Ela encontrou o porão, Alice, e depois disso conseguiu dar mais valor ao que tinha, não foi? Nunca tive culpa pela morte do seu pai, mas o matei mesmo assim, e tive que mostrar à sua irmã a verdade.

"A verdade", as palavras se repetiram num eco em sua mente. "A verdade... A verdade... A verdade!" O pesadelo se tornava mais e mais disforme, sua mente perdia o brilho excepcional que tinha e a criatura dava mais dois ou três passos seguidos quando Alice conseguiu enxergá-lo outra vez. As palavras da coisa tinham lhe chegado aos ouvidos, mas seu cérebro as processou tão lento que as lágrimas só desceram muito depois. "Matou...", pensou e sentia um aperto lhe dominar a garganta, a impotência que se agitava sob sua pele era dominante e lhe derrubava aos poucos. "Meu pai...", e como se lesse o resto de suas ideias, a coisa disse, numa voz mais grave e mais próxima:

— Seus iguais o levaram, mas queriam a mim. Precisei matá-lo para sobreviver.

Ela tentou falar algo em resposta, vários segundos depois, mas o cansaço progredia sobre seus músculos, e a dor do ferimento era nítida como nenhuma outra coisa o era.

A consciência lhe era vaga e disforme, ainda assim conseguiu pensar que não podia ser real o que acontecia ali. Entretanto, num ritmo lento e cansado deduziu que se aquilo fosse só um pesadelo, então toda a sua história também teria sido um; pois era claro como água que aquilo fazia parte da história de Leina. Todas as suas crises, seus monstros, seus objetivos, e seu porão, tinham de estar ligados àquilo. Era isso ou a loucura lhe chegava como chegou à irmã, quase vinte anos antes. Era a morte de Leina que estaria lhe causando aquela ilusão? "Estou... louca?", se perguntou. Porém, se não estivesse, então sabia que agora todos os delírios da irmã tinham fundamentos, por mais que não tivesse sentido completo.

— Não ainda, Alice. Você está sã, mas está frágil. Ceda e vai se sentir melhor.

"Ced... der?", pensou e viu que a criatura já estava sobre si, com seu corpo se desfazendo em fragmentos de poeira grossa que voava, e se refazendo outra vez instantaneamente.

— Descanse, criança... — a coisa murmurou, enchendo a mão ao envolver a cabeça de Alice. — Logo seremos um. — E assim começou a se desmanchar em uma fina poeira negra, escorrendo aos poucos até a boca de Alice.

Ajoelhada e com as palmas das mãos no chão sentiu a massa lhe escorrer pela língua lhe gerando ligeiros tremores e então ela viu, o interior completo e imutável, vivo e complexo, daquela coisa. Sua consciência decaiu e a realidade pareceu cada vez mais distante.

Sentindo o escuro lhe sugar aos poucos, como areia movediça, olhou para cima e naquele gesto viu a sala da casa de Leina. Era lá que estivera há... "quanto tempo?", se perguntou, com suas últimas forças sendo usadas. "Mi... nutos? Horas? Ou dias?", quis saber e no entanto, não soube. Mas fora lá o último lugar real em que estivera. "Sim", disse e sentiu que sua mente funcionava melhor agora, com uma leve luz aumentando aos poucos nela. "Sim, era lá que eu estava", deduziu. "Leina está morta e...", tentou dizer, e as lágrimas vieram fortes, mas não sabia ainda se a última cena que lá acontecera, era real. No entanto, agora lembrava-se das crianças. "As crianças", pensou e logo viu seus alunos lhe surgir na mente. "Não posso abandonar as crianças", disse para si, respirando fundo. E receando por suas vidas mais do que pela sua, ela retirou as mãos do chão e olhou para a criatura, que se afastou de imediato e grunhiu alto em dor fazendo todo o cenário evaporar

Como que emergindo do fundo de um lago, Alice acordou deitada no piso da sala e sentiu o oxigênio encher seus pulmões depressa. Depois de três tragadas fundas de ar ela conseguiu se sentar e ver que tudo era real, mais real do que poderia sonhar. A criatura preta girava em si, retomando sua forma humana enquanto grunhia para dois policiais ali na porta.

Ela se moveu sem tocar o chão, ameaçadora e veloz. Mas então, antes que chegasse perto o suficiente, o Delegado – com seu distintivo pulando no peito –, disparou três vezes seguidas enquanto recuava para a porta e ultrapassava o outro policial, o puxando pela camisa – pois este estava imóvel, incapaz de se mover, aterrorizado. Tudo que Alice pôde ver foi que as balas furaram apenas o ar e o véu negro que era o corpo da criatura se mantinha intacto. Alice não se assustou quando percebeu que as balas passaram pelo peito da coisa e se alojaram na parede. Afinal, Leina tinha alertado. "Ele não existe aqui", ela dissera e agora Alice sentia a razão de suas palavras. "Não", pensou. "Ainda não existe", e engolindo em seco ela grunhiu tentando se levantar, mas a dor não deixou.

– Meu Deus – reclamou, sentindo sua perna latejar.

No instante seguinte a arma do Delegado anunciou, com um estalo, o fim das balas e então foi o momento de a criatura emergir em grande ameaça. Ela se alongou e de súbito avançou sobre eles. Em últimos esforços o Delegado tentou puxar o amigo para longe dali, mas não conseguiu. E assim a densa poeira envolveu o policial estagnado em uma névoa obscura, retomando o barulho trêmulo do vento. Em segundos ela o abandonou e ele caiu no chão, levando as mãos à garganta, sufocado. De olhos fixos no horror o Delegado recuou vários passos colocando mais um pente de balas na arma.

No mesmo segundo Alice rastejou com a perna dolorida até o oficial, que se contorcia em falta de ar, tomando no semblante um tom roxo enquanto tentava falar algo. Grasnidos fluíram no último momento, e então seus pés se debateram no piso e caíram ao lado, inertes. Foi então que ela o alcançou, e entre suas próprias lágrimas por toda a desgraça, tentou reanimar o sujeito. Fez compressão em seu peito e respiração boca a boca, mas nada adiantou, no fim ela baixou o semblante e chorou.

Contudo, não conseguiu sentir raiva. Alice agora entendia o que a criatura era, pois vira em seu interior, e assim, com sua consciência em perfeito estado, não havia como sentir raiva e nem desejo de vingança. Da mesma forma que entendia os motivos de um leão faminto atacar um ser humano e com isso não puder se gerar um desejo de vingança pessoal, agora entendia também os movimentos daquela criatura e sabia que não passava disso, uma criatura faminta em busca de sobrevivência, a qual tinha como único alimento o ser humano. Entendia a magnitude daquela peculiar e, antes, inimaginável raça e entendia que tudo se baseava sobre a grandeza que cada um tinha sobre as outras espécies... se tratava de sobrevicência. "Tudo é sobre vencer ou perder", ela disse para si, e sabia que também aquela coisa pensava igual.

O que ela desejava era o ambiente perfeito para sua infinita conservação, alojado na mente de um ser humano vivo, lhe moldando a cada centímetro para ali conseguir viver. Com uma dor intensa no fundo da sua alma Alice entendia que fora exatamente aquilo que a criatura fizera à Leina, entendia agora que sua irmã nunca fora culpada, fora vítima. "Ele tentou se apossar do meu corpo também", lembrou, retrazendo todos os detalhes daquele pesadelo distante e longo, vivido segundos atrás.

Abandonando o olhar sobre o policial morto, ela se levantou com a dor fazendo seu corpo estremecer. Olhou para além do alpendre onde a criatura obscura flutuava agora em direção ao Delegado. Viu mais dois oficiais encararem a cena com o cenho franzido e se afastarem em vários passos, com a confusão em suas mentes os fazendo tremer de medo em fuga, ao invés de ajudarem seu parceiro.

– Santo Deus – um deles conseguiu murmurar, recuando de costas.

Em pensamentos súbitos Alice procurou uma solução. Pensando em muitas coisas ela voltou a refletir que a criatura não desejava propagar maldade, por mais que fosse capaz de gerá-la ao buscar a sobrevivência, ela não desejava a isso. Alice tinha certeza. Ainda assim, mesmo que sua luta fosse válida e bem menos caótica do que a do ser humano, o que Alice devia fazer? Deixar que mais famílias fossem destruídas e pessoas fossem mortas? Ou ser juíza de um ser superior, se elevando em força para conseguir derrubá-lo e subjugá-lo?

Naquele segundo uma bala cortou o ar com um estrondo e atravessou a criatura sem feri-la. Outra, outra e depois outra vieram e nada. "Ele não existe aqui", inúmeras vezes em sua mente Leina dissera, e ali o sentido completo lhe voltava a todo instante. Ele não existia no mundo físico, foi o que Leina quis dizer, e de fato estava certa pois apesar de a criatura estar ali agora, sempre estava suspensa da matéria, intocável. Contudo, a partir das mesmas palavras da irmã, Alice deduziu que de alguma forma ele conseguia alternar seus momentos de existência e não existência. Pois instantes antes a criatura entrou em contato com ela e também com o policial, que agora jazia morto, e nessas duas ocasiões Alice tinha certeza de que ele estivera tão tangível quanto qualquer criatura que vagasse pela linha da existência física.

Agora, como antes, ele seguia sendo alvejado por balas, avançando suspenso do mundo material para o ataque final. Alice sabia que ele esperava o fim das balas do Delegado e justo no mesmo instante em que isso ocorreu, ele começou a se lançar no último ataque. Alice não podia ficar parada, ela podia evitar tudo aquilo e o faria. Com dor ela mancou para os degraus do alpendre e agiu, agiu porque se não o fizesse mais pessoas morreriam, mais famílias seriam destruídas e mais sofrimento viria. Apoiada nos dois pés ela gritou em direção à criatura, sentindo a dor na panturrilha ferver:

– Pare! – A coisa se virou em sua direção, imponente no ar, e por um instante se interrompeu ali, a mirando na alma. Alice respirou fundo e mesmo aterrorizada, ela continuou, pois era o que devia fazer. – Você não quer ele, eu sei... não quer matar ele. Eu estou aqui. – Suas palavras cortaram o ar, o medo aterrador lhe fez tremer, mas estava decidida.

Augusto colocou mais um pente na arma, porém, antes de conseguir voltar a erguê-la, a criatura grunhiu alto em dor e ali de uma só vez ela se desfez do seu corpo humano e vagou numa torrente barulhenta ao seu redor. Contudo, não durou um segundo sobre ele e logo caiu de joelhos na forma humana, grunhindo em dor e levantando o olhar à Alice em ameaça. A mulher não entendeu o que acontecia, a surpresa lhe tomou as palavras. "Por quê?", se perguntou, pois tivera certeza de que a criatura não desejava ferir por ferir.

Já o Delegado recuava trôpego em silêncio, com o corpo ansiando pelo chão. Parecia ferido, de forma estranha, perdendo a consciência mas não morrendo. "Ela não conseguiu matar ele", Alice se pegou pensando, caminhando um passo com o cenho franzido em direção à cena, sem ainda entender o que se seguira. "É agora", falou para si e no mesmo instante ouviu o barulho de um motor cortar o ar. "Ele está fraco, está com dor. Agora pode morrer", percebeu vendo bem a criatura atingir o mundo físico, em contato com o solo. Ali ela correu em direção ao revólver do Delegado, mas então o pior aconteceu, de forma assustada a criatura se ergueu imponente no ar de novo, como se o ferimento de antes tivesse minguado para além da existência com um piscar de olhos. E se Alice soubesse a verdade, veria que foi exatamente por isso que a dor da criatura morreu. Por um único pensamento súbito, que veio dela.

– Por pouco, Alice... Mas agora é tarde demais! – A criatura falou, e num súbito movimento lhe agarrou pelo pescoço e começou a se desfazer em poeira fina que tremulava como água corrente, e então começou a lhe adentrar.

Sangue desceu do seu nariz, e então sentiu sua cabeça ser jogada para cima e a poeira densa rastejar e preencher todo o interior de sua boca. O barulho do motor aumentou no ar. A consciência de Alice parecia minguar e então, num último arranque ela agarrou o pescoço da criatura e lhe sentiu, duro como osso. As palavras de Leina voltaram e ela de súbito as rebateu "Existe, Leina. Sim, agora existe!"

Capítulo 45

28.06.2018

Arthur avistou a casa de Leina bem à frente, quando passava ao lado da viatura parada no canto da estrada e se imaginava onde estavam os policiais. Não parou para ver, pois gritos envolviam o ar pesado, vindos da frente. Pisou fundo e o carro rasgou a pista. Numa fração de segundos, agora a poucos metros da casa de sua cunhada, Arthur conseguiu ver toda a cena que ali se seguia. Viu dois policiais recuados para próximo do alpendre da senhora Irene e viu um outro caído no chão, num lampejo de sua vestimenta percebeu que era o Delegado. Aquilo o fez franzir o cenho no mesmo instante e no entanto, só agora movia o olhar para mais próximo da casa de Leina, e ali teve o verdadeiro terror sob os ossos. Sentiu um arrepio súbito e a raiva lhe dominou. De princípio pensou que fosse uma pessoa ali, enforcando sua esposa. "Covardes", quis gritar para os policiais ali parados. Contudo no mesmo segundo percebeu que aquilo estava longe de ser um humano. Suas pernas gelaram em pavor. "O que está acontecendo?", foi o que desejou saber.

Mesmo enxergando com seus próprios olhos foi difícil acreditar na veracidade da cena. Mas logo um outro pensamento ganhou posição em sua mente, o que o fez agir de imediato: "Real ou não, Alice precisa de mim. Agora mais do que nunca". Acelerou mais depressa e passou ao lado dos policiais, buzinando sem interrupção para que Alice saísse da frente. Tudo aconteceu muito rápido; ao chegar à frente da casa da senhora

Aurora o motor do carro morreu e a buzina fluiu uma última vez, no segundo posterior Alice se desvencilhou das mãos da criatura e se jogou para o lado. Depois aquela coisa de pele escura e rosto sem olhos, virou-se diretamente para Arthur, que controlava o carro roubado e não pisava no freio, e grunhiu em desaprovação.

Ainda em grande velocidade Arthur tomou cuidado para não acertar o Delegado caído. Deixou que o veículo fosse só em direção ao monstro e fechou os olhos quando o atingiu. O impacto não foi tão grande contra aquela criatura, porém o carro continuou e se chocou com a base do alpendre de Leina. Sua cabeça rodou com a colisão, e após isso Arthur rolou para o chão e logo tentou se equilibrar em pé. Alice correu em sua direção e o abraçou enquanto chorava. "Como pude deixar ela vir sozinha?" Lamentou-se em sua mente.

— Eu sinto muito, Alice... Sinto muito — murmurou ao ouvido da esposa, envolvendo seu corpo em necessidade.

Arthur pensou que pudesse ter matado aquela coisa, mas logo seu reecontro teve fim, pois ela se remexia no chão murmurando palavras ruidosas, fazendo o casal recuar em terror. Aos poucos a criatura se reergueu, a poeira parecia agora se dissipar mais depressa e as cavidades se tornaram ainda mais obscuras.

— O que é isso? — perguntou, confuso e com raiva.

Alice engoliu em seco e a resposta não lhe saiu da garganta, pois logo a espessa poeira em forma humana voltou a vagar em suas direções. Veloz como o vento ela pairou à frente deles e com um dos braços acertou Alice, a jogando contra o chão. Em seguida tentou envolver o rosto de Arthur com uma das mãos, mas o homem logo caiu para trás, rastejando em recuo e em horror, gritando. A criatura flutuou até ele e dessa vez os policiais se moveram, talvez em um último gesto afim de recuperar suas dignidades dispararam uma rajada de balas contra o monstro, se aproximando com os tiros.

Arthur viu as balas atravessando o peito daquela coisa e naquele segundo fechou os olhos e se abaixou o máximo possível, rezando para que aquilo acabasse. No entanto, quando voltou da escuridão da sua mente, viu que nem uma bala sequer havia ferido aquele ser e os policiais já estavam sem munição. “Eu vou morrer?” Se perguntou rastejando e viu os oficiais recuarem em dúvidas, como se lutando consigo mesmos. Arthur sequer entendia o que estava acontecendo, tudo que desejou de início fora tirar Alice dali, e agora se via entre a vida e a morte. Um relâmpago iluminou o céu obscuro e o barulho distante de um trovão rasgou o ar, chegando aos poucos.

O monstro se aproximou o suficiente de Arthur e o ergueu no ar, para pôr dois dedos em suas narinas. Por um instante houve uma curta briga, Arthur tentou se livrar, mas o monstro conseguiu imobilizá-lo e seguidamente os dedos dele foram se desmanchando em fios de poeira para que pudesse se contorcer rumo ao interior de Arthur. Foi nesse momento que Alice pairou à frente do marido e atrás do monstro. Foi tudo muito rápido, ela encaixou o cano da arma no crânio daquele ser de poeira negra e densa, e depois disse, com lágrimas nos olhos e sangue por toda parte:

– Chega!

Arthur gritou pedindo que ela parasse, pois ele sabia o que aconteceria: Alice puxaria o gatilho e a bala iria atravessar o monstro, sem feri-lo, e assim lhe acertaria em cheio no peito. Fechou os olhos evitando ver sua própria morte pelas mãos da sua amada e tudo que enxergou antes foi o monstro se virando para Alice, num gesto violento. Depois disso Alice apertou o gatilho, e ele soube pelo barulho.

Um som alto e gutural se intensificou em mil vezes naquele local, engolindo o sonido abafado do tiro. Arthur abriu os olhos a tempo de ver o monstro se dissipando em poeira densa, tentando realizar seus últimos esforços em desejo por ferir Alice. Mas então ele caiu no chão de joelhos, grunhindo tão alto que doía os ouvidos de quem o ouvisse. O vento passou rugindo e ali lhe arrastou, fazendo-o se dispersar no ar rapidamente, entoando o último barulho longínquo.

Arthur rastejou para trás uma última vez e depois se colocou de pé para agarrar sua esposa que tremia e largava no chão o revólver, encarando os últimos fragmentos da criatura que flutuavam para além da vista. Alice não lhe devolveu o abraço, se afastou trêmula, e em silêncio adentrou na casa com as lágrimas escorrendo sem parar, e com os gritos contidos no peito ela agarrou a irmã em seu colo.

Depois disso, toda a confusão se intensificou ainda mais para Arthur. Ver Leina morta fez com que seu estômago se embrulhasse. Ela estava jogada no chão com um furo agressivo na garganta, desgrenhada e pálida. "O que aconteceu aqui?" Se perguntou andando lentamente em direção à esposa.

Capítulo 46

30.06.2018

Alice se ergueu de chofre, respirando fundo com o suor escorrendo pelas suas costas. Esperou não ter acordado o marido com isso e olhando ao lado constatou que ele ainda dormia tranquilamente. Olhou o relógio do celular marcar 4h32 e se lembrou do pesadelo. Ele viera a ela silencioso e súbito, lhe acordando poucos minutos depois de ter conseguido enfim adormecer. Fora assim no hospital, no dia vinte e oito, e fora assim também ali naquele quarto de hotel desde o dia vinte e nove. Pouco conseguira dormir durante os três dias, e sempre que conseguia acordava logo em seguida, aterrorizada e sozinha; pois não tinha vontade de acordar Arthur e nem sequer de lhe contar sobre esse problema.

Percebeu com satisfação que agora fazia dois dias que o pescoço parara de doer e que o braço agia normal, sem mais espasmos. Os tiques haviam ido embora na mesma noite do dia vinte e oito, no entanto, o pavor continuava em suas veias, agora mais poderoso do que nunca. Isso lhe deixou confusa por boas horas no dia passado, não entendia por que os malditos tiques sumiram se seu terror continuava mais resistente que nunca. E foi pensando nisso por horas que enfim percebeu ou lembrou – ela não sabia dizer qual seria o certo –, que durante sua vida inteira viveu dentro de uma bolha de problemas gerada pela sua própria história e que agora sentia um breve alívio ao notar que tudo acabara, que o passado tinha sido revelado, que a nebulosidade tinha saído de sua mente e que ela enfim tinha entendido tudo. E com isso percebia que fora ele o grande mal da sua vida e agora que estava morto, resolvido, os problemas psicológicos e sociais gerados por ele, ainda entranhados em si, começavam a ter sentido e por isso não havia mais forças para os tiques existirem.

Esses pensamentos não deixaram de abrir dezenas de outras portas que lhe trouxeram outras reflexões. A pior delas vinha acompanhada de uma pergunta soada pela voz grave daquela criatura: "...Se isso não fosse favorável para seu próprio crescimento mental, você ainda estaria aqui?", ela perguntava e Alice se colocava a fugir da resposta. Com constância isso ocorreu. No começo a frase lhe teve pouco sentido, mas ao longo do dia vinte e nove em que sua consciência foi se estabilizando e as dores foram se apaziguando, ela notou um grande detalhe, antes imperceptível. Com isso, por muitas horas ela pensou, quieta e triste. E depois de muitos pensamentos ela soube que não conseguia negar. Ela talvez não estivesse ali em Deliaes todo ano, se isso não lhe desse um mínimo sentimento inconsciente de força e autoconfiança. Talvez não estivesse ali todo ano se aquela batalha com o seu passado, imperceptível a si até aquele dia, nunca tivesse existido. Portanto, a criatura estivera certa, havia egoísmo em suas ações. A viagem anual à Deliaes era uma grande farsa, um meio para ela mesma superar um pouco do seu passado por vez e assim sentir-se melhor. "Sempre foi isso", tinha deduzido no dia anterior. "É a verdade, aquela criatura olhou tão fundo em mim que foi capaz de extrair sentimentos que eu nem sabia que existiam. Só estou aqui por mim mesma", no entanto, falando isso as vezes em voz alta para si, ela conseguia enxergar a complexidade da questão e a limitação de sua conclusão.

Nunca antes Alice se preocupou com alguém mais do que se preocupara com sua irmã e seu avô, e mesmo sua viagem anual, de maneira invisível lhe proporcionando melhorias aos seus problemas – não notados como problemas até agora –, era errado afirmar que ela deixaria de ir até Deliaes se não ganhasse nada em troca emocionalmente, pois Alice sequer conhecia essa batalha que travava anualmente com o seu passado, então não se podia dizer que ela esperava conseguir forças com as viagens para superar sua história. Ela sequer conseguia notar que com isso vencia seu passado pouco a pouco. Como então poderia ter agido de forma egoísta? Como então não seria somente pelos seus familiares que ela iria sempre à Deliaes? Alice tinha plena certeza de que daria até mesmo sua vida por qualquer um deles. Qual ação poderia ser mais pura e altruísta que essa?, ela tinha se perguntado, e assim julgou-se convencida e resolveu o assunto. Mas por que sua mente continuava com severas dúvidas para crer naquela breve explicação que ela criou? Sabia que aquela era toda a verdade, mas com constância durante o dia se via abatida e preocupada com sua resolução, aos poucos ela parecia falha e não porque surgisse um raciocínio muito articulado para combatê-la, mas porque a simples dúvida continuava, a dúvida cruel e amarga quanto à veracidade dos seus próprios sentimentos.

Ali na madrugada, envolta de escuridão, ela engoliu em seco e se vestiu. Deixou o quarto e andou pelos corredores do hotel, sentindo a dor tênue na perna permear por sob os pontos e o curativo. Dali foi até a cobertura e lá permaneceu, olhando ao longe na noite a cidadezinha se iluminar descendo num declive quase imperceptível. Os ventos frios sacudiram seus cabelos dourados de leve e ela fechou os olhos, respirando fundo. Estava confusa, lotada de dúvidas que martelavam em sua cabeça.

Logo se colocou a pensar na irmã e no avô, sentiu que choraria em breve. Mordeu o lábio inferior interno e segurou as lágrimas. No dia anterior, antes dela acordar com a perna um pouco melhor, pela manhã, seu avô havia falecido. Arthur ficara com ele nos últimos momentos e contou a Alice que ele partiu em paz.

— Estava sorrindo quando se foi — Arthur tinha dito. — Começou a sorrir depois que falei a ele que você estava bem... Parecia muito quieto, mas estava em paz. Não me perguntou de Leina, talvez não tenha lembrado que ela estava mal.

— É... — Alice tinha concordado, ousando ser forte para não enlouquecer em desespero, e depois disso, nada mais disse.

O dia passado correu silencioso, Arthur teve noção de não lhe fazer perguntas, mas mesmo ali, o Delegado não lhe deu paz. Ele surgiu entre às 8h50, parecia bem melhor do que antes. Mas uma sombra pairava em seu rosto, algo que antes não estivera ali. Alice sentia, mas o próprio Augusto não. Quando ele apareceu com indagações, Arthur pediu que deixasse Alice descansar, pois ela ainda estava muito mal, e que no dia seguinte poderia responder as perguntas. Ficou marcado para o Delegado aparecer ali no hotel às 9h00, bem antes do funeral – ao qual Arthur se encarregou de preparar tudo –, pois aquele seria mais um dia de tristeza e seu marido não concordou que Alice se esforçasse tanto para se encaminhar até uma Delegacia. E de todo jeito, Augusto não parecia querer algo tão formal depois do que presenciara.

Já o dia retrasado, vinte e oito de junho, fora bastante agitado, mesmo depois que tudo terminou, depois que enfim a criatura fez rugir seu último grunhido. Depois daquilo Alice se encontrou com sua irmã e passou longos minutos ao seu lado até a levarem dali. Ela viu quando os policiais passaram com as garotinhas, que choravam sem parar, e viu também quando encontraram o corpo da senhora Irene, com vários ferimentos e marcas de estrangulamento. Se manteu em silêncio, aguentando todas as dores, emocionais e físicas, até que tudo realmente acabou. Aí então ela chorou, chorou em desespero e depois deixou Arthur levá-la ao hospital.

Respirando fundo mais uma vez Alice voltou ao presente, agarrada ao parapeito. Ficou ainda por vários minutos, vendo as últimas estrelas sumirem e o céu ceder a um azul escuro. Em mais alguns minutos veria vários tons de laranja e ouro rasgarem o véu escuro, mas então uma voz soou às suas costas, removendo sua visão do céu e quebrando a calmaria alimentada no ar.

– Bom dia, senhora – um homem dizia, parecia ser quase um idoso, carregava consigo um balde grande com um rodo dentro.

– Bom dia – Alice desejou de volta e por um segundo pensou em se virar e continuar observando o céu, mas de repente o sujeito aproximou-se dela e com um sorriso de lábios cerrados e olhos brilhantes, ele a mirou. – Algum problema? – ela perguntou.

— Não, senhora... Nenhum. Desculpe! — O homem declarou e de repente parecia nervoso. — Senhora? — chamou, baixando e levantando o olhar — Você viu ele, não foi?

Alice franziu o cenho.

— O que disse?

— Ah! Desculpe, desculpe, senhora. Ela me disse para não vir, mas eu não consegui aguentar — continuou.

— Desculpe, eu não sei do que você está falando... — ela disse, assustada e confusa, e em seguida passou por ele em direção à porta, pedindo licença.

Ao ultrapassar o homem ela se sentiu mais segura, e ao alcançar a porta que levava ao corredor do elevador, sentiu que o medo diminuía, mas então o homem fez sua voz soar alta no ar, interrompendo seus passos.

— Eu sinto muito pela sua irmã.

Naquele instante seus pelos do braço se eriçaram e os ventos frios aumentavam. Por um segundo se voltou para olhar o semblante do sujeito e com a respiração pesada se virou depressa e saiu dali. Estava assustada e a súbita menção de um estranho à sua irmã, a fez lembrar-se das várias reportagens que apareceram na TV no dia passado. Havia dois assassinatos, o sequestro de duas irmãs, a bizarra casa repleta de animais mortos e a mulher suicida para se comentar na TV. E tudo isso, com poucas informações, gerou reportagens escassas e com vários furos, mas que no geral apontavam para uma única culpada: Leina.

Afirmaram que Leina tinha distúrbios mentais, e que numa crise atacou e matou a senhora Irene Matias; sequestou as duas irmãs, Carol e Ana; e no fim tirou a própria vida. Sobre o policial morto, apenas declararam que seguia sem autópsia divulgada, mas todos pareciam acrescentar também aquilo à Leina. Já na internet tudo que Alice encontrou que se ligava ao caso, de repente sumia, como que por vontade própria, como se nunca tivesse existido. A isso ela agradeceu e pensou que a razão para aquilo estivesse ligada às diversas lacunas que ainda circundavam o caso, gerando um vazio de informações... mas não era, e um dia ela descobriria.

Mesmo sabendo que a irmã não possuía culpa nenhuma, o que Alice poderia fazer? Não existia outra saída, Leina tinha de ser o alvo de toda a culpa, de um jeito ou de outro. Pois ninguém mais conhecia toda a verdade, ninguém mais sabia o que a criatura fizera, apenas Alice. Mesmo para os outros que contemplaram aquele estranho ser, as questões eram um amontoado de confusão, mas ela entendia, entendera tudo quando vira no interior da coisa, quando a adentrou. E no entanto, mesmo que os três policiais e Arthur, de repente adquirissem entendimento da realidade daquela entidade, e em depoimento declarassem tudo, quem em sã consciência acreditaria? Não havia escapatória.

"Com certeza ele viu a reportagem", Alice falou, andando pelos corredores de volta ao seu quarto, olhando para trás e tentando em sua mente, encontrar uma explicação para o que acabara de acontecer na cobertura. "Mas mesmo que tenha visto, como ele me conhece? Como sabia que Leina era minha irmã?", se perguntou e com isso se colocou a caminhar mais depressa. Logo encontrou seu quarto, destrancou e atravessou a porta. As luzes estavam acesas e Arthur estava de pé, já colocando uma camiseta. Parou quando a porta se abriu, meio assustado.

— Onde você estava? — perguntou.

— Na cobertura — Alice respondeu, trancando a porta com duas voltas. — Encontrei um homem esquisito, amor — ela falou, e agora parecia tremer.

— Alguém fez alguma coisa com você?

— Não... Ele... Ele sabia sobre Leina, sabia que ela era minha irmã, falou que sentia muito e que alguém não deixou ele vir aqui mas ele veio e... e...

Arthur se encaminhou depressa até ela, a envolveu num abraço, pediu que ela se acalmasse e sussurrou que tudo ficaria bem.

— Eu vou até lá, pra saber quem ele é.

— Não, Arthur... Não. É melhor não.

Arthur resfolegou, e depois a sentou na cama, os dois ficaram ali por um tempo, abraçados enquanto o silêncio corria.

— Alice — Arthur chamou —, sei que tudo ainda está muito recente e que isso lhe abalou muito, mas eu preciso entender o que aquela... o que aquela coisa fez com você! – concluiu, depois de uma breve pausa em receio.

– Arthur... não me peça isso, por favor.

– Eu preciso saber – ele disse e pôs uma mão no seu rosto. – Eu preciso entender o que aconteceu, amor. Aquilo... aquela coisa, o que era aquela coisa, Alice? – o desconforto era evidente e fazia suas palavras soarem forçadas. – Ela me sufocou, eu bati com o carro e... e as balas... as balas, Alice, não tocavam...

– Era um parasita – Alice murmurou cortando a voz do esposo, com o olhar perdido mirando o chão, revivendo o pesadelo com uma centelha de incredulidade em si. – Ele viveu em Leina por muitos anos, desde que meu pai morreu. Ele se alimentou da mente da minha irmã por dezenas de anos, Arthur, desenvolvendo diversos problemas, porque só assim ele conseguia montar um ambiente favorável para continuar existindo. Como um alimento que ele próprio criava. Todas as desgraças, todas as visões, assassinatos e sofrimentos foram causados por ele...

– Os problemas da sua irmã... os distúrbios mentais...

– Sim – disse, e sentiu que queria o assunto longe. – Ele foi a causa – sorriu, triste, e entre lágrimas sentiu um riso frio e melancólico anunciar o desespero.

– A justiça foi feita, amor... não se preocupe mais, tudo acabou – Arthur disse, e sentou-se ao seu lado.

Ouvindo o marido falar Alice pensou na irmã e depois no pai, e de repente lembrou-se das palavras da entidade, engolindo em seco. Era sonora a voz que voltava a repercutir em sua mente, esbravejando coisas estranhas sobre pessoas terem sido responsáveis pelo sumiço do Jonas. "Ela não mentiu", Alice sabia e com isso sentia tremores no peito. "A criatura não foi a única culpada pela morte do meu pai".

– Justiça? – ela falou, entre um riso desesperado de dor. – Não existiu justiça para eles, Arthur. Meu pai foi assassinado por essa mesma criatura, mas só porque antes foi sequestrado por outras pessoas – ela disse. – E que justiça ele teve? – um intervalo surgiu e nada veio do esposo. – Nenhuma. Pior ainda foi Leina, ligue a TV e assim vai ver a *justiça* que deram à ela.

– Eu não quis dizer que...

— Eu sei... Eu sei, Arthur — ela falou, pondo uma mão na testa e sentindo a calma lhe retornar. — Eu entendo — disse, e as lágrimas encheram seus olhos de novo. — Me desculpe, amor... Ainda... Ainda não estou bem, me desculpe.

— Está tudo bem, vida, tudo bem! — Arthur sussurrou, lhe agarrando pela cintura enquanto ela lhe envolvia o pescoço com os braços. — Tudo vai ficar bem. Depois do enterro vamos pegar o primeiro voo para casa e nunca mais você vai precisar voltar aqui. Eu te prometo, Alice, vamos conseguir esquecer tudo isso.

Alice deu um sorriso triste e contido, depois se esgueirou um pouco do abraço do esposo e lhe beijou a boca com desejo. Chorou em silêncio, mas não importava, ela queria que a dor fosse embora e queria que Arthur a penetrasse ali, depressa. Num súbito movimento tirou a camiseta e voltou a lhe beijar. Seu marido lhe indagou se realmente queria fazer aquilo. Ela assentiu e ele entendeu. Em seguida Arthur lhe despiu o short e lhe beijou o pescoço, a agarrando forte contra seu peito enquanto ela sentava-se por cima. Um instante depois Alice o sentiu, um gemido baixinho ecoou dos seus lábios e as lágrimas prosseguiram, enquanto ela o agarrava contra seu peito.

Os lentos movimentos continuaram em arquejos de prazer, que aumentaram com os minutos, chegando a um ponto em que Arthur lançou-lhe de costas na cama e sua cabeça se arremessou para trás num gemido longo. No fim, tomada por desejo insaciável Alice o puxou e o manteve envolto de seus braços em um aperto forte, arranhando-lhe as costas enquanto a dor das lembranças lhe aflingia.

***

Mais tarde, quando o relógio já marcava 9h20 e Alice se perguntava se o Delegado ainda viria, o celular de Arthur começou a tocar. Era o Delegado, ele avisou, e por longos segundos ficou ao telefone. Alice esperou impaciente, sentindo uma sensação ruim se apossar do seu corpo, retrazendo a maldita dúvida quanto aos seus próprios sentimentos, retrazendo a voz que ecoava. "...Você ainda estaria aqui?", a criatura dizia, morta no mundo físico, mas viva, bem viva em suas lembranças. "Estaria, Alice?", sua mente se perguntou. Ela fechou os olhos e tentou conter a cruel dúvida, o desespero cresceu e ela respondeu: "Sim! Sempre", e daquela vez sentiu que a resposta era ainda mais fraca.

— Alice? — uma voz lhe chamou, lhe removendo daquela infeliz reflexão.

— Oi? — ela respondeu, voltando a olhar para o marido.

— O Delegado não vai poder vir, deu entrada no hospital hoje cedo, disse que tem algum problema nos olhos e vai precisar ficar em observação depois de alguns exames.

— Ele está cego — Alice deduziu, inconsciente, desviando a atenção às suas lembranças e voltando a ver o Delegado em sua mente como o viu no hospital no dia anterior. — Aquela coisa não conseguiu matar ele, mas a tentativa dela deixou cicatrizes...

Arthur manteve as sobrancelhas franzidas e indagou:

— Como sabe disso?

— Não sei — falou e com um suspiro se ergueu para buscar um copo de água no frigobar.

— E por que ele não conseguiu... matar o Augusto?

— Eu sei que quando ele atacou o Delegado, estava fraco, mas ainda não entendo por que de repente ficou sem forças. Na verdade, algumas vezes ele agiu assim — Alice falou, e o pesadelo vivido naquele vazio infinito e negro voltou à sua mente, mas ainda nenhuma resposta exata lhe surgia.

Arthur respirou fundo.

— De qualquer jeito, eu disse à Augusto que vamos embora hoje e ele não pareceu surpreso. Nos desejou boa sorte, não parecia querer mais nenhuma explicação. Falou que tinha resolvido a questão com o rapaz do carro, o convenceu a não prestar queixas e o rapaz concordou desde que eu pague o conserto.

Depois disso todo aquele assunto morreu e a tarde seguiu. Quando a hora finalmente chegou, ela e Arthur vestiram-se de preto e esperaram o táxi na frente do hotel. Alice permaneceu calada, usando um vestido que descia até além dos seus joelhos.

Os dois entraram no veículo, num clima tenso e aterrorizante. Arthur disse o destino e o motorista logo fez o carro sair do lugar. Minutos mais tarde, em silêncio total eles chegaram ao cemitério e encontraram o espaço onde seus parentes seriam enterrados. Um padre dizia algumas coisas enquanto Alice apenas olhava tudo, em pé ao lado do seu marido. Usava óculos escuros para esconder a vermelhidão que seus olhos haviam se tornado. Olhou ao redor e viu duas pessoas as quais ela não conhecia, mas logo soube que eram enfermeiros que cuidaram do seu avô. Nenhum amigo de Leina compareceu ali e Alice estava ciente de que não apareceriam, não depois do que foi dito na TV. Sentiu um gosto amargo na garganta e lamentou por sua irmã.

Alice encostou a cabeça no ombro de Arthur e permaneceu assim. Em seguida, quando o padre maneou a cabeça em sua direção com certo receio, ela caminhou até o púlpito, onde uma bíblia se abria, e trêmula falou:

— Boa tarde. Obrigado por virem — murmurou agradecendo aos enfermeiros da Casa do Idoso, que cuidaram com tanto carinho do seu avô por vários anos, e ao padre que ali estava.

Por um segundo as palavras lhe fugiram e seu olhar se ergueu para a estrada à frente do cemitério, onde um velho observava o funeral, escorado em uma Range Rover Velar preta. Percebendo sua atenção nele, o homem maneou a cabeça em um aceno, Alice achou estranho mas então continuou:

— Eripe Silva era o meu avô. Um homem bom, que queria o bem de sua família acima de tudo. Quando minha mãe morreu, eu e Leina ficamos desamparadas no mundo. Órfãs. E então meu avô Eripe... cuidou da gente. E cuidou muito bem, vovô. Agradeço por tudo que me proporcionou. Eu devia ter sido mais para você, devia ter feito mais por você. Me perdoe vovô, se puder... por favor. — Ela fez sua voz ressoar forte, e lágrimas deslizaram enquanto seus olhos se desviavam para o caixão de Eripe.

Ela resfolegou e retomou as palavras:

— Já Leina era minha irmã... Nós nascemos e crescemos aqui em Deliaes e quando criança, Leina era uma garota muito teimosa e fechada. Ela nunca gostou de expressar sentimentos. Mesmo assim, ela sempre fez isso pelas minhas costas... — Alice deu uma pausa, recobrando as forças. De repente um clarão veio e ela viu de novo Leina por cima de si, com lágrimas nos olhos e ódio no semblante, fazendo ecoar um grito decisivo de desespero. Alice pensara muito nessa cena e via agora, nítido como água cristalina, que naquele momento Leina estiver sã, mesmo que por um único momento. Estivera sã, com raiva e triste por todas as desgraças e disposta a acabar com sua vida para encerrar tudo e salvar sua irmã de sua própria loucura. De súbito Alice fechou os olhos e engoliu em seco, voltando ao presente.

— Uma vez perdi uma de minhas bonecas preferidas, não sabia onde ela tinha ido parar, e chorei durante uma semana inteira. Meus pais não tinham dinheiro para comprar outra, e mesmo assim, dias depois, quando acordei, encontrei uma boneca em cima da minha cama: era igual à que eu tinha perdido, mas não era a mesma. Agradeci feliz a minha mãe e ao meu pai, mas descobri que não tinha sido eles. Leina tinha vendido todos seus brinquedos e assim comprou minha boneca. Quando lhe agradeci, ela negou, disse que nunca faria algo assim, mas ela fez. O que... o que quero dizer é que... bom, ela era uma ótima pessoa. Sempre foi. Muitas vezes ela demonstrou não ser, mas nunca foi culpa dela, eu sei disso hoje... Ela merecia muito mais do que teve! E eu nunca vou me perdoar por não ter acreditado nela. — Alice falou, outra vez voltando a secar o rosto com um lenço.

As pessoas assentiram e um dos enfermeiros se levantou para falar de Eripe, porém Alice estava muito distante para ouvir qualquer coisa. À medida que o tempo avançou, todo mundo deixou o lugar sutilmente até só restar ela e Arthur. Naquele instante seu marido se aproximou avisando que já era hora de enterrar os parentes. Alice se ergueu e se despediu uma última vez, primeiro do seu avô e logo depois de Leina. Não chegou a olhá-los diretamente, mesmo assim jogou uma rosa para cada um. Os coveiros se aproximaram enterrando primeiramente seu avô Eripe.

— Ela deu sua vida por mim — conseguiu falar. — E tudo que consegui fazer foi usar ela para superar um pouco dos meus sentimentos ruins. Todas as viagens, Arthur, tudo para superar apenas minha dor, enquanto não dava a mínima para a dor dela — continuou e sentiu que as palavras eram falsas, mas que a dúvida as fazia um pouco mais verdadeiras.

— Do que você está falando? Você fazia de tudo pra ver sua irmã bem, todos os anos você viajava até aqui só para ver ela. Você nunca usou ninguém, Alice, como pode pensar uma coisa dessas?

— Eu sempre fui fraca e tudo que fiz até aqui foi para me sentir um pouco menos inútil, pra me sentir mais confiante, pra superar esse passado infeliz que tive. Nunca foi de forma consciente, mas agora eu sei que sempre foi por causa disso. — Ela continuava, talvez querendo com isso ouvir algo diferente do que a dúvida a fazia pensar.

— Claro que não, Alice — Arthur disse e lançando a atenção para o céu continuou. — Conheço você melhor do que ninguém, você sempre enfrentou seus problemas de frente. Como seria uma pessoa fraca assim? Tudo que você fez até aqui foi para ajudar sua irmã.

"Ele tem razão", ela sabia e precisava continuar ouvindo aquilo. Precisava continuar sabendo que todos os seus problemas eram fruto do seu passado e que agora estavam resolvidos, que agora ela poderia mudar, que agora poderia seguir com sua vida e não sentir remorso com isso. Mas como fazê-lo? Se a dúvida ainda persistia lhe indagando se seu amor era real, se seus esforços para com a irmã e o avô eram bons. "Sim, são!", disse para si com mais ênfase e agora sentia que poderia acreditar melhor nisso, sentia mais verdade, pelo simples fato de estar ouvindo Arthur dizê-lo.

— Você está certo! — aceitou e soube pela primeira vez que sempre tivera forças, mais forças do que sequer poderia sonhar, forças que a faziam se mover diante de qualquer problema sem pestanejar. "Essa sou eu", pensou e toda sua última viagem à Deliaes passou diante dos seus olhos.

A terra escura bateu no caixão de Leina fazendo um barulho seco naquele momento.

– Vamos, amor! – Arthur falou e se virou para sair dali.

Ela olhou uma última vez a cova e de repente sentiu uma fria onda de ar passar pelo seu corpo, fazendo-a recuar um passo. Balançou a cabeça com um desconforto no nariz e se virou para o marido.

– Alice?! – Arthur chamou, confuso. – Seu nariz está sangrando – disse, levando um dedo às suas próprias narinas em indicação.

Alice deslizou dois dedos na região e quando os trouxe à vista viu o sangue vivo brilhar sob as luzes débeis que o sol ainda lançava. Por um segundo mirou aquilo com surpresa, sentindo o corpo leve. Então Arthur se aproximou e com um lenço a ajudou.

– Obrigada, amor! – disse e dali seguiram ao aeroporto.

Capítulo 47
(antes)
07.07.1998

O homem caminhava com pressa pelas ruas da cidade de Deliaes, era 16h00 e o céu ainda demoraria muito para se escurecer, mas mesmo no claro eles tinham seus métodos e foi pensando nisso que se sentiu vulnerável. Andou depressa e evitou as ruas vazias, mas não teria como evitar todas, não se quisesse chegar até à delegacia. Engolindo em seco de vez em vez e sentindo a respiração mais e mais pesada ele quase começou a correr quando se viu numa rua estreita e quieta. De repente duas crianças irromperam de uma casa e correram de um lado ao outro da via, com uma bola murcha, chutando-a nas alturas e apanhando nos segundos posteriores, e isso acalmou um pouco o desânimo do homem. No entanto, logo quando diminuiu o passo, um barulho nasceu e explodiu no ar, roncando pela tardezinha às suas costas, enquanto o sol dava espaço a largas sombras nas ruas.

O medo gritou intenso e o homem se virou para trás. Naquela posição seus olhos encontraram o carro que vinha em sua direção, suas pernas se moveram mais depressa, fazendo-o caminhar de costas aos tropeções nas calçadas. O terror foi tão nítido e imponente que não o deixou agir de outra forma, mirar o avançar do veículo e recuar em desespero lhe era a opção natural e certa.

Em questão de segundos o homem viu as crianças saírem do meio da rua e viu o carro barulhento passar de uma vez, sem sequer notá-lo ali. Em seguida ele resfolegou com as mãos nos joelhos e a calma lhe voltou aos poucos, junto de um sorriso bobo de agradecimento que se espalhou pelo seu semblante depressa.

— Graças a Deus — murmurou.

E naquele instante fechou os olhos... mas antes que os abrisse, o breu o tinha envolvido. Uma dor lancinante veio à sua cabeça e seu corpo caiu. Logo em seguida ele acordou, estava claro de novo e era agora carregado por dois homens, enquanto um outro se postava de pé na entrada de um pequeno chalé numa imensa clareira.

— Quem são vocês? — ele ousou perguntar, sentindo a voz soar débil e longínqua.

Ninguém lhe respondeu e em seguida ele estava descendo a um porão escuro, depois entrando numa escotilha e mais tarde sendo jogado numa sala com grades.

O tempo passou e ele não viu, mas logo acordou de novo com dois homens sobre si:

— Onde está Isabel? — um perguntava, enquanto o outro se mantinha imponente como um leão, olhando-o silencioso. — O que você pretendia na delegacia? O que sabe sobre nós?

— Água... por favor — o homem pediu, sentindo agora as correntes que envolviam seus pulsos.

— Diga onde está a velha — o interrogador continuou, indiferente à sua súplica.

Nada veio em resposta do homem.

— Ela o entregou, idiota. Por que quer continuar sendo o cachorrinho fiel dela? — aquilo pegou o homem de surpresa, ele levantou o olhar derrotado de súbito e engoliu em seco. — Sim, ela entregou você. Como acha que o encontramos?

Outra vez o homem se recusou a falar.

— Ele não vai falar, William. Acabe com ele depressa, temos que voltar — enfim o outro homem se manisfestou, ainda imóvel.

— Sim, senhor — William disse e obedecendo à ordem ergueu o revólver e sem pestanejar disparou uma bala contra o estômago do homem, que em súbita clemência tinha erguido as mãos.

— Vamos voltar à Deliaes, senhor? Para saber sobre aquela garotinha morta? — A voz de William seguiu, ficando distante enquanto as forças do homem se iam. — Com certeza ele está com uma das meninas.

— Sim, William. Ele está. Mas agora não é hora para isso, ele está previnido e vai conseguir escapar como sempre fez... — O outro prosseguiu e agora sua voz começava a desaparecer.

Num instante seguinte o homem caiu num abismo escuro e a dor o fez estremecer uma última vez, daquele mundo não mais ouviu e nem viu nada.

Para saber mais sobre os títulos e autores da
SKULL E DI TORA , visite nosso site
WWW. SKULLEDITORA .COM.BR
e curta as nossas redes sociais.

FB.COM/EDITORASKUL

@SKULLEDITORA

SKULLEDITORA@GMAIL.COM

ADQUIRA NOSSOS LIVROS
WWW.LOJAEDITORASKULL.COM.BR

ENVIE SEU ORIGINAL PARA
ORIGINAIS.EDITORASKULL~GMAIL.COM